Comédien et humoriste né en 1963, Stéphane Guillon est également chroniqueur et portraitiste. Célèbre pour sa chronique humoristique dans la matinale de France Inter (de la rentrée 2008 à mai 2010), il a publié *Guillon aggrave son cas*, *Jusque-là… tout allait bien !* et *On m'a demandé de vous calmer*.

DU MÊME AUTEUR

Jusque-là… tout allait bien !
Canal +, 2005
et « Points », n° P2302

Stéphane Guillon aggrave son cas
Canal +, 2006
et « Points », n° P2126

« On m'a demandé de vous calmer »
Stock, 2009
et « Points », n° P2496

Stéphane Guillon

« ON M'A DEMANDÉ DE VOUS VIRER »

Stock

TEXTE INTÉGRAL

ISBN 978-2-7578-2373-6
(ISBN 978-2-234-06931-2, 1re publication)

À mes amis de France Inter,
présents, chaleureux et réconfortants…
Catherine Bourdet et son mari,
Marie-Claude Pinson et Claire Servajen,
Frédéric Pommier,
Caroline Cartier,
Philippe Lefébure,
Daniel Mermet,
Patricia Martin,
Muriel Attal,
Emmanuel Perreau,
Jonathan Bouchet-Petersen,
Séverine Bastin,
Françoise Degois,
Et tous les techniciens du matin.

Les chouquettes de l'Élysée !

31 août 2009

Voilà, c'est la rentrée, il faut y aller !

Mélange de plaisir et d'appréhension : lorsqu'on est resté deux mois sans écrire la moindre saloperie… retrouver ses automatismes, c'est dur.

Mais bon, c'est la même chose pour tout le monde. Éric Besson, notre ministre de l'Immigration, ça doit lui faire pareil : il a pris un mois de vacances, il s'est vidé la tête et là, de nouveau, il va devoir expulser des sans-papiers, faire du chiffre, sans états d'âme… C'est violent !

Allons-y doucement. Quand on n'a pas été méchant depuis longtemps, le danger c'est d'en faire trop, comme si on voulait rattraper le temps perdu : Éric Besson ne va pas affréter trois charters pour Bamako dès cette semaine, non, il va monter en puissance.

La faute de goût, aujourd'hui, aurait été de prendre mes deux papiers les pires : DSK et les handicapés et d'en faire un mixte qui aurait pu s'intituler « DSK en fauteuil roulant ».

Ce qui finira par arriver ; avec mes parents, on avait un chat de gouttière, Mistigri, à force de niquer, il s'est bloqué du train arrière.

Allons-y doucement. France Inter démarre sa saison, ses concurrentes sont déjà à pied d'œuvre, je ne voudrais pas gâcher la fête.

Oui… RTL et Europe 1, qui avaient besoin de se roder, ont démarré depuis huit jours. D'ailleurs j'ai écouté, huit jours c'est juste. Il fallait démarrer fin juillet.

Alors, j'ai entendu, çà et là, des réflexions du style : « Oui, maintenant que le président de Radio France est nommé par Nicolas Sarkozy… Y aura moins de liberté sur Inter… » ; « En plus, Philippe Val son directeur serait sous la coupe de sa copine Carla. Tout va être chamboulé… ».

N'importe quoi !

C'est une grille ultraclassique, les fondamentaux restent : comme chaque année, Amélie Nothomb sera bien l'invitée de Stéphane Bern… pour son dix-huitième roman en dix-huit ans. Cette fois, elle nous raconte l'histoire de personnages prenant des substances hallucinogènes. Il vous en faudra pour écouter l'émission jeudi.

« Service public » d'Isabelle Giordano reste aussi à l'antenne. Le thème d'aujourd'hui : « Qui sont les consommateurs de demain ? » Ultraconsensuel : Isabelle ne vous demande pas si après la séquestration de cette jeune Américaine, vous pensez que les bungalows aux États-Unis sont moins sûrs que les caves en Autriche[1].

1. Parmi les affaires de rapt et de séquestration de jeunes femmes qui ont éclaté ces dernières années, on retient, aux États-Unis, l'enlèvement par Philip et Nancy Garrido, un couple de délinquants sexuels, de la jeune Jaycee Dugard, séquestrée dix-huit années durant dans un bungalow insonorisé situé à l'arrière de la maison des ravisseurs. Deux petites filles sont nées du viol de la jeune femme par son bourreau. La seconde affaire à laquelle il est fait ici allusion s'est produite en Autriche : séquestration et viol, par Josef Fritzl, de sa propre fille, Elisabeth, et ce pendant vingt-quatre ans, dans la cave familiale. Sept enfants sont issus de l'union incestueuse.

Toutes les réflexions suspicieuses que j'ai entendues ne sont que de la jalousie. Et cela pour une raison : cet automne, France Inter sera la seule radio à ne pas perdre d'auditeurs. Les spécialistes sont formels : le virus de la grippe A ne tue pas les plus vieux.

C'est d'ailleurs le thème du « Téléphone sonne » de ce soir : vous avez été immunisé lors de la grippe espagnole de 1918, appelez-nous !

Franchement, à part deux, trois ajustements anodins comme la programmation musicale, rien ne change. Oui ! On ne veut plus de chanteuses à voix : uniquement des femmes qui susurrent... Jane Birkin : grand maximum.

On va vous faire écouter ce qu'on cherche. [Chanson Carla Bruni.] Ça, on adore ! Ne trafiquez pas votre Audika, ça s'écoute comme ça. [Fin de la musique.]

Tout est comme avant ! À titre personnel, je vous rassure aussi : aucune pression, liberté totale. On m'a juste demandé à la mi-août de faxer mes idées de papiers au cap Nègre pour validation.

Ne voyons pas le mal partout : Jean-Luc Hees, notre nouveau président, l'a dit vendredi à la presse : « France Inter n'est pas une antenne qu'on tripote. » Et Dieu sait si, durant sa jeunesse, Jean-Luc a été le spécialiste du tripotage d'antenne. Notamment sur la voix de Macha Béranger... qui ne fait plus partie de la grille de rentrée (petit rappel aux malades d'Alzheimer qui nous écoutent) !

N'empêche, samedi, *Libération* écrivait que même les petits-fours servis par France Inter collaient aux dents.

Euh, là, c'est exact ! Philippe Val les avait récupérés à l'Élysée la veille au soir, un reste de banquet. Et là je lui ai dit : « Arrête ce genre de pratique, Fifou...

(c'est le surnom que lui a donné Carla… Nicolas c'est « Chouchou », Philippe c'est « Fifou ») si tu veux qu'on croie à ton indépendance, ne va pas récupérer des chouquettes à l'Élysée. »

À part ça, aucun changement.

Dénoncez-vous à Éric Woerth !

1er septembre 2009

Rentrée pourrie pour les riches : ils sont encore bronzés, viennent tout juste de quitter le golfe de Sperone et leur magnifique villa louée 15 000 euros la semaine, et déjà Éric Woerth, le ministre du budget, les menace.

Un avertissement lapidaire lancé dimanche dans le *JDD* : « Que les 3 000 évadés fiscaux qui possèdent un compte en Suisse se dénoncent ! » (Le ministre connaîtrait le nom des 3 000 et leur identité bancaire.)

Ils ont jusqu'au 31 décembre pour se présenter d'eux-mêmes au fisc, après c'est la guerre !

Qui sont ces 3 000 Français ? Une seule chose est sûre : ils ont de l'argent. Quand t'en as suffisamment pour en mettre en Suisse c'est qu'il t'en reste pour vivre ici… Ou alors t'es con.

Si ça se trouve, la plupart viennent de la jet-set, du show-biz ?

Et là une question me taraude : les cinquante personnalités préférées des Français, selon le classement effectué par le *JDD*, font-elles parties des 3 000 ?

En première position, chouchou absolu : Yannick Noah.

Yannick a longtemps vécu en Suisse à Montreux. Aujourd'hui, il est parti. Espérons qu'il a pensé à fermer son compte.

En deuxième : Zinedine Zidane. Lui, même s'il a un compte en Suisse, on ne lui dira rien. Quand il nous a fait perdre notre deuxième Coupe du monde, déjà on ne lui a rien dit.

En troisième : Mimie Mathy. Elle, franchement, si elle a un compte, c'est un tout petit compte, ça ne vaut pas le coup de l'emmerder !

Quant à celui qui ferme ce classement, le cinquantième, il ne peut pas y avoir de problème, ce n'est pas du tout son genre, c'est Bernard Tapie !

En fait, si Éric Woerth pousse aujourd'hui un coup de gueule c'est qu'il en a marre. Depuis la mise en place de sa cellule de régularisation, vingt personnes seulement se sont présentées.

Vingt personnes en six mois ! Pourtant la démarche est simple : il suffit de vous rendre à la trésorerie de votre quartier et de dire : « Bonjour, j'ai triché. Depuis quinze ans, je passe de l'argent en Suisse, me voici ! »

Faites-vous une vraie journée confesse. Après les impôts, vous vous rendez au commissariat le plus proche et vous dites : « Bonjour, j'ai grillé un feu il y a trois ans rue Marbeuf, personne ne m'a vu, je viens me dénoncer. Retirez-moi quatre points ! »

Toujours dans le même élan, vous rentrez chez vous, vous appelez votre femme et vous lui dites : « Bonjour chérie, tu sais, mon ancienne assistante, celle dont tu disais qu'elle n'était pas farouche, je me la suis tapée pendant deux ans ! »

Il faut qu'en cette rentrée les Français expient leurs fautes, lavent leurs péchés. Ça tombe bien : Éric Woerth a le physique d'un abbé.

Vingt personnes seulement qui se dénoncent, il doit bien y avoir une raison. Ça ne peut pas être la peur des impôts, non ! S'il y a bien une administration avec qui l'on entretient des rapports chaleureux, humains, c'est bien celle-là !

Attentifs, ouvert vingt-quatre heures sur vingt-quatre. Et puis toujours un sourire ou un mot gentil quand on vient payer son tiers :

« Merci de contribuer ! Ça n'a pas été trop dur, monsieur Berthier, de réunir cette somme avec la crise économique ?

– Oh si, mademoiselle, si, si, ça a été dur, surtout qu'on voudrait changer de voiture, ça fait cinq ans qu'on repousse, elle va nous lâcher ! »

Et si jamais, une année, M. Berthier ne peut pas payer (circonstances exceptionnelles : sa femme est très malade, il doit avancer les frais médicaux), l'administration fiscale compatit : « Tranquillisez-vous monsieur Berthier. Ça fait vingt-cinq ans que vous payez votre impôt rubis sur l'ongle, votre femme est souffrante, soignez-la, vous nous paierez quand vous pourrez ! »

Ce n'est pas comme si le fisc était désagréable, inhumain, du genre : « Je m'en tape monsieur Berthier. Votre femme a un cancer, vous avez dû payer les médicaments, je ne suis pas assistante sociale, je suis percepteur ! Vous avez gagné de l'argent, vous payez, point barre ! » Là, effectivement, on comprendrait que seules vingt personnes se soient dénoncées.

Il paraît que toute cette opération, c'est du bluff. Le gouvernement ne dispose d'aucune liste sérieuse et les riches qui connaissent toutes les combines s'en tapent.

La vérité, c'est qu'en pleine crise il faut donner le sentiment aux pauvres qu'on maltraite un peu les riches…

Ça les calme ! L'important c'est que, le 15 septembre prochain, M. Berthier, qui depuis a perdu sa femme, son boulot et sa voiture, paye son tiers… avant minuit. Sinon, c'est 10 % !

Rien sur Nicolas Sarkozy !

2 septembre 2009

J'ai reçu deux, trois mails d'auditeurs me demandant pourquoi je n'avais toujours pas parlé de Nicolas Sarkozy dans mes chroniques.

D'abord, nous ne sommes que mercredi, laissez-moi arriver ! Ensuite, si je ne parle pas du président, c'est un choix délibéré : j'ai été, comme vous tous, inquiet et affecté par son malaise vagal. Je le laisse récupérer. Pas question de tirer sur un homme diminué.

En plus, je lui dois beaucoup. C'est quelqu'un qui, au printemps dernier, m'a propulsé sur le devant de la scène médiatique et depuis, je le considère un peu comme un membre de mon équipe. Pour tous les gens qui travaillent avec moi, c'est la même chose. Si demain, on me dit : « Nicolas Démorand s'est écroulé comme une merde en faisant son jogging » (ce qui n'arrivera pas, il ne fait aucun effort physique…), je serai inquiet.

Moi, en dehors du boulot, je suis comme vous, j'ai un cœur et, jour après jour, j'ai suivi le rétablissement présidentiel. De plus, je ne vous cache pas que la photo de Carla et du président faisant trempette au cap Nègre a accentué mon inquiétude.

On voyait bien que c'était bidonné. Cette façon de rentrer son ventre et de gonfler les pectoraux… À part

Aldo Maccione dans *L'Aventure c'est l'aventure*, plus personne ne fait ça.

Même son attitude à elle était bizarre : allongée sur un rocher avec son chapeau, ses lunettes et des palmes aux pieds.

Il y a un accessoire en trop : soit elle bronze et elle retire ses palmes, soit elle nage et elle enlève son chapeau.

Peut-être que Carla, d'humeur taquine, voulait imiter la démarche de son mari. Observez-le bien, même lors des réceptions officielles on a l'impression qu'il se déplace avec des palmes.

Elle avait besoin de rire, Carla. Vous savez, ce sont des moments difficiles : votre compagnon a fait un malaise cardiaque, il est inquiet… vous faites n'importe quoi pour le distraire, le rassurer.

Oui, d'après Frédéric Lefebvre c'était un malaise cardiaque. Mais bon… de la part d'un homme qui accuse son BlackBerry d'être responsable de ses fautes d'orthographe, faut relativiser.

Chez Lefebvre, l'art de la gaffe confine au génie. Il aurait été redoutable sous François Mitterrand : dès 81, il nous aurait appris que le président souffrait d'un cancer de la prostate. Puis, tout de suite, il aurait ajouté : « Ne vous inquiétez pas, sa fille Mazarine s'occupe de lui ! »

Sur Google, vous tapez « Frédéric Lefebvre – Bêtisier », et vous obtenez un total de 12 400 réponses. Pour quelqu'un que personne ne connaissait il y a deux ans encore, c'est pas mal !

Au-delà de tout, Carla doit culpabiliser. Ce régime draconien qu'elle lui a imposé (neuf kilos perdus en six mois), c'est beaucoup trop. Ressembler à Karl

Lagerfeld pourquoi pas, mais faut arrêter le jogging, vous n'êtes plus en condition !

Non, non, rien sur le président et puis, vous savez, je suis comme beaucoup de Français, depuis qu'il a fait son malaise, je m'y suis attaché davantage : + 7 % d'opinions positives.

Michael Jackson, + 100 % d'opinions positives. Le malaise définitif est encore plus bénéfique. Oui, Michael tout est oublié. Je pense que bientôt les enfants qui ont forcé Bambi à avoir des rapports sexuels vont le payer très cher.

Cela dit, rassurez-vous, dès que le président est rétabli, je reprends mon activité. Ça peut aller très vite : dès lundi !

Il ne s'agit pas de faire comme Guy Carlier qui, après avoir tiré à boulets rouges sur Nadine Morano, publie cette semaine un livre entier à sa gloire. Je le cite : « Au début, Nadine irrite, on la trouve simpliste et puis sa sincérité fait résonner en nous des émotions qu'on croyait perdues. »

Guy n'aurait-il pas, lui aussi, fait un malaise vagal ? C'est, je vous le rappelle, une privation d'oxygène au niveau du cerveau. Sa privation à lui ayant duré toute la rédaction du livre. Le plus tragique, c'est qu'après ce genre d'accident, le patient ne se souvient plus de rien. Si ça se trouve, dans quelques jours, Guy va découvrir, effaré, son ouvrage en librairie.

On lui souhaite évidemment un prompt rétablissement. Et surtout aucune rechute. Un nouveau malaise vagal pourrait nous valoir un nouveau livre, intitulé cette fois : *Frédéric Lefebvre ou l'intelligence en mouvement.*

Ne parlons pas de malheur.

Mais que fait la police ?

7 septembre 2009

On est rentrés de vacances détendus, reposés, un brin insouciants, avec l'envie de siffloter, de profiter un maximum de l'été indien… Eh bah on a eu tort ! Les chiffres sur la délinquance sont catastrophiques : + 12 % de cambriolages, + 5 % de violences sur les personnes.

Alors je me pose la question suivante : qui est responsable ? Qui était en charge de la sécurité des Français ces dernières années ?

Pour vous, chers auditeurs, j'ai enquêté, j'ai recherché le nom des ministres de l'Intérieur les plus récents.

De mai 2005 à mars 2007, ministre de l'Intérieur : Nicolas Sarkozy. Ça ne peut pas être lui, le laxiste : il était tellement en colère jeudi quand il a pris connaissance des chiffres sur la délinquance. Il ne va pas être en colère contre lui-même, ça n'a pas de sens !

De mai 2007 à juin 2009, ministre de l'Intérieur : Michèle Alliot-Marie. Pareil : ça ne peut pas être elle, Nicolas Sarkozy ne peut pas être en colère contre quelqu'un qu'il a lui-même choisi.

Donc, le responsable ne peut être que celui qui a assuré l'intérim entre Nicolas Sarkozy et Michèle Alliot-Marie, de mars 2007 à mai 2007 : François Baroin !

Si aujourd'hui on se fait agresser, insulter et cambrioler… c'est la faute de Baroin qui n'a rien branlé pendant deux mois. Baltringue !

Les chiffres sont mauvais, mais la réaction de Nicolas Sarkozy a été immédiate et très spectaculaire.

Tout le monde a pu voir ces images du président quitter l'Élysée à pied et débouler au ministère de l'Intérieur. Même pas le temps d'attendre une voiture, il était à table, il a balancé sa serviette et il est parti !

D'abord, il a voulu engueuler Baroin : « Il est où ce petit con ? Donnez-moi l'adresse de Michèle Laroque ! » Puis, finalement, il a changé d'avis et s'est dirigé place Beauvau afin de sermonner Brice Hortefeux, notre nouveau ministre de l'Intérieur.

C'est l'inconvénient d'habiter en face. Au moindre souci, t'as l'autre qui déboule. Aux Finances, à Bercy, ils sont beaucoup plus peinards. D'ailleurs, ça se sent, ils disent connerie sur connerie : « Que les 3 000 évadés fiscaux se dénoncent ! » ; « La taxe carbone n'est pas un nouvel impôt ! » Jamais une visite !

En tout cas, place Beauvau, les policiers et les gendarmes se sont pris une soufflante de la part du président qui était redevenu, l'espace d'un instant, ministre de l'Intérieur, son plus grand rôle ! Le lendemain sa doublure, Brice Hortefeux, s'est chargée d'engueuler les préfets.

À ce propos, on note le grand retour d'Hortefeux : on l'avait quitté en janvier dernier sur un résultat magnifique (30 000 expulsions de sans-papiers en une année !) Puis il s'était totalement éteint au ministère des Affaires sociales (le rôle du gentil qui aide les autres, c'est pas du tout son truc) mais là, de nouveau, il va faire très mal.

Donc, Brice a été très clair : les cinq préfets obtenant les moins bons résultats en matière de délinquance sont priés de prendre exemple sur les cinq meilleurs préfets. Hortefeux a tapé du poing sur la table.

Du coup, on a entendu des réflexions du genre : « Faut comparer ce qui est comparable » ; « Chaque département a sa spécificité » ; « C'est logique qu'il y ait plus d'agressions en Seine-Saint-Denis où il y a 5 000 habitants au kilomètre carré que dans la Creuse où il y en a 14 ! »

Faut arrêter de chipoter, Brice a raison, on constate des disparités anormales. Les attaques de voiliers par exemple : départements du Var et de la Corse, + 22 % ! Dans les Vosges ou en Savoie, 0 % ! Pas un voilier de piqué cet été !

Agression à un distributeur de billets, + 15 % dans le Val-d'Oise, alors qu'en Hautes-Pyrénées, au sommet du pic du Midi, aucun distributeur n'a été braqué !

Bon, vous l'avez compris, on n'est plus du tout en sécurité.

Mais on s'en doutait un peu après le caillassage essuyé par Henri Guaino dans une rue de Montfermeil, cet été.

Une violence inouïe et, selon lui, totalement inattendue.

C'est vrai, tentez l'expérience : rendez-vous à Montfermeil au milieu de la nuit dans une des rues les plus sensibles… prenez soin d'être escorté par le préfet et deux voitures de la BAC. Vous verrez, c'est totalement inattendu, mais vous vous prendrez des projectiles.

Le bidonnage de Sarkozy !

8 septembre 2009

Jeudi dernier, Nicolas Sarkozy a effectué son premier déplacement de la rentrée en province. Une visite importante, symbolique, organisée aux petits oignons par son entourage.

Ce jour-là, le président devait apparaître souriant, bronzé, serein et désinvolte… Il fallait donc une visite conviviale et décontractée. Pas question, par exemple, que Nicolas, encore convalescent, soit chahuté ou interpellé sur un sujet délicat.

Le cahier des charges était clair : proximité et bonne humeur !

Pour cela, on avait choisi une usine flambant neuve en Basse-Normandie, sans conflits sociaux.

Une fois le décor planté, il ne restait qu'à sélectionner des employés modèles. Si, par malheur, ceux de l'usine ne convenaient pas totalement, un plan B prévoyait d'en acheminer d'autres choisis sur des sites voisins.

Ce qui sera fait au final. En effet, une consigne ultraconfidentielle précisait qu'aucun employé ne devait dépasser en taille le chef de l'État ! Une info révélée dès le lendemain par nos « sulfureux » confrères de la RTBF, les journaux de TF1 et de France Télévisions ayant observé la plus grande discrétion. Pourtant David

Pujadas, qui mesure un mètre cinquante-six, aurait dû révéler l'affaire, puis se porter volontaire pour les prochains déplacements présidentiels.

Trouver des gens plus petits que le président : un véritable casse-tête pour son entourage. À ce propos, si Nicolas Sarkozy recherche des endroits où il peut frimer et être à son aise, je lui signale deux manifestations : la convention des personnes de petite taille, qui se tient tous les ans à Perpignan, et la marche des pygmées d'Afrique au Congo.

Donc, jeudi dernier, on a fait venir des gens ne dépassant pas le président. Bon, s'ils avaient vraiment voulu bien faire les choses, il aurait aussi fallu qu'ils soient agités de spasmes et demander à l'association France Parkinson d'envoyer des membres !

J'espère en tout cas que les successeurs de Nicolas Sarkozy ne feront pas la même chose. Vous imaginez si, en 2012, Bayrou est élu président… Pour l'entourer, il faudra trouver des gens aux oreilles décollées : « Philippe Gildas et Dany Boon, montez sur l'estrade ! »

Pour Martine Aubry, ne choisir que des femmes « hyperféminines » ! « Mademoiselle ? Oui, vous qui faites du 52, rejoignez madame la présidente. »

Si c'est Philippe de Villiers, il ne faudra sélectionner que des fins de race : « Stéphane Bern et tous ses cousins : sur l'estrade ! »

[Imitation Bern :] « Oh, non, vous n'avez pas le droit ! »

Il paraît que c'est une première, que jamais encore on n'avait bidonné une sortie présidentielle en recrutant des figurants.

Un concept inventé par Luc Chatel qui, le 17 août dernier, s'était affiché dans un supermarché entouré de fausses ménagères (en réalité des sympathisantes UMP) le congratulant chaleureusement sur le prix des fournitures scolaires.

Quel dommage que Marcel Béliveau, le réalisateur de « Surprise sur prise », soit mort, il aurait été formidable au service de la communication de l'Élysée.

Après tout, on pourrait tout bidonner. Éric Besson pourrait très bien organiser l'affrètement d'un faux charter de sans-papiers albanais.

Juste avant leur décollage pour Tirana, les Albanais reconnaissants applaudiraient le ministre de l'Immigration pour son humanité et sa grande tolérance.

Brice Hortefeux et Fadela Amara pourraient simuler une table ronde avec des policiers et des jeunes issus des quartiers, afin de prouver à l'opinion publique qu'il existe un vrai consensus. Ah, c'est déjà fait ? Ça vient d'être fait ? Avec une belle photo de groupe à la fin ? Pardon, je ne savais pas.

L'exercice a malheureusement ses limites. En mai 2012, le président devra trouver de vrais électeurs qui auront envie d'aller voter pour lui, pas des figurants.

En revanche, si l'on veut gagner à tout prix, obtenir la majorité absolue quels que soient les votes… Là, il faudra prendre conseil auprès de spécialistes, tel Ali Bongo ou le président iranien. On n'en est pas là, pour l'instant, ce ne sont que les déplacements présidentiels qui sont bidonnés.

La journée mondiale des salopards !

9 septembre 2009

Je ne comprends rien à la politique étrangère de la France en matière de droits de l'homme. Rien ! Je dois être con !

Hier, j'ai lu dans la presse que Nicolas Sarkozy avait adressé ses félicitations à Ali Bongo (le fils d'Omar Bongo) pour son élection à la tête du Gabon. Or, il paraît que ce fut une parodie de démocratie : listes trafiquées, urnes bourrées… un vrai scandale !

Depuis, à Port-Gentil, tous les soirs, des émeutes éclatent, des habitants sont tués par les militaires et des opposants disparaissent…

Un sourd-muet, notamment, a été tué par des policiers. « Sans sommation », nous précise *Le Figaro*… ça n'aurait pas changé grand-chose.

Bref, la terreur règne et Sarkozy envoie un télégramme de félicitations à Ali Bongo !

C'est bizarre d'être aussi gentil avec quelqu'un d'aussi peu recommandable !

Ou alors, il faudrait que ce soit organisé : on crée une Journée mondiale des salopards. Une fois par an, on rend hommage à un salaud de son choix.

« Qu'est-ce que t'as fait, toi ?

– J'ai envoyé un télégramme à Ali Bongo pour son élection et toi ?

– Moi, j'ai envoyé des chocolats à Philip Garrido, le ravisseur de la petite Jaycee ! »

Il faut vraiment trouver une date, l'institutionnaliser.

La semaine dernière encore, pour souhaiter un joyeux anniversaire à Kadhafi, la France a envoyé deux avions de chasse survoler Tripoli. En 88, pour souhaiter un joyeux anniversaire aux Écossais, Kadhafi avait envoyé un Bœing 747 survoler Lockerbie[1].

Ce genre de journée, ça permettrait de faire passer tout un tas de trucs un peu dégueu comme ces fameuses félicitations à Ali Bongo.

Je ne comprends pas l'attitude du président. J'espère que ce n'est pas une séquelle de son malaise vagal…

Je vous dis ça parce que, en juin dernier, quand il avait encore toute sa tête, il avait dénoncé l'ampleur de la fraude électorale en Iran. Il l'avait fait, détail amusant, à Libreville, en marge des obsèques du président gabonais ! Il avait dit aux journalistes présents : « C'est exécrable, le peuple iranien mérite autre chose ! »

Le peuple gabonais aussi mérite autre chose. Ce pays est le troisième producteur de pétrole d'Afrique subsaharienne, mais la plupart de ses enfants ne sont pas scolarisés faute de structures… Il y a un problème !

C'est quand même bizarre que les Gabonais aient pu se dire : « Le père nous a ruinés, élisons le fils ! » Le Gabonais est ruiné, mais pas totalement con.

Omar Bongo possédait soixante-dix comptes bancaires en France. Une fois par semaine, il apprenait par cœur les codes de ses cartes de crédit.

1. Le 21 décembre 1988, un Boeing 747-100 assurant la liaison Londres-New York explose en vol, au-dessus du village écossais de Lockerbie et entraîne la mort de 270 personnes.

Il paraît qu'il existe d'autres dictateurs dans le même cas. Éric Woerth, notre nouveau Zorro de la finance, devrait s'en occuper : « Que tous les dictateurs qui possèdent des comptes en France se dénoncent ! »

En revanche, si j'ai du mal à comprendre les félicitations du président Sarkozy, je comprends parfaitement celles de Bernard Kouchner. Ah bah oui, Kouchner-Bongo, c'est une vraie histoire de famille.

Bernard faisait énormément d'affaires avec son papa…

Quelque temps avant sa mort, Omar avait encore versé 800 000 euros dans une société présidée par M. Kouchner… Le départ de papa Bongo, pour Bernard, ç'a été une déchirure !

Aujourd'hui, il faut reconstruire toute la relation avec le fiston… qui ne connaît pas forcément les procédures, les numéros de comptes, où déposer les valises, où planquer les clés de la consigne… Enfin tout le bordel !

Mais moi aussi je suis comme ça, je suis fidèle : M. Tétia, mon jardinier, son père travaillait déjà chez mon père. Et, je le dis sans honte, à la mort de Tétia père, bien que d'autres jardiniers se soient présentés, j'ai engagé Tétia fils.

C'est quand même emmerdant ce télégramme de félicitations. Surtout que, durant sa campagne électorale, le candidat Sarkozy avait promis une rupture avec les anciennes pratiques.

« Il faut tourner la page des complaisances, des secrets et des ambiguïtés. »

Faudrait créer la journée « On s'en branle de nos promesses ! » Une fois par an, on pourrait revenir sur les promesses qu'on a faites.

Brice, toujours le mot pour rire !

14 septembre 2009

Nicolas[1], j'ai une histoire drôle pour vous : deux Arabes sont dans une voiture, qui conduit ? [Un temps.] La police ! [Rire outrancier.] Comment ça, c'est raciste ? C'est de l'humour[2] !

Non, je ne voulais pas dire que tous les Arabes sont des délinquants… Je me moquais de la police ! [De parfaite mauvaise foi.] Je voulais dire que les policiers sont de vrais gosses et qu'ils se battent toujours pour conduire…

Vous me connaissez Nicolas, jamais dans ma bouche il ne pourrait y avoir le moindre propos ambigu sur les bougnoules, enfin les… C'est quoi déjà le terme pour les désigner sans qu'ils nous fassent un caca nerveux… ? Maghrébins ! Voilà, les Maghrébins.

Comment ça je dois démissionner de France Inter ? Vous plaisantez ?

1. Nicolas Demorand.

2. Lors du campus d'été de l'UMP dans les Landes, en septembre 2009, Brice Hortefeux, au sujet d'Amine, membre UMP d'origine arabe avait déclaré : « Il en faut toujours un. Quand y en a un, ça va. C'est quand y en a beaucoup que ça pose problème. » Puis avait assuré qu'il parlait des Auvergnats.Le ministre de l'Intérieur a été condamné le 4 juin 2010 à 750 euros d'amende et 2 000 euros de dommages et intérêts pour injure à caractère racial.

Je me moquais des Corses… dans mon histoire drôle, les policiers sont corses, et comme j'ai du sang corse… je pratiquais l'autodérision.

D'ailleurs, je ne comprends pas ce mauvais procès qu'on fait subir à Brice Hortefeux. Il a raison de dire qu'il est scandalisé par l'exploitation hallucinante de cette affaire.

Brice, c'est un mec doté d'un humour incroyable. Fadela Amara le dit, même avec elle, c'est vanne sur vanne : « Fadela, passe l'aspirateur ! Fadela, va faire les courses ! Fissa, fissa Fatima ! » Oui, parfois, il doit l'appeler Fatima ! Pour rire ! « Fatima, range ton gourbi ! »

Toujours le bon mot, Brice. Quand il part en Afrique avec Rama Yade, dans l'avion il lui lance : « Fais gaffe, tu pourrais ne pas revenir ! »

Je pense qu'à l'atterrissage elle a eu droit à : « Rama, mets ton boubou, on arrive ! » Ce n'est pas méchant : Alain Destrem, le député UMP qui avait dit que Ségolène en boubou lui évoquait sa femme de ménage, c'est la même bande, c'est un clan !

Il est comme ça, Brice, faut pas se formaliser. Si, dans un restau, le serveur est noir, il va lui dire en claquant des doigts : « Hé, Barack Obama, un café ! »

De toute façon, il me semble normal que les minorités visibles ayant eu *la chance* d'entrer au gouvernement acceptent de se faire bizuter. Azouz Begag qui se vexe sous prétexte que Brice lui a fait signe avec le pouce qu'il allait l'égorger comme un mouton… faut arrêter !

Je me souviens, quand j'étais au lycée, en face il y avait un bistrot avec un berger allemand. Dès qu'un Noir entrait pour consommer, le chien voulait le bouffer. Tout le monde riait. Surtout quand le patron disait :

« T'as faim, Rex, il a faim mon Rex ? » Malheureusement en 84, avec la création de SOS Racisme, « Touche pas à mon pote », et toutes ces conneries, c'est devenu plus dur de rigoler.

Mais là, je le sens, c'est le grand retour de l'humour colonial…

Vous savez, Brice, c'est une personnalité complexe, faut le comprendre, il a vécu un moment incroyable dans sa carrière : réussir à expulser 30 000 sans-papiers, alors qu'on lui en demandait 27 000 !

3 000 de plus qu'il nous a offerts, comme ça, cadeau, pour le fun ! En quelques jours, il est devenu une énorme star chez tous les propriétaires de berger allemand.

Après, pour lui, ce fut le trou noir : il a été très malheureux au ministère des Affaires sociales… Un poste où il se devait d'aider son prochain, et plus particulièrement les immigrés. C'est pas son truc !

Brice possède quand même un physique assez particulier : grand, blond, dégarni. Il serait formidable au cinéma dans le rôle d'un officier allemand. Donc, pour donner sa pleine mesure, il est nécessaire qu'il trouve un job en adéquation avec son physique. Mais là, je peux vous dire, premier flic de France, avec son type d'humour ? Dans les quartiers, il va faire un carton !

Bon, ce soir, il doit se rendre au dîner de rupture du jeûne du ramadan, à l'invitation des musulmans d'Auvergne. La corvée.

Il faut bien qu'il fayote un peu, qu'il se refasse une virginité. Mais demain, quand il va raconter sa soirée à ses potes, ça va fuser, les plaisanteries sur les bicots, les ratons et les melons… Ça va être grandiose !

Le gouvernement rate sa grippe

15 septembre 2009

Je suis très embêté, il paraît que le vaccin contre la grippe A n'est pas fiable.

Ils ont mis dedans tout un tas de saloperies : aluminium, mercure, squalène, sans en connaître vraiment les effets secondaires. Dans le squalène, il y a du carbone, si ça se trouve, ils en ont mis juste pour qu'on paye la taxe !

Le problème, c'est que ce vaccin a été créé en quatre mois, ce qui est très court. On n'a pas vraiment eu le temps de le tester.

Les quelques cochons d'Inde vaccinés se portent bien… pour l'instant ! Comment seront-ils dans quelques semaines ?

Et puis, là où le cochon d'Inde résiste, l'homme résistera-t-il aussi ? Attention : perdre un ami ou un membre de sa famille, c'est beaucoup plus douloureux que de perdre un cochon d'Inde ! (Je devine qu'il y a des petites filles qui m'écoutent et qui ne sont pas d'accord, mais si !)

Le risque avec ce vaccin, c'est d'attraper la maladie de Guillain-Barré, une paralysie totale des muscles et du système respiratoire. Avec la grippe A, les symptômes sont : fièvre et courbatures.

C'est pas de bol ! C'est la première fois qu'on met au point un vaccin plus dangereux que la maladie à éviter.

En plus, c'est un vaccin fabriqué en Chine… Il n'a rien pour lui ! Si jamais ils mettent dedans le même produit que celui mis dans les fauteuils relaxants Conforama, on est mal ! En plus d'être paralysé, le vacciné sera brûlé au troisième degré.

La vaccination est gratuite, c'est déjà ça. Le fauteuil Conforama coûte quand même 250 euros.

Tout le monde fouette. Un tiers du personnel de santé hésite à se faire vacciner. C'est rassurant ! Ça rappelle l'inquiétude des navigants d'Air France qui refusaient d'embarquer quand l'avion était équipé des anciennes sondes Pitot.

Le vrai souci, c'est que le gouvernement a commandé 94 millions de doses de vaccin pour un total d'un milliard d'euros, et qu'il n'est pas question de mettre tout ça à la poubelle !

C'est pourquoi le ministère de la Santé est formel, la vaccination massive aura bien lieu !

Grâce à Dieu, personne ne peut vous obliger à vous vacciner.

Il faut votre accord. Même votre employeur ne peut vous y contraindre. À part, bien sûr, France Télécom, qui maltraite ses employés, les défenestre… Eux, évidemment, se feront piquer plusieurs fois de force !

C'est sûr que toutes ces doses, si plus personne ne veut se faire vacciner, c'est du gâchis.

On pourrait au moins vacciner les femmes enceintes. Cette année, la France est de nouveau championne d'Europe de fécondité avec 828 400 bébés… Si le vaccin tue quelques mamans, ce n'est pas dramatique. Au contraire, la France est le pays qui congèle le plus de nourrissons ; j'ai l'impression qu'on est devenus blasés avec toutes ces naissances.

Maintenant, je voudrais qu'on ait tous une pensée pour Roselyne Bachelot qui, depuis des mois, s'investit totalement dans cette grippe, multipliant les interventions, les points presse, avec, chaque fois, une dramaturgie extraordinaire : voix grave, roulement d'yeux, comme si le virus la rongeait déjà de l'intérieur…

Depuis le début, tout a joué contre elle. On s'attendait à une grippe gravissime, le mot « porcine » était très prometteur, on espérait une mutation du virus, une sorte de cousin de la grippe espagnole. On a dépensé des millions, en vaccins, en campagnes de prévention, en masques, et au final… c'est une petite grippe de tafiole, qui tue encore moins qu'une grippe saisonnière !

Il est vital que Roselyne, d'une façon ou d'une autre, soit récompensée de ses efforts. Si personne d'entre nous n'utilise son vaccin, ça peut la tuer ! Trouvons des astuces : offrons un titre de séjour à des sans-papiers en échange d'une piqûre… Grâce aux effets secondaires, ce sera un titre provisoire. Vaccinons en cachette les vieux dans les hospices, on leur fera croire que ce sont des vitamines.

Faisons le maximum, sinon le gouvernement Sarkozy aura même raté sa grippe, c'est terrible !

Ce qui est crétin, c'est qu'on aurait pu mettre tout cet argent dans la recherche d'un vaccin contre le paludisme. Avec le paludisme, on n'est jamais déçu, c'est mortel à tous les coups : un enfant toutes les trente secondes en Afrique. Ça en fait dix depuis que j'ai démarré cette chronique…

France Télécom : suicide story !

16 septembre 2009

C'est terrible, cette hécatombe chez France Télécom : 23 suicides depuis janvier 2008, ça fait plus d'un par mois.

Le P-DG, Didier Lombard, a réagi hier en déclarant vouloir enrayer cette spirale infernale. Il était temps !

C'est curieux d'avoir attendu deux ans et 23 suicides pour réagir. Peut-être que M. Lombard laissait faire volontairement, histoire de dégraisser ses effectifs ?

Après chaque suicide, M. Martin, responsable des ressources humaines, l'appelait à la direction du siège.

« Monsieur Lombard, ça y est ! Mlle Dutilleul, du service téléphonie mobile, nous a quittés !

– Ah ! Bonne nouvelle mon petit Martin, vous êtes sûr que c'est définitif ?

– Certain, M. Lombard, elle a quitté l'immeuble par la fenêtre et, comme nos bureaux sont au sixième, on peut parler d'un départ définitif.

– Ça fait une belle économie, non ?

– Ah, oui monsieur Lombard, douze ans qu'elle était là ! ».

Autant de suicides, il y a un truc qui cloche. Chez SFR ou Bouygues, personne ne se zigouille. Existerait-il un problème de management ou de harcèlement chez France Télécom ?

C'est curieux, ils n'ont pas du tout cette réputation. Depuis toujours, quand on nous dit « France Télécom » on pense : tendresse, écoute, humanité. Souvenez-vous, à l'époque du monopole, quand on oubliait de payer sa facture, cette façon de mettre la ligne en utilisation restreinte…

Je ne pense pas qu'ils appliquent ce genre de méthode à leurs employés.

« Dites-moi, Martine, vous n'avez pas atteint votre quota de ventes cette semaine : – 12 % de forfait Premium !

– J'ai eu un problème de santé, monsieur Rossi.

– Premier avertissement, au deuxième vous quittez Paris pour l'agence de Saint-Étienne !

– Non, pas Saint-Étienne, monsieur Rossi !

– Vous préférez Mulhouse ?

– Bon, d'accord pour Saint-Étienne ! »

Si ça se trouve, au départ, quand vous souhaitez travailler chez France Télécom, ils sont super sympas.

De la même façon, ils sont extrêmement accueillants quand vous prenez un portable dans une de leurs boutiques : grand sourire, SMS illimités, la totale ! Et dès que vous avez signé pour deux ans c'est fini, les emmerdes commencent !

[Le client :] Oui, bonjour mademoiselle, j'ai un problème avec ma facture… (Le « bonjour mademoiselle », c'est après dix minutes d'attente…) Là, je ne le fais pas, sinon Fabrice Drouelle, qui est déjà en place pour le journal, va faire la tronche. Il ne rigole pas du tout cette année. (Drouelle, chef d'équipe chez France Télécom, il aurait déjà trois morts sur la conscience !)

Bon, je reprends mon sketch :

[Le client :] Bonjour, mademoiselle, j'avais pris l'abonnement « Pro » à 44 euros par mois, je reçois un total de 135 euros, c'est quoi ce bordel ?

[Standardiste :] Bien, monsieur, je vous demande quelques instants afin de vérifier votre identité.

(Re-dix minutes d'attente… Pareil, je passe à cause de Fabrice Drouelle.)

[Standardiste :] Oui, monsieur, vous êtes toujours là ? Merci d'avoir patienté. Je vois que vous avez téléphoné des Antilles deux fois dix minutes… C'est pour ça, le supplément.

[Le client :] Mais les Antilles, c'est la France !

[Standardiste :] Ce sont les DOM-TOM, monsieur, c'est surtaxé les DOM-TOM !

Et là, ça part, vous la traitez de voleuse, de salope, comment peut-elle se regarder dans une glace ?

S'ensuit un long silence. Monique, au départ, était ingénieur chez France Télécom, elle avait travaillé cinq ans sur un projet pour se le faire retirer du jour au lendemain sans la moindre explication. Après une dépression, elle a choisi de revenir modestement travailler au standard… Monique, usée, à bout, vient de se jeter par la fenêtre.

Heureusement, tout ça, c'est du passé ! Hier, le P-DG de France Télécom a annoncé la création d'un numéro vert grâce auquel une équipe de psychologues répondra aux salariés en détresse. Espérons qu'ils ne tomberont pas, comme souvent quand on les appelle, sur un serveur vocal.

« Bonjour. Vous allez tenter de vous suicider, tapez A. Vous avez déjà commencé, tapez B. »

[Là, le salarié tape B.]

– Vous avez avalé des médicaments, tapez A.

Vous avez enjambé la fenêtre, tapez B.

Vous êtes debout sur une chaise, la corde au cou, tapez C.

Merci. Nous allons vérifier votre identité. [Un temps.] Allô, allô, monsieur Durand ? »

M. Durand n'est plus, mais que ses camarades se rassurent : avant-hier, Nicolas Sarkozy a déclaré vouloir intégrer le bonheur dans les politiques publiques.

L'État étant le principal actionnaire de France Télécom, tous ses salariés vont être chouchoutés.

Giscard a la barre !

23 septembre 2009

Une seule question passionne les Français cette semaine, et éclipse tout le reste : l'affaire Clearstream. La grippe A ou tout le reste, on s'en fout ! Nous, ce qu'on veut savoir c'est : oui ou non, le président Giscard d'Estaing s'est-il tapé Lady Di ?

En effet, dans un ouvrage qu'il s'apprête à publier, VGE raconte l'histoire d'un président de la République qui console une princesse, malheureuse en amour *et* originaire du pays de Galles.

Fiction ou réalité ? Depuis hier, des deux côtés de la Manche, on s'interroge.

Si cette histoire est inventée de toutes pièces, pourquoi Giscard veut-il, à quatre-vingt-trois ans, nous faire croire qu'il s'est tapé Lady Di ? Surtout qu'elle ne peut plus démentir l'info.

C'est peut-être le début d'une collection littéraire : chaque année, Giscard nous contera une romance avec une femme célèbre, aujourd'hui morte : Farrah Fawcett, Romy Schneider et, pourquoi pas, Marilyn Monroe !

[Imitation Giscard.] « Écoutez, Marilyn, je l'avais prise sur le canapé de son salon, juste après le président Kennedy, elle était très sensuelle… D'ailleurs, sous la douche, elle m'avait chanté Pou Pou Pi Dou ! » (Et non pas Pom Pom Pompidou.)

Peut-être aussi que Giscard s'ennuie. « À quoi les anciens présidents de la République occupent-ils leurs loisirs ? », s'interroge *Le Figaro*. Le général de Gaulle conversait de l'insignifiance des choses avec les étoiles, Jacques Chirac promène Sumo et boit des bières : tout, sauf rester à la maison avec maman !

Si cette histoire est vraie, essayons de comprendre le pourquoi du comment.

D'abord, les présidents de la République ont toujours été des queutards : Félix Faure est mort dans les bras d'une prostituée ; Giscard s'est fait gauler plusieurs fois au petit matin en galante compagnie, notamment en emboutissant le camion du laitier ; François Mitterrand avait une double vie et Jacques Chirac, avant de se résigner à promener Sumo, était surnommé par ses collaborateurs « Cinq minutes, douche comprise » !

Même entre eux, d'ailleurs, les présidents se charrient. Souvenez-vous de la célèbre phrase de Giscard : [Imitation :] « Vous n'avez pas le monopole du cœur, monsieur Mitterrand, vous ne l'avez pas ! » Ce qui signifie en langage plus cru : [Imitation :] « Moi aussi, je nique monsieur Mitterrand, je nique tout ce qui bouge ! »

Rappelons aussi que Valéry Giscard d'Estaing a fait toute sa campagne présidentielle de 74 avec le slogan : « Giscard à la barre ». Impensable aujourd'hui… Si DSK se présente en 2012, on n'imagine pas une seule seconde une affiche siglée : « DSK a la barre ! »

Bon, cette histoire entre le président et Lady Di est d'autant plus crédible que la princesse non plus n'était pas farouche.

Le Figaro, très excité par cette affaire, dresse une liste de tous ses amants : gardes du corps, professeurs d'équitation, banquiers, antiquaires, etc. Manquait au tableau de chasse princier un président de la République.

Le biographe officiel de la princesse n'y croit pas : « Trop vieux ! Diana n'aimait que les jeunes ! »

Attention, peut-être que Giscard lui a fait de somptueux cadeaux : la princesse n'était pas insensible aux bijoux, et le président avait sans doute gardé quelques très beaux cailloux de son époque Bokassa.

Il pourrait aussi s'agir d'une vengeance. À l'époque, le prince de Galles couchait déjà avec Camilla Parker-Bowles, plus âgée que lui, et Diana lui aurait dit : « Quitte ta vieille ou je me fais un vieux ! » Un roturier ridicule, qui s'est acheté une particule, « d'Estaing », joue de l'accordéon et répète en boucle : « Bonsoir, madame, bonsoir, mesdemoiselles, bonsoir, messieurs. » L'autre lui a répondu : « Chiche ! » et la princesse a couché avec Giscard ! Au passage, elle lui a réclamé un ou deux diamants, ça vaut au moins ça…

Seulement voilà, pas de bol, VGE tombe raide dingue de la princesse. Il le dit dans son livre : « Je rentre à l'Élysée la tête en feu et le cœur étincelant. » (Vite prendre une douche pour ne pas me faire gauler par Anne-Aymone. Ça, ce n'est pas marqué, mais c'est ce qu'il a fait.)

Pendant des années, Giscard, le cœur en écharpe, souffrira énormément. Si ça se trouve, la Fiat Uno qu'on n'a jamais retrouvée au pont de l'Alma, c'est lui qui la conduisait.

[Imitation :] « Je ne supportais pas qu'elle couche avec Dodi Al-Fayed, un magnat égyptien, producteur de cinéma. Je ne le supportais pas ! Alors, j'ai loué une Fiat Uno et fait une embardée sous le pont de l'Alma, ç'a été définitif ! »

Bref, on apprend des trucs incroyables en ce moment.

Johnny, Sarkozy… même combat

28 septembre 2009

Je suis à la fois déçu et très surpris par ce qui s'est passé mercredi dernier à New York, lorsque Nicolas Sarkozy a humilié publiquement Arlette Chabot et Bernard Kouchner.

J'étais persuadé que le président avait changé et que les coups de gueule du type : « Casse-toi pauv'con » ou : « Descends un peu le dire, si t'es un homme ! » appartenaient au passé.

En plus, j'avais lu, comme vous tous, des dizaines d'articles évoquant un président plus calme, plus serein, habité dorénavant par la dimension de sa charge.

Tous ceux qui l'avaient approché ces derniers temps – journalistes, intellectuels – semblaient bluffés par sa métamorphose. Même *Le Nouvel Obs* était sous le charme… Jean Daniel parlait d'un président « nullement survolté, aux traits pleins, rassérénés et apaisés ». Il ajoutait que Sarkozy pourrait prendre à son compte les mots de Léon Blum : « J'ai acquis devant l'injure la sérénité du couvreur sur le toit. »

Ça, quand t'es invité à déjeuner à l'Élysée et que tu rentres bourré, ne jamais écrire ton article tout de suite.

Bon, on pensait que le président avait changé et là, patatras !, à New York, sous prétexte qu'il a foiré son interview en qualifiant de « coupables » les prévenus de l'affaire Clearstream… il dézingue Arlette Chabot. Arlette qui aime ça… quand tu donnes des coups de fouet, t'aimes aussi en prendre.

Il n'empêche, c'est crétin d'avoir qualifié Villepin de « coupable », ça va être beaucoup plus compliqué maintenant de le faire condamner en loucedé.

Avant qu'Arlette se fasse avoiner, la dispute opposait Bernard Kouchner et le président. Ils n'étaient pas d'accord sur l'Iran. Enfin, Kouchner faisait semblant de ne pas être d'accord. C'est un deal entre eux.

Bernard regrette tellement l'aura qu'il avait dans l'opinion, cette image d'indépendance, de générosité, d'homme de convictions que, parfois, il demande à Sarkozy de le laisser ne pas être d'accord.

C'est puéril. Il pense ainsi redorer son image et puis, vis-à-vis de Christine Ockrent, quand il rentre dîner le soir, il a un truc à raconter, il ne perd pas complètement la face.

Bref, là-dessus, Arlette qui ne connaît pas leurs petits arrangements débarque avec ses gros sabots… « Hé, les gars, votre dispute, ça ferait un beau débat sur France 2 ! »

C'est le problème de la connivence… Journalistes, président, ça fait vingt-quatre heures qu'ils voyagent ensemble, ils ont pris le même avion, ils se tapent la bise. Alors Arlette s'est crue en colo, elle a pensé qu'elle pouvait chambrer le président. Mal lui en a pris. De plus, comme elle n'a pas le physique de Mélissa Theuriau, ça a dérapé.

La suite, vous la connaissez, dès qu'il est énervé, le président perd les pédales, toutes ses belles promesses sur l'indépendance des médias, sa sérénité retrouvée : terminé !

Le patron de France Télévisions c'est lui. Les autres ce sont des potiches. Il va leur montrer, à ces nullards, ce qu'est une grille de programmes… Le retour de « L'Heure de vérité », de « Cinq colonnes à la une » et de *Thierry la Fronde* !

Désespoir de ses attachés de presse : des mois qu'ils communiquent sur sa paix intérieure, sa soif de culture… il serait devenu un vrai rat de bibliothèque. D'après *Le Figaro*, il aurait même commencé à lire *À la recherche du temps perdu*.

Et là, à cause de cette greluche d'Arlette Chabot, tout est par terre. La France retrouve une pile électrique incapable de maîtriser ses nerfs… Question culture, à mon avis quand il rentre du bureau, il doit jouer à la PlayStation.

C'est la même histoire que Johnny et son hospitalisation. Tout cet été, son entourage s'est évertué à répéter que tout allait bien, que c'était juste un coup de fatigue dû au surmenage…

On avait fini par y croire, même si on sait qu'un *check-up* à l'Hôpital américain dure rarement quinze jours… Et, ce week-end, notre Jojo national annonce, sans prévenir personne, qu'il a eu un petit cancer et qu'on lui a retiré un polype sur les muqueuses du colon. D'abord ce n'est pas très rock and roll, et ensuite il fait passer toute son équipe pour des blaireaux.

Bon, je résume : Sarko s'est calmé, Johnny a eu un rhume… Et pourquoi pas, pendant qu'on y est : Arlette Chabot est un sex-symbol, Kouchner refait de l'humanitaire et Nicolas Demorand prend une douche tous les matins avant chaque émission.

Xavier Bertrand, l'ami des enfants

29 septembre 2009

Dans quelques minutes, Nicolas, vous recevrez Xavier Bertrand, secrétaire général de l'UMP, entré au RPR à seize ans. Une véritable vocation ! À un âge où tout ado normalement constitué ne pense qu'à se faire des meufs, télécharger de la musique et fumer des pétards, Xavier choisit comme idole Jacques Chirac. On imagine l'inquiétude de ses parents !

Vingt ans plus tard, Xavier a grandi, son visage est demeuré poupin et sa passion intacte : son nouveau gourou s'appelle Nicolas Sarkozy.

Une dévotion totale, un amour inconsidéré, aveugle… comme peu de gens en ont rencontré dans leur vie. J'ai le souvenir de ma chienne Izis qui m'aimait de cette façon. Même quand je l'engueulais, elle prenait du plaisir, baissait les oreilles et remuait la queue.

Beaucoup ont ironisé sur l'amour de Xavier à l'égard de son maître, caricaturant son fayotage. Je voudrais, pour ma part, prendre sa défense.

Justifier sans cesse l'action de Nicolas Sarkozy et de son gouvernement est un exercice extrêmement difficile qui requiert du sang-froid, aucun amour-propre et une connaissance parfaite de la langue de bois.

Par ailleurs, depuis septembre, jamais les couacs, les boulettes, les ratages en tout genre n'avaient été aussi nombreux : Xavier est sur le pont jour et nuit, sept jours sur sept !

Il y a quinze jours, en plein week-end, il reçoit le texto suivant : « Brice Hortefeux a merdé : rappelle-nous ! »

Là, il rappelle : « Oui, allô, c'est Xavier, qu'est-ce qu'il y a encore ? (...) Oh putain le con, oh le con, le con... Combien de fois je lui ai dit : tes grosses vannes racistes, tu les fais chez toi, à la maison. Appelle ton chauffeur "Bamboula" si ça te fait plaisir, mais pas en public ! (...) Faut que je fasse une annonce. Vous faites chier les gars ! »

Et il fait une annonce. [Imitation :] « Brice Hortefeux que je connais bien, jamais, je dis bien *jamais*, n'a eu de sa vie la moindre pensée raciste. C'est quelqu'un de profondément humain. Je vais vous surprendre, chaque fois que Brice a dû expulser des sans-papiers, ç'a été pour lui une déchirure, une fois je l'ai même retrouvé dans son bureau en train de pleurer. [Changement de ton :] Non, je vais la refaire les gars, excusez-moi, faut que ça reste crédible... Je la refais ! »

C'est le petit péché mignon de Xavier, il veut tellement bien faire que, parfois, il pousse un peu le bouchon. Mais il reste quelqu'un d'extrêmement précieux, avec lui tout s'explique, tout se justifie, tout problème a sa solution. Un peu comme dans un dessin animé pour enfants, le monde merveilleux de Oui-Oui ou des Barbapapa... Un problème : hip hip hip ! Barba-Xavier !

Xavier pourrait très bien travailler sur la chaîne Tiji, expliquer la politique aux tout-petits : « Bonjour les enfants, c'est Xavier Bertrand. Aujourd'hui, le président a eu un malaise vagal... C'est le cerveau qui pendant quelques secondes est privé d'oxygène. Si le président s'est senti mal c'est que, depuis deux ans, il se donne sans compter pour le bonheur des Français. Merci, président ! »

« Bonjour, les enfants, aujourd'hui, à New York, quand Nicolas Sarkozy a prononcé le mot "coupable" au lieu du mot "prévenu", il n'a cité aucun nom, la présomption d'innocence est donc sauve, il n'y a pas de problème. Au revoir les enfants ! »

Violette, ma fille, adore Xavier Bertrand, elle a trois ans. Mais à partir de cinq ans, je le vois chez Manon, la grande, ça les soûle complètement.

Bref, Xavier trouve toujours une solution, une justification aux actes les plus incongrus.

Par exemple, hier, Bernard Kouchner était notre invité. Dix minutes avant son arrivée, son staff nous appelle pour nous informer que le ministre souhaiterait boire un thé avec du vrai citron. Panique à bord : « Est-ce que quelqu'un a du citron ? »

Depuis l'existence du « 7-10 », c'est la première fois qu'un homme politique nous commande une boisson en chemin.

C'est le syndrome Frédéric Mitterrand qui s'est fait installer une sonnette pour commander ses repas. Quand la gauche passe à droite, elle devient plus à droite que la droite.

Eh bien, je suis certain que Xavier Bertrand trouverait une justification à cette demande de citron : « Bonjour les enfants c'est Xavier Bertrand. Bernard Kouchner, qui faisait partie du voyage à New York, a pris froid dans l'avion. Du coup, il a demandé un citron à France Inter. Et comme aujourd'hui, à France Inter, c'est Nicolas Sarkozy qui commande, tout le monde a cherché un citron. Allez, à demain les enfants ! »

Suicide hypra tendance !

30 septembre 2009

Aïe, aïe, aïe… Vingt-quatrième suicide à France Télécom. Ce n'est plus possible, Didier Lombard, le P-DG du groupe l'a dit : « Il faut arrêter cette mode du suicide ! »

Oui, chez France Télécom, le suicide est une mode, c'est hypra tendance cette année. Dans les bureaux, sur les plateaux téléphoniques, toutes les filles ne parlent que de ça… C'est LE sujet du moment :

« Dis donc Béa, quand est-ce que tu te suicides ?

– Arrête, j'en rêve, j'ai deux copines qui l'ont fait, elles travaillaient au "118-218", j'ai plus de nouvelles, mais il paraît que ça a changé leur vie.

– Moi, c'est pareil, mais j'hésite sur la manière. Il paraît que la pendaison n'a plus du tout la cote cette année.

– Ah bah ouais, c'est méga ringue !

– Ah bon ?

– Ah ouais, la grande tendance, si tu veux être dans le coup l'hiver prochain, c'est la défenestration. C'est le retour des seventies : Mike Brant, tout ça !

– Oh, génial ! [Un temps.] Hé ! Tu sais ce qu'il m'a dit, l'autre jour, François Dupuis, le responsable des ventes : "Jamais je me suiciderai !"

– Non, mais attends, François Dupuis, la misère, il vit encore chez sa mère ! »

J'ai lu dans la presse que ces 24 suicides ne seraient pas juste un effet de mode, mais le résultat de conditions de travail épouvantables : cadences infernales, brimades et humiliations en tout genre. Par exemple, le salarié ne peut pas personnaliser son bureau. C'est vrai qu'une photo de sa femme ou du petit dernier, ça peut refiler la pêche, mais ce n'est pas le problème ! Didier Lombard l'a dit : « C'est une mode ! » Et la mode, c'est totalement irrationnel !

Moi, je le vois, ma belle-fille, elle a quatorze ans. Tous les matins, elle part à l'école à poil : petite jupe, sandalettes, tee-shirt. Je lui dis : « Anna, nous sommes fin septembre, couvre-toi ! » Eh bah non, elle préfère attraper la mort que de mettre un manteau !

Heureusement, parmi les 100 000 salariés de France Télécom, certains se foutent complètement de la mode.

Mon père, pendant très longtemps, a continué à porter son maillot de bain moule-bite des années 70. Il s'en fichait. C'est redevenu tendance depuis deux, trois ans, mais pendant des années plus personne ne voulait aller à la plage avec lui !

Si le suicide est une mode (pour reprendre les propos de M. Lombard), c'est assez violent comme pratique ! Et on imagine facilement la détresse et la solitude des salariés « démodés » de France Télécom. Du coup, dès qu'un collègue à eux va mal, fait la gueule, renifle, ils doivent se faire un sang d'encre ! À la pause déjeuner, certains s'inquiètent probablement de la santé de leurs voisins.

« Ça va, Gisèle ?

– Oui, très bien, Jean-Pierre. (Elle renifle tout le temps.)

– T'es sûre ?

– Mais oui, ça va.

– T'as le cafard en ce moment, t'as des ennuis persos ?

– Mais non, pas du tout. Pourquoi tu me demandes ça ?

– Pour rien… Dis donc, Gisèle… Tu veux pas prendre mon bureau par hasard, je suis au rez-de-chaussée, toi, tous ces étages à monter pour arriver au septième, c'est crevant.

– Ça va pas la tête, j'adore mon bureau, y a une vue magnifique et puis j'ai l'ascenseur !

– Mais euh… t'as pas peur de tomber quand t'es à la fenêtre ?

– Écoute, Jean-Pierre, sois pas con, je vais pas tomber quand je suis à la fenêtre. Qu'est-ce que t'as en ce moment ? T'es bizarre.

– T'as raison, je suis pas bien. Hier, j'ai couché avec Jean-Marc qui bosse à l'accueil.

– T'es homo, toi !!?

– Non, non, pas du tout, mais il n'avait pas le moral et ça avait l'air de lui faire plaisir, alors pendant la pause déjeuner, je me suis laissé faire.

– Mais arrête Jean-Pierre de te sacrifier pour le groupe, pense à toi !

– Oui, je sais… mais j'ai tellement peur qu'il vous arrive des trucs à tous. Hier, j'ai prêté 10 000 euros à Sophie qu'était dans la merde, et maintenant c'est moi qui suis dans la merde ! J'ai envie de me foutre en l'air.

– Ah non, pas toi, Jean-Pierre, tu ne vas pas céder à cette mode ! Didier Lombard l'a dit, ça suffit ! Trouve autre chose pour te faire remarquer, sois original, un minimum !

– Gisèle, je peux te demander pourquoi tu renifles depuis tout à l'heure ? Ça m'inquiète.

– J'ai un rhume des foins, détends-toi, ça va très bien ! »

Voilà. Espérons que cette vague de suicides s'arrête au plus vite. Heureusement, Didier Lombard a parlé de mode et non de style. Car comme disait Coco Chanel : « La mode se démode, le style jamais ».

La giscardose !

5 octobre 2009

Dans quelques minutes, vous entendrez le président Valéry Giscard d'Estaing, invité ce matin de Nicolas Demorand.

Giscard aime venir au « 7-10 », il s'y sent bien. Une ambiance très favorable à de nouvelles confidences. Ici, Valéry n'est pas obligé de démentir, de pratiquer la langue de bois… Il peut assumer totalement sa relation avec Lady Di.

[Imitation VGE :] « Écoutez, Nicolas, je suis ravi de venir chez vous. J'adore votre émission. Effectivement, je me suis tapé Lady Di, et pas qu'une fois… »

À France Inter, aucun dispositif de sécurité particulier n'a été mis en place pour accueillir VGE. La question n'est pas de protéger le personnel féminin de la station comme lors de la venue de DSK.

Car il ne s'agit pas d'un cas de priapisme ordinaire, bien au contraire… L'ancien président est très sélectif sur le choix de ses conquêtes, il lui faut du haut de gamme : actrices, princesses, chanteuses…

[Imitation VGE :] « Écoutez, Nicolas, je vais être très franc, je ne pourrais pas me taper une simple standardiste ou une hôtesse. Je ne le pourrais pas… pour la simple raison que j'ai besoin d'admirer. »

Le président est un grand chasseur, il a toujours sélectionné son gibier. C'était le cas quand il tirait sur des éléphants en Centrafrique avec son ami Bokassa : chaque pachyderme était choisi avec soin.

À l'époque, il n'y avait pas encore tous ces bobos d'écolos pour nous emmerder avec la préservation des espèces, la biodiversité, toutes ces conneries. Une belle femelle éléphant centenaire, on pouvait la cartonner au fusil à lunette. (Âmes sensibles s'abstenir – ceux qui ont pleuré à la mort de la mère de Babar.)

Bref, quand Giscard rencontre Lady Di, elle devient immédiatement le trophée qu'il lui faut accrocher à son tableau de chasse. [Imitation VGE :] « J'étais fou d'elle, elle était princesse de Galles, comtesse de Chester, duchesse de Cornouailles et baronne de Renfrew… Au seul énoncé de tous ses titres, j'avais une demi-molle. »

Certains doutent que Giscard se soit réellement tapé Lady Di… On parle d'un coup de pub pour vendre son livre (son éditeur étant aussi son gendre).

Pas du tout ! Giscard n'a pas besoin d'argent. La vérité est beaucoup plus simple. Toute sa vie, le président s'est senti étouffé par son éducation, son statut, ses responsabilités… Une vie entière consacrée aux autres. Et là, à quatre-vingt-trois ans, il se lâche : c'est le syndrome du vieillard indigne !

Et on n'en est qu'au début… Il faut s'attendre à des révélations fracassantes dans les semaines à venir !

[Imitation VGE :] « Marlène Jobert, c'était en 1974. Je m'en souviens très bien. J'étais bourré comme un coing… J'avais percuté la camionnette d'un laitier avec ma Ferrari. Et aujourd'hui encore sa voix me transporte… Il m'est arrivé plus d'une fois d'écouter ses contes pour enfants sous la douche. »

Évidemment, on se met à la place de Mme Giscard d'Estaing. Pour Anne-Aymone, toutes ces révélations, ça doit être un cauchemar. En plus, le président peut inventer n'importe quoi car, s'il se spécialise dans les célébrités mortes, les sujets sont inépuisables…

Bientôt sur sa liste : Macha Béranger, Dalida, Grace Kelly, Simone Signoret, Marilyn Monroe.

On pourrait imaginer le suivre au cimetière du Père-Lachaise. [Imitation VGE :] « Dans cette division, je m'en suis tapé deux : des clitoridiennes ! »

Le président n'a plus rien à perdre. Alors où s'arrêtera-t-il ? C'est la question. Si ça se trouve, dans quelque temps, il va nous annoncer qu'il a couché avec le commandant Cousteau. « J'adorais son bonnet rouge ! Je lui tripotais le pompon ! »

La famille de Giscard pourrait essayer de le faire interner en prétextant que l'ancien président n'a plus toute sa tête. Ce qu'essaie de faire la fille de Liliane Bettencourt.

Mme Bettencourt a donné 993 millions d'euros à un photographe qu'elle trouvait sympathique. Giscard, lui, écrit des histoires de fesses.

C'est étrange, parfois, la vieillesse. Certains perdent la mémoire et d'autres sont assaillis de souvenirs. Peut-être la découverte d'une nouvelle maladie : la « giscardose ».

Nicolas Hulot : écotartufe

6 octobre 2009

Notre invité ce matin est Nicolas Hulot, l'homme qui, selon *Le Nouvel Observateur*, parle à l'oreille de Sarko. Ça tombe bien, les deux hommes font la même taille : pour se parler à l'oreille c'est mieux.

Hulot sera-t-il à l'heure à France Inter ? Mystère ! Avec les écolos, c'est toujours compliqué. Viennent-ils à vélo, à pied ? Prennent-ils l'ascenseur, les escaliers ? Et comme nous sommes au septième étage, ça compte !

En tout cas, si on questionne Nicolas sur son mode de locomotion, espérons qu'il nous dira la vérité. Vous vous souvenez peut-être des images de Noël Mamère jurant être arrivé à vélo, alors que, cinq minutes auparavant, une caméra l'avait filmé sortant d'une voiture.

C'est le problème des écolos : entre leurs discours et leurs actes, il existe parfois un abîme de contradictions. Hulot, pendant des années, a sillonné la planète en avion et participé au Paris-Dakar. C'est hyperpolluant ! On traverse la brousse à fond les ballons, on jette ses détritus, parfois on renverse un petit Kirikou qui a eu la mauvaise idée de traverser pour récupérer un autocollant. Une horreur !

Il s'est éclaté Nicolas Hulot. Récemment encore, on l'a vu sur TF1 faire de l'avion de chasse pour son émission « Ushuaïa »… Et maintenant, il dit : « Stop, on arrête de polluer ! »

Faut pas déconner ! On dirait un ancien fumeur qui fait chier à la moindre odeur de clope. Un repenti de la mafia qui veut interdire les armes à feu. Ou une vieille pute qui souhaite entrer dans les ordres et qui du coup, voudrait que plus personne ne baise.

Quand tu fais le mariol sur TF1 à bord d'un avion de chasse, c'est délicat après d'aller dire aux pauvres : « Éteignez votre robinet quand vous vous brossez les dents ! »

Bah oui, ma couille, en cinq minutes t'as brûlé en gasoil ce que consomme un pavillon en cinq ans. Et tu veux que je ferme mon robinet ?!

C'est tout le problème : faites ce que je dis, pas ce que je fais !

Nicolas Hulot vient de réaliser un film intitulé : *Le Syndrome du Titanic*. Il paraît que ça fout un cafard monstrueux, t'as qu'une envie en sortant : te suicider. Ça tombe bien : le film est sponsorisé par France Télécom ! Si ça se trouve, c'est une commande. Didier Lombard, le P-DG du groupe, a chuchoté à l'oreille de Hulot : « Faut que je dégraisse un peu plus mes effectifs, fais-moi un film qui les incite à se supprimer ! »

C'est possible. De la part d'un homme qui dit à ses salariés : « La pêche aux moules, c'est fini ! », sous-entendu : « Bougez-vous, bande de feignasses ! », tout est possible !

Pourtant, en septembre dernier, Hulot avait déclaré à l'AFP : « Il y a des entreprises avec lesquelles je refuse de travailler car elles sont d'un cynisme absolu. »

Encore une contradiction. Cela dit, Nicolas est souvent embarrassé par ses sponsors : EDF, Vinci, Norauto,

Rhône-Poulenc : du nucléaire, de la chimie, des bagnoles… Il y a plus écologiques comme produits.

Ne manque que la société Total… qui vient de faire appel de sa condamnation dans le naufrage de l'*Erika*. À l'époque, Dominique Voynet, alors ministre, avait déclaré : « Ce n'est pas une catastrophe écologique ! » Quatre cents kilomètres de côtes françaises mazoutées, non, non, c'est rien, c'est juste une grosse mouette qu'a chié !

Pas facile d'être écolo, de concilier la parole et la pratique.

Avec ses propres cosmétiques, il est emmerdé Nicolas : son gel douche et son déodorant Ushuaïa ont été classés « produits dangereux » par Greenpeace. (Entre écolos, ils sont durs !)

Notamment un spray à base de limonène qui provoque des cancers chez le rat. Hé, on n'est pas con : personne ne va aller parfumer un rat avec un déodorant Ushuaïa !

Plus emmerdant, il y aurait aussi une substance dangereuse pour les femmes enceintes qui interférerait dans le système hormonal, du coup, ça bloquerait le développement du fœtus.

Un enfant qui ne grandit pas, t'as beau lui expliquer que maman voulait sentir « Fruit de la passion du Brésil d'Ushuaïa » sous les bras… Il fait la gueule !

Ne vous laissez pas culpabiliser par les écotartufes. Lorsque Hulot déclare dans la presse : « Les gens qui font tomber leur iPhone par terre sont encore plus embêtés que si c'était leur bébé », relativisez ! C'est normal de préférer son iPhone à un bébé tout rabougri, tout chétif parce que sa mère a utilisé un déodorant Ushuaïa…

Les masos de la poste !

7 octobre 2009

C'est fou, cet attachement des Français pour la poste, 2 millions de personnes se sont prononcées contre la privatisation du service postal.

C'est incroyable d'aimer la poste à ce point-là ! Autour de moi, j'ai toujours entendu : « Oh putain, il faut que j'aille à la poste, fait chier, je vais encore attendre des plombes ! »

À mon avis, c'est la campagne qui a voté. C'est vrai que le bureau de poste du village, c'est super sympa. Le gars qui monte le courrier à mobylette, c'est toute mon enfance. [Accent du midi.] « Oh, Stéphane, tu as encore grandi. Oh, je t'aurais pas reconnu cette année ! »

Mais dans les grandes villes, personne n'a pu voter pour la défense de la poste ! Le nombre de fois où l'on trouve dans sa boîte un avis de passage alors qu'on était là ! Le gars n'a même pas pris la peine de sonner. « Oh, Stéphane, pourquoi t'es monté vivre à Paris ? Là-bas, le courrier, ils s'en foutent, vous êtes des numéros, des matricules ! »

À Paris ou dans les grandes villes, c'est toujours la corvée d'aller à la poste. « Bah, vas-y en heures creuses, entre midi et deux ! », vous dit votre épouse. Le problème des heures creuses, c'est qu'il n'y a qu'un guichet d'ouvert. Du coup, ça revient au même qu'en heure pleine lorsqu'il y en a quatre.

Bon, finalement, vous choisissez l'heure pleine. Ce n'est pas gagné non plus : sur les quatre guichets ouverts, un se trouve squatté par l'éternelle petite vieille voulant retirer 45 euros sur un compte et déposer 35 euros sur un autre.

Elle pourrait venir aux heures creuses la vieille… Non, elle préfère 17 h 30, en plein coup de feu, ça la distrait cette animation.

Face à elle, l'agent est souriant : il adore les petites vieilles, ça lui permet de souffler. Car son cauchemar, ce sont les secrétaires à la sortie des bureaux, les bras chargés de courriers.

Quand il en voit une dans la file d'attente, il traîne exprès pour que Monique, sa voisine de guichet, la récupère.

Mais comme Monique applique la même technique… quand ils ne sont que tous les deux, c'est un vrai bordel !

Dix minutes plus tard, la petite vieille s'apprête enfin à partir. Elle a donné l'appoint au centime près : « Je me débarrasse de mes petites pièces, ça fait plus léger après ! » Et maintenant elle ferme toutes les fermetures Éclair et boutons-pressions de son sac.

« Prenez votre temps », lui dit l'autre crétin qui a repéré une secrétaire.

Vous, vous trépignez, le petit est sorti de l'école depuis déjà dix minutes, il attend tout seul dans le froid. La vioque va partir, enfin la délivrance quand, tout à coup, elle se ravise… « Ah, dites-moi, j'ai entendu parler d'un nouveau placement, le “Postal sécurité plus”, est-ce que vous pourriez me renseigner ? »

Soudain, vous vous trouvez en empathie totale avec Thierry Paulin, le célèbre étrangleur de vieilles dames du 18e arrondissement. Vous comprenez ses motivations, lui trouvez des circonstances atténuantes : lui aussi a dû passer des années à attendre dans des bureaux de poste.

Dans la file d'attente, la haine est à son paroxysme. C'est la guerre. On ignore même l'handicapé ou la femme enceinte : qu'ils fassent la queue comme tout le monde !

Heureusement, il reste encore trois guichets… enfin deux. Pire que la vieille dame : le collectionneur de timbres au chômage. Il est servi par Monique. Le casse-couilles intégral… Il a tout son temps. Monique, qui a repéré la secrétaire aux courriers, aussi !

Le collectionneur de timbres, le plus souvent dépressif, parle lentement, à voix basse, en consultant des notes :

« Bonjour, mademoiselle, je voudrais des timbres. Dans la série départements français, il me manque Basse-Normandie… Euh, attendez… je sors ma fiche… Euh… Calvados et Limousin.

– Ça va prendre du temps, répond Monique, ravie, il y a 95 départements + l'Outre-Mer et parfois, des timbres qui se ressemblent. »

« Le guichet 2, s'il vous plaît, uniquement pour les gens qui souhaitent retirer un recommandé ! »

Ce n'est pas votre cas. Reste donc le guichet 1, avec dix personnes devant vous.

Vous, vous vouliez juste affranchir une lettre, il y a bien la machine, mais faut faire l'appoint…

« Excusez-moi, madame, c'est juste pour de la monnaie.

– Je suis occupée, monsieur, vous faites la queue comme tout le monde », répond Monique qui vient enfin de trouver le timbre Limousin. Ah, le Limousin ! C'est peut-être la solution pour aimer la poste, s'installer dans le Limousin.

Frédéric Mitterrand : le Mr. Bean du gouvernement

12 octobre 2009

C'est incroyable l'ampleur prise par l'affaire Frédéric Mitterrand. Certains prennent sa défense, d'autres l'attaquent.

Dommage, en tout cas, que ce soit Marine Le Pen qui ait ouvert les hostilités, ça fausse un peu la donne.

Du coup, ceux qui se disent choqués par les agissements du ministre rejoignent *de facto* le camp du Front national.

Comme il fallait s'y attendre, Marine utilise les vieilles techniques empruntées à papa, en multipliant les raccourcis et les amalgames. Pourtant, quand ton père a été condamné pour apologie de crime de guerre, t'évites de donner des leçons de moralité aux autres.

On voit mal Marc Dutroux militer un jour pour la fermeture des caves en Belgique.

Au-delà des délires de Marine Le Pen, il existe des gens qui luttent quotidiennement contre la prostitution enfantine et dont la crainte est que le livre de Frédéric Mitterrand, *La Mauvaise Vie*[1], favorise la banalisation du tourisme sexuel.

1. *La Mauvaise Vie* est un récit en partie autobiographique publié en 2005 aux éditions Robert Laffont. Couronné de succès à sa sortie, il a été en 2009 l'objet d'une polémique autour, notamment, de la prostitution des mineurs et du tourisme sexuel.

Frédéric Mitterrand, c'est le Mr. Bean du gouvernement. Depuis quelques semaines, il accumule gaffes, couacs et maladresses en tout genre.

L'installation d'une sonnette dans le bureau de son ministère pour commander des boissons ! Et pourquoi pas une chaise à porteurs, version française du pousse-pousse thaïlandais ?

Sa réaction disproportionnée à l'arrestation de Roman Polanski : « On ne traite pas ainsi un cinéaste de dimension internationale ! » Cela n'a rien à voir, ce n'est pas parce qu'on est un génie du septième art qu'on est au-dessus des lois.

Sinon, demain, on va nous dire que tous les enfants des *Choristes* sont passés à la casserole pendant le tournage... mais comme ce fut un succès énorme, on ne peut rien faire !

Le plus à plaindre dans l'histoire c'est le président Sarkozy : avec Mitterrand, il pensait s'offrir un patronyme prestigieux. C'est raté ! Il aurait dû se méfier : dans toutes les familles, il y a un neveu un peu branque. Celui qu'on planque et qu'on met en bout de table. (Il effraie les parents : « Restez éloignés de tonton Fredo, les enfants ! »)

De plus, la défense de Frédéric Mitterrand s'avère très maladroite, encore plus que celle de Brice Hortefeux, c'est vous dire !

Dans son livre, il parle de « foire aux éphèbes », de « garçons jeunes et attrayants », de « séduction juvénile ». Mais à Laurence Ferrari, il assure que les garçons avec lesquels il couchait en Thaïlande avaient tous quarante ans.

Pourquoi aller là-bas pour coucher avec des hommes de quarante ans ? C'est ridicule : on n'apporte pas sa moutarde à Dijon ! Cela dit, Mr. Bean est capable de partir en Thaïlande avec une poupée gonflable…

En tout cas, dénicher un prostitué de quarante ans encore potable en Thaïlande, c'est un tour de force. Il faut le signaler au *Guinness Book*. À cet âge, les rares qui ont survécu sont fichus : édentés, bouffés par le sida ou la syphilis.

Et puis se défendre en avançant que ces prostitués étaient majeurs n'a pas de sens. Là-bas, la majorité est une notion très relative. Quand on vous a acheté ou volé à vos parents à l'âge de dix ans, qu'on vous a ensuite drogué et battu pendant des années pour que vous fassiez des dizaines de passes par jour avec de gros Européens pleins de bière, le jour de vos dix-huit ans n'a plus d'importance. Si quelqu'un vous dit : « Bon anniversaire, tu sais qu'à partir d'aujourd'hui, te faire sodomiser n'est plus un délit ? », vous n'entendez même pas !

Qu'aurait dit finalement l'ancien Frédéric Mitterrand de toute cette histoire :

[Imitation Frédéric Mitterrand :] « Bonsoir ! Que dire du petit Thaïlandais Chao enlevé à ses parents à l'âge de dix ans par des proxénètes barbares, puis séquestré dans l'une de ces nombreuses maisons closes ceinturant Bangkok où croupissent des milliers d'enfants ?

« Violé, battu, affamé pendant des années, Chao devait livrer son corps juvénile jusqu'à quinze fois par jour pour rester en vie. Libéré à sa majorité car n'intéressant plus suffisamment une clientèle européenne avide de chair fraîche, Chao, esseulé, inculte et sans bagages, continua à se prostituer pour survivre. Et c'est ainsi qu'à l'âge de quarante ans, croisant le chemin d'un animateur télé célèbre, il s'offrit de son plein gré pour quelques dollars froissés. Plus tard, devenu ministre, à propos de cette rencontre, l'homme célèbre dira aux caméras de télévision : "Une erreur sans doute, un crime non, une faute même pas." Bonsoir ! »

Éric Besson, l'homme de glace

13 octobre 2009

Ce soir, un charter rempli d'Afghans devrait décoller de l'aéroport de Lille-Lesquin vers l'Afghanistan.

Protestations des ONG, de plusieurs associations et des partis de gauche : renvoyer des Afghans dans leur pays en guerre équivaut à les condamner à mort.

Mais le problème c'est que, face à cette décision, nous sommes quasiment impuissants. En effet, le patron du *tour operator* qui organise ce voyage, M. Éric Besson, est un animal à sang froid, un roc. Vous pouvez manifester, le traiter de traître, de vendu, de lâche… il s'en tape !

Pour tâcher de comprendre cette froideur, cette absence d'émotion, il faut remonter à la petite enfance du ministre de l'Immigration.

On découvre un garçon qui a énormément souffert. Orphelin de père, il se trouve placé à onze ans dans un pensionnat marocain où il aurait subi moult bizutages. Notamment une bite au dentifrice. Et les dentifrices de l'époque étaient très corrosifs.

Après quatre années passées en enfer, l'adolescent qui quitte la pension de Témara n'a plus rien à voir avec l'enfant sensible et timide qui s'était présenté avec sa maman.

L'amour des autres, la compassion, la pitié… tous ces sentiments lui sont désormais étrangers. Ses seules distractions : décapiter des lézards et faire fumer des crapauds. Et même dans ces moments-là, l'enfant ne manifeste aucune joie.

Trente ans plus tard, cette indifférence lui permettra d'arpenter la jungle de Calais après le passage des bulldozers, comme s'il visitait le parc floral de Bagatelle.

J'espère que les Afghans qui embarquent ce soir écoutent mon papier, ça peut les aider à comprendre la psychologie du personnage qui les accompagnera tout à l'heure jusqu'à la passerelle de l'avion, emmitouflé dans son loden.

À moins qu'il se fasse représenter. Comme photo de presse, c'est vrai, il y a mieux.

En 2007, Éric, orphelin depuis toujours, se trouve enfin un père de substitution : Nicolas Sarkozy. Pour la première fois, son petit cœur glacé se remet à battre. Un amour immodéré, aveugle, confinant parfois au mimétisme.

Le matin, quand il se rase, Éric s'entraîne à prendre le phrasé et les intonations de son gourou : « Qu'est-ce que les Français auraient dit, Arlette Chabot, si j'avais dit : “La jungle de Calais, c'est pas mon problème, je la laisse aux passeurs, ils peuvent exploiter la misère humaine, je m'en lave les mains.” Qu'est-ce qu'ils auraient dit ? Bah, je préfère m'en occuper ! »

Une fascination absolue : pour suivre son mentor, Besson va tout quitter : son parti politique d'origine, le PS, sa femme et ses trois enfants. Comme tous les grands prédateurs, Sarkozy sent immédiatement la vénération du petit Éric : « Besson, c'est une lame ! », dit-il, il l'aiguise et s'en sert à sa guise.

Un camp de réfugiés à nettoyer, un charter à affréter : toutes les missions qui puent sont pour lui. Si demain on réinstaure la guillotine et que le président lui propose le job de bourreau, Besson acceptera. Un emploi sur mesure : aucune émotion permise, impassibilité totale.

Dernière séquelle liée à ses années de pensionnat : un égoïsme exacerbé et une prédilection pour la trahison. Le jour de son mariage, au maire qui lui énonce les principes du code civil, Besson répond, face à son épouse estomaquée : « Secours et assistance, oui. Fidélité, non ! » Une promesse qu'il mettra à exécution au-delà de toute espérance, aussi bien dans sa vie sentimentale que professionnelle.

Son ex-femme sort actuellement un livre intitulé : *Manuel de guérilla à l'usage des femmes*. Le titre complet devait être « à l'usage des femmes trahies ». Besson a usé de son influence afin que soit retiré le mot « trahies ». On a beau avoir des *cojones*, il y a des limites !

Le jour de son divorce, surpris par la rapidité des démarches administratives, Besson dira : « Je n'en reviens pas que l'autoroute se soit dégagée si rapidement après trente ans d'embouteillages ! » La classe absolue !

C'est donc cet homme qui, ce soir, va affréter un charter pour l'Afghanistan… Aucune chance de l'émouvoir, à moins que son maître, son gourou, son mentor fasse preuve à sa place de clémence. Souhaitons-le !

Le prince Jean Sarkozy des Hauts-de-Seine

14 octobre 2009

Je ne comprends pas cette vague d'indignation suite à la nomination de Jean Sarkozy[1] : « Népotisme », « Fait du prince », « République bananière » ! En France, à l'étranger, tout le monde a l'air surpris.

Cela fait pourtant un bon moment que notre président se conduit comme un monarque. Il y a quinze jours, en plein Paris, une rue entière a été bloquée pour permettre à notre sire, Nicolas Sarkozy *de Nagy-Bocsa*, accompagné de la reine Carla Bruni-Tedeschi, d'acheter des meubles.

Inutile de s'énerver. Chaque jour, nous glissons un peu plus vers une monarchie héréditaire. Dans quelque temps, l'ambiance au palais de l'Élysée sera celle de la cour du Roi-Soleil.

Pour vous, chers auditeurs roturiers, j'ai essayé d'imaginer l'atmosphère dans l'entourage présidentiel.

[Musique.] Nous sommes en l'an 2011, le prince Jean Sarkozy se sent à l'étroit en son domaine de la

1. En octobre 2009, on annonce que Jean Sarkozy doit accéder à la présidence de l'EPAD. Une candidature que l'opposition, une partie de la majorité et une grande part de l'opinion publique dénoncent comme un abus de pouvoir. Jean Sarkozy finit lui-même par y renoncer.

Défense, cent soixante hectares de terres s'étirant entre Puteaux et Courbevoie. Il brigue désormais la présidence du conseil général des Hauts-de-Seine, département le plus riche de France. Le roi Nicolas a tranché en sa faveur : ce sera son cadeau de Noël !

Afin d'organiser l'élection du fils, toute l'aristocratie de la Sarkosie a été convoquée au palais. Arrivé en dernier, le prince Jean déboule dans la cour de l'Élysée sur sa monture : un magnifique scooter 125. Très pressé, il a encore embouti plusieurs voitures de manants, des gueux qui ont osé emprunter la même route que lui.

Aux automobilistes qui protestaient, le prince a lancé : « Portez plainte si vous voulez, ça n'aboutira pas. Mon père est roi, il va vous occire tous ! »

Ce matin, le prince est soucieux, l'horrible Laurent Fabius a encore ironisé sur son faible niveau d'études. Il est vrai que redoubler sa deuxième année de droit, c'est la honte !

Qu'importent ces envieux ! Lorsque la crinière blonde du prince passe la porte du salon Murat, toute la Sarkozie baisse la tête en signe d'allégeance. Xavier Bertrand, ému comme une jeune pucelle, se met à genoux.

« Relevez-vous, mon bon Bertrand, lui dit Jean. Est-ce que tout le monde est là pour mon cadeau de Noël ?

– Oui, prince, pratiquement tout le monde. Avez-vous remarqué que, quand vous êtes entré, seul Jean-François Copé ne s'est pas incliné ?

– Comptez sur moi Bertrand, je vais le dire à papa. Mais où est mon parrain, Mgr Hortefeux ?

– Il est au salon, il conte des blagues sur les Arabes Le vicomte Philippe de Villiers, très friand de ses traits d'esprit, l'applaudit à tout rompre.

– Sais-tu, mon bon Bertrand, qu'hier j'ai réussi tout seul à remplir une grille de Sudoku ?

– Bravo, prince, vous méritez d'être Premier ministre.

– Tu me flattes, Bertrand !

– Nullement prince, le fils d'un génie politique est un génie politique lui-même.

– Dis-moi, à qui sont ces pieds qui dépassent du buffet ?

– Ce sont ceux de Borloo, arrivé fort tôt, il a goûté à pratiquement tous les apéros.

– Arrêtez de parler en vers, Bertrand, c'est horripilant ! Qui est ce traître au visage de mérou ?

– Mais c'est M. Besson, voyons !

– Il a l'air usé !

– Tous ces charters d'Afghans affrétés en pleine nuit l'épuisent ! »

À ce moment-là, Frédéric Mitterrand, tout juste revenu d'un voyage en Thaïlande, fait son entrée : « Bonsoir, prince ! »

Il est accompagné de Kong, jeune correspondant thaïlandais.

Le serveur, pensant avoir affaire à un enfant, lui propose une limonade. Le ministre de la Culture intervient aussitôt : « Mais donnez-lui un verre de vin, Kong a quarante ans ! »

Arrivent enfin les Balkany, Isabelle et Patrick. Jean, c'est leur poulain, leur protégé, leur fierté.

« Dis donc, ma couille ! (Oui, Patrick Balkany est le seul à oser appeler le prince Jean « ma couille ».) Quand tu vas prendre tes fonctions dans les Hauts-de-Seine, si t'as besoin de quoi que ce soit : cash, porteur de valise, frangine, masseuse, tu m'appelles, moi ou Charlie, Charles Pasqua.

Pour tout ce qui est élection, faux électeurs… Jean Tiberi et Xavière, ce sont les meilleurs ! Fais gaffe à elle, c'est une sorcière ! Pour les frais de bouche et les emplois fictifs, le crack, c'est Chirac… Évite l'après-midi, il promène son bichon quai Voltaire ! Après 21 heures, t'oublies, c'est maman qui répond. Bonne chance, ma couille ! »

Quelques minutes plus tard, le roi Nicolas entre. Avant de remettre les clés des Hauts-de-Seine à son fils, il se penche vers son conseiller préféré Claude Guéant : « Claude, tu ne le lâches pas d'une semelle. Je l'aime bien, c'est mon fils, mais il n'a pas inventé l'eau tiède. Alors il fait ses grilles de Sudoku et il ne prend aucune décision, t'as compris, aucune ! »

La casserole politique de l'année est attribuée à…

19 octobre 2009

Hier, j'ai lu que Nicolas Sarkozy était parvenu à la moitié de son mandat. C'est fou ! Que deux ans et demi ? On a l'impression qu'il est là depuis une éternité, depuis François Mitterrand. Pourtant, Chirac a été président… Si, si, si !

Deux ans et demi de Nicolas Sarkozy… Il nous reste donc encore sept ans et demi à tenir… C'est ça, jusqu'en mai 2017. On a fait le quart du chemin…

Ah oui, il sera réélu en 2012, il n'y a personne en face.

De toute façon, je ne suis même pas sûr qu'il y ait une élection en 2012. L'épisode « Jean Sarkozy », à mon avis, c'est un test, si ça passe, ils peuvent très bien décider de supprimer l'élection présidentielle.

Ça gueulera un peu pour la forme… puis tout rentrera dans l'ordre.

On entendra des commentaires du style : « Pas d'élection c'est pas si grave, de toute façon, les sondages donnaient le président gagnant. C'est aussi bien, à quoi bon humilier les socialistes ? »

On verra peut-être deux, trois échauffourées, Brice Hortefeux instaurera le couvre-feu : aucun déplacement après 22 heures. On nous dira que c'est une idée de Nicolas Hulot pour le développement durable.

Sarkozy président jusqu'en 2017… Pour nos auditeurs les plus âgés, c'est une très mauvaise nouvelle : certains ne seront peut-être plus là.

Ça doit être horrible de mourir sous Nicolas Sarkozy. Tu ne connais pas l'« après ». Tu rates la libération, les scènes de liesse, les gens aux fenêtres agitant des drapeaux, les bals populaires, son fils, le prince Jean, plumé, goudronné, comme dans *Lucky Luke*. On ira le chercher dans son bureau à la Défense.

Il y aura des petites vengeances, c'est humain : Sarkozy et Balkany, tous deux d'origine hongroise, devront s'exiler à Budapest, et Éric Besson sur ses terres natales au Maroc. C'est le principe de l'immigration choisie qu'ils ont mise en place : si tes résultats sont mauvais, tu ne peux pas rester.

Carla Bruni fuira vers l'Italie, avec son chien, ses disques et son attaché de presse. Une Italie elle aussi libérée : en 2017, Berlusconi sera mort. On l'aura retrouvé dans un bar à putes : crise cardiaque, pantalon sur les genoux, moumoute sur l'estomac… grotesque !

Faut absolument tenir jusqu'en 2017… On va rigoler !

En tout cas, ce qu'il y a de bien avec ce gouvernement – soyons positifs – c'est que l'on ne s'ennuie jamais : la situation économique est catastrophique, les usines ferment, les agriculteurs sont dans la rue… mais question spectacle !

Je peux vous dire qu'en tant que professionnel du divertissement je suis très admiratif : c'est connerie sur connerie, aucun temps mort. Ça va être hyperdur de faire un bêtisier cette année, impossible de choisir, il y a trop de choses !

Heureusement qu'il n'existe pas de récompenses. Si on devait décerner des prix, ce serait terrifiant. « Sont nominés pour la plus grosse casserole politique de l'année : Brice Hortefeux, pour sa blague raciste "Quand y en a un ça va, c'est quand y en a beaucoup que ça pose problème !" Frédéric Mitterrand, pour être allé chercher en Thaïlande des prostitués du même âge que lui, et Nicolas Sarkozy pour avoir affrété un autocar de nains afin de paraître plus grand lors d'un déplacement en province. »

Ce qui va être difficile, à partir de maintenant, c'est de maintenir le niveau. Dans la série énormités et scandales, les Français ont été tellement gâtés qu'il ne faudrait pas les décevoir.

J'aurais bien quelques idées à leur proposer : Jean Sarkozy directeur du FMI ou Éric Besson prenant des Miles sur sa carte Flying Blue chaque fois qu'il expulse un Afghan…

Il faut inventer, imaginer : pourquoi pas un ministre zoophile ?! On le surprendrait en train de se taper un labrador dans un chenil de la SPA. Frédéric Lefebvre nous expliquerait qu'à six ans, un labrador est majeur, les chiens faut multiplier leur âge par sept, et que, par conséquent, c'est une atteinte à la vie privée du ministre.

J'ai envie de faire confiance à ce gouvernement. Nous sommes à mi-mandat, je suis sûr qu'ils vont encore nous surprendre ! *The show must go on* !

Le journal de Jean-Pierre Pernauvitch

21 octobre 2009

Aujourd'hui, j'aimerais revenir sur la violente diatribe de Frédéric Lefebvre à l'encontre des médias. Selon lui, ces derniers n'auraient qu'un seul but : détruire le président de la République.

Faut pas lui en vouloir à Lefebvre, ce n'est pas un mauvais bougre, il n'est pas fait pour vivre en démocratie, c'est tout. Il s'est juste gouré de régime, comme d'autres se gourent d'époque.

En Birmanie, en Corée du Nord, en Chine, des pays dans lesquels la presse est beaucoup plus douce avec le gouvernement, Frédéric serait très heureux.

Par exemple, Thomas Legrand, qui l'a étrillé dans son édito d'hier, eh bien, en Russie, il aurait été sanctionné. Quelques hommes de main se seraient rendus au domicile du journaliste ennemi du régime et l'auraient invité à se défenestrer.

Il n'est pas dans son élément ici, Frédéric, il faut qu'il parte !

Mais en attendant qu'il obtienne l'asile politique auprès d'une dictature, ce serait bien que les médias arrêtent de critiquer le président de la République.

Pour commencer, faisons un journal télévisé acquis au pouvoir. Ce n'est pas compliqué : quand Jean-Pierre

Pernaut oublie de parler de l'affaire Brice Hortefeux, on n'en est pas loin.

Il faut ouvrir les journaux télévisés avec des sujets consensuels : la nature, l'artisanat, le sport… Après, on enchaîne avec la visite d'une maternelle. Tous les petits en uniforme chantant à la première dame de France son tube fétiche : *Quelqu'un m'a dit*.

Puis, les meilleurs élèves scandent au grand timonier Nicolas Sarkozy sa phrase culte : « Travailler plus pour gagner plus ! »

Quant aux affaires plus sensibles ayant trait à la politique, Jean-Pierre Pernauvitch, présentateur officiel du régime, les traite en deuxième partie. L'important étant de gommer au passage les aspérités dérangeantes, sources de division sociale !

Un décor sobre (c'est l'argent du contribuable), un bouquet de fleurs pour égayer, le portrait du grand timonier en fond d'écran et, en coulisses, supervisant la ligne éditoriale, Frédéric Lefebvre promu directeur de la police audiovisuelle.

Aux commandes, Jean-Pierre Pernauvitch :

« Après ce très beau reportage sur la culture du maïs dans la Beauce, on passe à la politique avec ce que certains appellent "l'affaire Frédéric Mitterrand". Il n'y a pas d'affaire, mais une véritable histoire d'amour. Pour vous, nous avons retrouvé l'ami du ministre, Kong Li, avec qui nous sommes en duplex de Thaïlande. Kong bonsoir, vous m'entendez ?

– Oui… Je vous entends… Bonjour à tous, bonsoir Paris.

– Kong, vous avez été le compagnon de Frédéric Mitterrand ?

– Oui, très gentil, très doux, beaucoup culture. Très drôle quand il dit “Bonsoirrr !”

– Kong, quel âge avez-vous ? C’est ça le plus étonnant…

– Euh… Attendez… Parce que j’ai noté la réponse sur morceau de papier… Voilà j’ai trouvé : j’ai quarante-sept ans !

– Quarante-sept ans, Kong ! Et vous en paraissez dix-huit ! Quel est votre secret de jouvence ?

– C’est une crème au lotus, mélangé avec thé vert, nems pilés et raviolis vapeur, très bon, pas cher. Si tu veux, je peux t’en avoir, sur place ou à emporter ?

– Merci beaucoup, vous l’avez compris, il n’y a pas d’affaire Frédéric Mitterrand. »

« Après la Thaïlande, nous nous rendons dans un café du commerce, face au ministère de l’Intérieur. C’est ici que, chaque fin d’après-midi, Brice Hortefeux raconte des blagues. Monsieur le ministre, merci d’être avec nous, quelle est votre histoire aujourd’hui ?

– Eh bien c’est un bougnoule… Enfin, c’est un Arabe qui fait du ski, et tout à coup, il voit marqué : “Piste réservée aux Arabes.” Il se dit : “Tiens, c’est curieux une piste pour les Arabes”, il la prend… Ça descend, ça descend et tout à coup ça monte, ça monte… L’Arabe se trouve sur un tremplin, il décolle et il entend : “*Pull* !”

[Rires.]

– Merci, Brice Hortefeux… Brice qui, tous les jours, se bat contre les préjugés en racontant une histoire mettant en scène une des nombreuses communautés qui font la richesse de ce pays. »

[Chanson Carla Bruni.]

« Voilà, ce journal est maintenant terminé, vous entendez notre générique de fin… merveilleuse chanson qui enchante tous les écoliers de France. Je vous rappelle le principal titre de la soirée : le jour de l'intronisation de Jean Sarkozy à la tête de l'EPAD sera désormais férié. Le 22 décembre célébrera la victoire du mérite. Ils sont plusieurs centaines en France, filles et fils de stars, à se battre au quotidien contre les préjudices liés à leur patronyme. Vive notre bien-aimé président Nicolas Sarkozy et à demain ! »

Jean Sarkozy star et martyr !

26 octobre 2009

Elle fut très émouvante, la prestation de Jean Sarkozy, il y a quelques jours, au journal de David Pujadas.

Cet angelot blond, beau, modeste, un brin blessé par les critiques, mais digne, sans rancœur, allant jusqu'à comprendre certaines attaques à son égard.

Tout à coup, la France entière a eu des remords. On avait envie de le serrer dans nos bras, de lui dire : « Non, ne renonce pas ! Deviens président de l'EPAD, on a été trop loin, c'était pour rire ! »

Il était si touchant dans son costume neuf, on sentait qu'il l'avait acheté exprès, quand il croyait encore qu'il allait diriger la Défense.

Il avait aussi coupé ses cheveux, mis des lunettes pour la première fois. Et surtout, il y avait ce petit détail, accroché à son poignet : une Swatch en plastique !

Lui qu'on avait traité de parvenu, de prince, de fils à papa ne possédait pas de Rolex ! Selon l'adage de Jacques Séguéla[1], il disposait encore de vingt-sept printemps pour s'en acheter une et réussir sa vie.

Et on avait osé l'attaquer comme si sa carrière était faite ! Pauvre petit, comment avait-on pu ?

1. En 2009, Jacques Séguéla avait déclaré : « Si à cinquante ans on n'a pas une Rolex, on a raté sa vie. »

La magie opérait, devant sa télé, la ménagère commençait à fondre :

« Regarde, chéri, comme il est charmant, il s'exprime si bien ! Et sa montre, c'est pas du tout ce qu'on nous a dit, il est très simple.

– Tu sais, Josiane, conseiller général à Neuilly, ça ne doit pas gagner des masses. C'est sans doute un cadeau de sa femme Jessica, tu sais qu'elle est enceinte ?

– Non ?!

– Si, de six mois.

– Les pauvres, comment vont-ils faire ? Renoncer à un si beau poste alors que sa femme va accoucher, c'est une catastrophe ! Pourquoi David Pujadas ne fait-il pas défiler un bandeau avec une adresse, qu'on puisse envoyer un cadeau pour le petit ? En tout cas, c'est dégueulasse la façon dont on l'a traité : tous ces journalistes, ces caricaturistes ne se rendent pas compte du mal qu'ils font ! »

Dans les coulisses de l'émission, le tout nouveau conseiller en communication de Jean Sarkozy, le talentueux Christophe Lambert, jubilait. Ça y est, on allait inverser la vapeur, gagner la bataille de l'opinion !

Pourtant, ça n'avait pas été simple. Toute la journée, il avait dû batailler.

[Christophe Lambert :] Jean, enlève ta Breitling et mets une Swatch !

[Jean Sarkozy :] Non, c'est trop moche. En plus, après, chez Arlette Chabot, il y a mon parrain, Brice Hortefeux. S'il voit que j'ai pas mis la montre qu'il m'a offerte pour ma première communion, il va pas être content !

[Christophe Lambert :] Tu la remettras dans quinze jours. Bon, répète ton texte !

[Jean Sarkozy :] Si la question que vous me posez, David Pujadas, est : « Est-ce que j'en ai parlé au président ? » Non. Si la question est « Est-ce que j'en ai parlé à mon père ? » Oui. [Un temps.] Je comprends pas cette phrase, si j'en parle à mon père, comme il est président… j'en parle forcément au président !

[Christophe Lambert :] Fais-moi confiance, même si tu comprends pas, tu répètes !

[Jean Sarkozy :] Qui c'est qu'a écrit cette connerie ?

[Christophe Lambert :] C'est Henri Guaino… c'est l'auteur de ton père, même lui ne comprend pas toujours, mais il répète. C'est hyperefficace ! De toute façon, t'auras ton texte écrit sur un prompteur, t'auras qu'à lire !

[Jean Sarkozy :] Je suis obligé de mettre des lunettes ? J'ai dix aux deux yeux.

[Christophe Lambert :] Oui, ça fait sérieux. Ah, très important, surtout tu dis que tu ne renonces pas à la politique, que tu mèneras d'autres combats !

[Jean Sarkozy :] Ah, non, si je me représente, on va encore me tomber dessus, j'en ai marre, je veux remettre ma Breitling !

[Christophe Lambert :] Mais non, justement ! Dorénavant, tout le monde va avoir pitié de toi. Tu vas devenir un martyr, une icône. C'est une idée de ton père tout ça !

[Jean Sarkozy :] Comment ça, c'est une idée de mon père ?

[Christophe Lambert :] Mais oui, il n'a jamais pensé te mettre à la présidence de l'EPAD. T'en es incapable, tu le sais !

[Jean Sarkozy :] : Ah bon ?

[Christophe Lambert :] Jean, t'as vu tes résultats à la fac ! C'est pas brillant !

[Jean Sarkozy :] Mais pourquoi il a fait ça, mon père ?

[Christophe Lambert :] Pour te victimiser. En 2012, quand tu brigueras la présidence du conseil général des Hauts-de-Seine, plus personne n'osera te critiquer. À partir d'aujourd'hui, tu deviens une star.

[Jean Sarkozy :] Qu'est-ce qu'il est fort, mon papa ! Il pense à tout.

[Christophe Lambert :] Oui, il est très fort… Trop parfois, c'est le problème.

[Jean Sarkozy :] Je peux remettre ma Breitling, j'ai une soirée !

[Christophe Lambert :] Uniquement ce soir, Jean, et te fais pas photographier avec !

La maîtresse de Sarkozy

27 octobre 2009

Aujourd'hui sort en librairie le livre d'Anne-Marie Laroche-Verdun intitulé : *J'ai été la première maîtresse de Sarkozy*.

Sa maîtresse d'école, évidemment… rien de sexuel !

Bah non, non ! Si ç'avait été un bouquin de cul, *J'ai été la maîtresse de Sarkozy*, avec en couverture Anne-Marie Laroche en guêpière et jarretelles, jamais elle n'aurait bénéficié d'une telle exposition médiatique : *Paris-Match*, *Gala*, Michel Drucker… jamais !

C'est un livre bon enfant. C'est le portrait d'un garçon trop mignon, super sage, timide et bûcheur.

Hier, Anne-Marie, légèrement inquiète, demandait à un journaliste si elle n'avait pas écrit quelque chose d'un peu trop « cucul la praline ». Qu'elle se rassure : pas du tout !

C'est juste un livre sans la moindre méchanceté… mis à part la réflexion d'une certaine Véronique, camarade de classe de Nicolas qui l'accusait d'avoir de grosses fesses et de faire perdre son équipe à la course.

La salope ! J'espère qu'Éric Woerth va la retrouver et lui coller un contrôle fiscal aux siennes, de fesses. Insulte à un futur président, c'est ce que ça mérite !

D'ailleurs, dans une interview, Anne-Marie en rajoute une couche : « Il tortillait des fesses en marchant et on se disait tous : qu'est-ce qu'il est rigolo ! » Nous aussi, quand on le voit marcher au côté d'Angela Merkel ou de Barack Obama, on se dit : « Qu'est-ce qu'il est rigolo ! »

En revanche, rien sur ses tics d'épaule. C'est peut-être une gestuelle qu'il a mise en place plus tard, pour compenser son problème de grosses fesses ? Allez savoir !

Lorsqu'on demande à Anne-Marie Laroche pourquoi elle a écrit ce livre, elle répond : « Pour faire savoir que le président de la République n'est pas l'affreux bonhomme qu'on décrit à tort et à travers ! »

Excellente idée ! Afin de mieux cerner le caractère de nos hommes politiques, il est utile d'interviewer leur maîtresse de maternelle. Je l'ai fait, le résultat est probant !

Mlle Leduche, l'institutrice du petit Borloo est formelle : il n'est jamais arrivé bourré à la maternelle, jamais une goutte d'alcool !

Au jardin d'enfants de Chalon-sur-Saône, on le jure : la délicieuse Rachida portait une blouse grise toute simple, aucun bijou ni de tenues haute couture !

Le petit Brice était un enfant ouvert, curieux, arabophile jusqu'au bout des ongles : ses meilleurs copains s'appelaient Bachir, Aziz et Mohamed !

Bon, c'est vrai, il existe deux, trois exceptions : le petit Besson, par exemple, à la récré, il démarrait une partie de foot avec une équipe, si jamais elle perdait, il passait chez l'adversaire. Aujourd'hui, c'est le contraire, il est d'une fidélité totale !

Xavier Bertrand : une tête à claques, assis au premier rang, levant le doigt, fayotant, dénonçant ses camarades : « Je vais le dire à la maîtresse ! » Et aujourd'hui, c'est devenu une forte tête, un rebelle allergique à la langue de bois.

Le petit DSK, obsédé sexuel dès quatre ans. En érection du matin au soir, il s'amusait à soulever le couvercle de son pupitre avec son zob. Et aujourd'hui, s'il y a bien un truc qui le laisse de marbre, ce sont les filles.

Finalement, la vraie question du livre est de savoir si Nicolas Sarkozy a changé. Le reconnaît-on dans le récit d'Anne-Marie Laroche ?

C'est mitigé. Quand elle écrit : « C'était un être timide qui ne commandait pas et avait peur des autres », là oui, c'est lui, c'est son portrait craché ! Cette timidité, cette peur de s'imposer, ce doute qui le paralyse en permanence : c'est lui !

Quand elle ajoute : « C'était un grand affectif qui montait sur une estrade et me glissait : "Je vous aime !" », pour ça non plus, il n'a pas changé. Aujourd'hui encore, quand il susurre des mots d'amour à Carla, il monte sur une estrade !

En revanche, lorsque Anne-Marie déclare qu'« il n'avait pas la fibre artistique », que « les dessins et les découpages ce n'était pas sa tasse de thé », là, on ne le reconnaît pas : un homme qui a déclaré pleurer en voyant Stallone boxer dans un quartier de viande, qui s'est plaint de « s'emmerder » à la Comédie-Française mais qui, la semaine dernière, hurlait de rire en applaudissant Clavier dans *La Cage aux folles*, c'est une évidence qu'il est doté d'une fibre artistique hors du commun et depuis toujours… depuis la maternelle !

Être français !

28 octobre 2009

Alors ça, c'est une idée super chouette ! Autant, depuis la rentrée, les propositions du gouvernement nous ont laissés sceptiques, rien de folichon, folichon, mais là… lancer un grand débat sur l'identité nationale, c'est super chouette !

Finalement, je me dis que tous les couacs de ces derniers temps, les gaffes, les dérapages, c'était un passage obligé. Il fallait que le gouvernement tâtonne, tergiverse, se trompe, afin que la grande idée jaillisse, et c'est Besson qui l'a eue !

Dans quelques jours, plusieurs débats consacrés à l'identité nationale démarreront à travers la France afin de répondre à différentes questions formulées par le ministère de l'Immigration, la première étant : « Qu'est-ce qu'être français aujourd'hui ? »

Est-ce qu'on peux mettre la sonnerie du jeu des 1 000 euros pour aider l'auditeur d'Inter à répondre ? Ça le stimule. Sans sonnerie, il est moins performant.

Qu'est-ce qu'être français ? [Fin de la sonnerie.] Si vous avez répondu : « Rouler à gauche et manger du pudding », vous avez perdu, évidemment !

Je vous rassure, ce n'est pas éliminatoire. En cas de mauvaise réponse, vous ne perdez pas votre nationalité française. Sauf peut-être si vous êtes naturalisé depuis peu. Attention, c'est Besson qui fait le règlement, c'est un vicieux !

Il n'y aura pas que des questions lors de ces débats, certaines propositions seront aussi formulées, par exemple : « L'obligation pour l'ensemble des Français de chanter *La Marseillaise* au moins une fois par an. »

Ça va, ce n'est pas trop contraignant une fois par an, ce n'est pas la mort.

En plus, on peut la chanter n'importe où : dans son bain, sous sa douche, en voiture… En faisant l'amour, oui, pourquoi pas ?

Il faut juste bien connaître son partenaire. Si vous couchez avec une fille pour la première fois et qu'au moment de… vous entamez l'hymne national… il y a des chances qu'elle se barre.

Si elle reste et qu'elle jouit dès les premières strophes, fouillez son sac, elle possède certainement une carte du Front national.

Il existe plein d'autres exercices qu'on devrait rendre obligatoires pour se sentir français. Par exemple, une fois par an, on pourrait mettre un béret pour aller chercher sa baguette. Et, en chemin, on en profiterait pour chanter *La Marseillaise*.

On passerait pour des cons, mais ce n'est qu'une fois par an.

En plus, si on habite Montmartre, ça permettrait aux touristes américains de ramener *la* photo-souvenir.

On pourrait aussi demander à Jean-Pierre Jeunet de réaliser le journal de 20 heures, une image un peu sépia, pleine de bons sentiments avec de l'accordéon. Rendons obligatoire la pratique de l'accordéon en maternelle !

C'est important de se sentir français, de se replonger dans son passé.

Ça s'oublie trop vite, les origines… avec tous ces étrangers, ces Arabes… Attendez, je cite notre ministre de l'Intérieur !

Une autre proposition consisterait à « ouvrir la naturalisation aux étrangers particulièrement méritants… » D'accord, mais on veut le top. Ce qu'il y a de mieux, de l'immigré Label rouge, élevé au grain.

Cette mesure pourrait ainsi concerner les sportifs.

Éric Besson a déjà montré l'exemple en régularisant un champion de boxe afghan[1]. Ce qui serait cependant souhaitable, c'est qu'en cas de défaites répétées, il redevienne albanais. Qu'on ne garde vraiment que le top.

C'est important de pouvoir choisir ses immigrés. Trop de Portugais, par exemple, c'est prendre le risque de se retrouver avec des gens qui auraient tous un fer à cheval fixé à la calandre de leur voiture, et sur la plage arrière un chien qui dodeline de la tête.

Le Français a bien meilleur goût, il optera plutôt pour un CD accroché à son rétroviseur. Dès qu'il y a un rayon de soleil dessus, c'est sublime.

C'était déjà nous qui avions lancé la mode des queues de ratons laveurs dépassant du casque de moto, vous vous souvenez ?

Eh bien, ce sont toutes ces petites choses qui fondent notre identité et qu'Éric Besson veut préserver.

Dernier point : le ministère souhaiterait créer un contrat d'intégration pour les étrangers souhaitant séjourner chez nous. L'objectif serait d'exiger un certain

1. Sharif Hassan Zadeh.

niveau de connaissances, aussi bien de notre langue que de nos valeurs républicaines.

Pour décider si tel étranger mérite ou non notre nationalité, il faudrait un vrai jury composé de personnalités riches et cultivées… un peu comme les supporters du PSG : de vrais Français avec des papiers en règle.

Vive la France ! Vive les Français !

Jean-Luc Hees au Zébra

10 novembre 2009

J'imagine que le réveil est un peu tristoune pour vous, chers auditeurs : vous n'êtes *que* sur France Inter ![1]

Hier, c'était la fête : en vous réglant sur votre fréquence habituelle, vous aviez les sept stations de Radio France réunies en un même programme !

France Inter, France Info, France Culture, France Musique… France Gall, etc.

Une merveilleuse initiative destinée à célébrer les vingt ans de la chute du mur de Berlin.

Malheureusement, ici, certains membres du personnel n'ont pas fait partie du voyage, il a fallu choisir… Et ce sont les meilleurs éléments (la *dream team* de Radio France) qui ont été sélectionnés. Les autres, les seconds couteaux comme… Fabrice Drouelle, sont restés.

Moi, c'est différent : j'ai choisi de ne pas aller à Berlin. Vous l'avez peut-être lu dans la presse : je ne fais rire le président de Radio France, Jean Luc Hees, qu'une fois sur deux ! Et pas de bol, ça ne tombe *jamais* le lundi !

1. Le 9 novembre 2009, pour célébrer les vingt ans de la chute du mur de Berlin, toutes les fréquences de Radio France diffusaient le même programme.

Si j'avais travaillé hier, comme d'habitude, je ne l'aurais pas fait rire sur France Inter. Le problème, c'est qu'en passant sur France Bleu ou France Info : toujours Guillon. FIP ou Le Mouv' : encore Guillon ! Et ainsi de suite… pour lui, ç'aurait été l'horreur !

Croyez-moi, cette journée du 9 novembre s'est révélée être un vrai casse-tête à organiser : il fallait que les sept stations du groupe soient représentées… C'est pour cette raison qu'à un moment de la journée on vous a renseignés sur l'état de la circulation à Berlin. Ici, tout le monde s'en foutait, mais sur FIP, ils y tenaient vachement !

Le concert de musique médiévale, avec la voix off racontant l'histoire de la cithare à travers les siècles, c'était pour satisfaire France Musique ! Ceux qui ont allumé leur poste à ce moment-là sont passés sur Europe 1. On les a perdus à jamais !

Ce programme unique est une idée de notre président Jean-Luc Hees. Un *brain-storming* avait été organisé au Zébra, le café branchouille où les vedettes de la station se retrouvent… Les autres ne peuvent pas : à 25 euros les œufs cocotte, celui qui fait la météo, il ne peut s'offrir que les mouillettes.

Bref, 15 h 30, fin de déjeuner au Zébra… On était tous torchés comme des mules, quand notre président a dit : « Pour la chute du mur, comme on fête la fin d'un régime totalitaire, organisons une radio totalitaire. Programme unique sur toutes les stations ! OK, c'est vendu ? Qui reveut un alcool de poire ? »

« *Il est vraiment, il est vraiment, il est vraiment, phénoménal !* »

Voilà comment ça a commencé. Et vers 16 h 30…

Ambiance *Tontons flingueurs*, y avait pas que de la poire. Jean-Luc a eu une deuxième idée : « Hé, les gars, en plus on va rapporter à la Maison de la Radio un morceau de 3 tonnes du mur de Berlin ! »

« *Ah ! le petit vin blanc/ Qu'on boit sous les tonnelles !* »

Le problème, c'est que notre président a un secrétaire qui, lui, ne boit jamais et note toutes ses idées… Ça fait quatre ans qu'on désamiante la Maison de la Radio et, dans quelques jours, on va se retrouver avec un pan de mur bourré de saloperies.

Du coup, il y aura deux Radio France : Est et Ouest… Les chouchous, ceux qui sont partis à Berlin : Radio France-Ouest. Et les autres, les obscurs, les sans-grade, les sous-fifres : Radio France-Est !

L'idée la plus tordue… je ne sais plus qui l'a eue. Il était 17 heures, quelqu'un a gueulé sous la table : « Ce serait chouette de faire venir BHL à Berlin ! »

« *Tata Yoyo, qu'est-ce qu'y a sous ton grand chapeau ?* »

Idée retenue : hier, 7 heures du mat', BHL débarque dans les studios berlinois : manteau en cachemire, chemise déboutonnée et lunettes de soleil. Il faisait encore nuit sur la capitale allemande.

Sur place, le personnel teuton est estomaqué : ils s'attendaient à la venue de grands intellectuels français ; arrive un vieux beau dépoitraillé portant des Ray-Ban… Pour eux, le 9 novembre, c'est une journée symbolique très importante, et non un *after*. Pourquoi pas, pendant qu'on y est, Orlando ou David Guetta ?

Mais quand ils ont appris que le président de Radio France était nommé directement par Nicolas Sarkozy (le gars qui affirme avoir détruit un pan de mur dès le 9 novembre au matin, alors que personne au monde ne pouvait soupçonner qu'il tomberait quelques heures plus tard), ils ont été cool, les Allemands : ils savent qu'on traverse une période historique difficile.

La RAI de Berlusconi qui avait envoyé à Berlin une équipe de stripteaseuses… pareil : ils n'ont rien dit !

« *C'est la danse des canards/ Qui en sortant de la mare/ Se secouent le bas des reins/ Et font coin coin.* »

Les sondages de l'Élysée !

11 novembre 2009

Demain, une commission d'enquête parlementaire se réunit afin d'examiner les dépenses de l'Élysée en matière de sondages : plus de 3 millions d'euros, rien que pour l'année 2008 !

D'après *Libération*, cette somme faramineuse serait principalement le fait du conseiller spécial du président : Patrick Buisson.

En effet, ce dernier aurait revendu à l'Élysée des sondages achetés à des instituts d'opinion en pratiquant au passage une culbute de 83 %.

Ça m'étonne de Patrick Buisson. C'est un type assez sympa, très cool… Ancien journaliste à *Minute*. Pas du tout son style !

Et puis, attention, c'est un vrai boulot ce qu'il fait ! Quand il reçoit un sondage, il faut ouvrir l'enveloppe, vérifier son contenu, traverser la cour de l'Élysée et l'apporter au président. Ce dernier n'étant pas toujours disponible, Patrick fait le pied de grue ! Ça les vaut !

C'est vrai que 3 millions d'euros de sondages… autant d'argent dépensé pour que Nicolas Sarkozy arrive à mi-mandat avec seulement 39 % d'opinions favorables, ça fait mal aux fesses !

On aurait pu lui dire, nous, au président, et sans lui facturer le moindre centime, que ses déclarations, son attitude et ses prises de position le feraient dégringoler dans l'opinion. (Espérons que Buisson lui fait des remises sur les sondages négatifs, sinon, c'est vraiment dégueulasse !)

C'est d'autant plus bête que le président pourrait totalement se passer de tous ces sondages. Car on sait aujourd'hui qu'il possède un vrai don de divination : c'est le seul être humain qui, le 9 novembre 89 au matin, s'est rendu à Berlin sachant que le mur tomberait dans la soirée. Quand tu renifles l'Histoire à ce point-là, tu n'as pas besoin de sonder l'opinion !

C'est un vrai don, il paraît que, le 11 septembre 2001, alors qu'il était à New York avec son ex-femme Cécilia, il lui aurait dit : « Écoute, chérie, ne me demande pas pourquoi, mais ton idée d'aller prendre un café crème au restaurant panoramique du World Trade Center, The Windows on the World, ce matin, je ne le sens pas du tout ! »

Il n'empêche… sonder les Français est devenu une addiction pour le président. Il ne peut plus rien décider sans. On murmure même que le choix de Carla Bruni serait le fruit d'une enquête d'opinion réalisée au téléphone auprès de 1 200 Français.

« Parmi cette liste de personnalités féminines, laquelle selon vous ferait la meilleure première dame de France : Carla Bruni, Laurence Ferrari, Rachida Dati ou Arlette Chabot ? »

Si, si, Arlette Chabot : dans un sondage, l'éventail doit être très large. Cela va de l'ancien mannequin, en passant par la femme politique nymphomane, à la journaliste sadomaso : toutes les tendances doivent être représentées.

Le résultat on le connaît : Carla Bruni, première. Laurence Ferrari : deuxième. Et du coup, en lot de consolation, elle a obtenu le 20 heures de TF1.

Les sondages confidentiels sont très utiles : cela évite au président de faire des conneries. Par exemple, il avait pensé nommer Brice Hortefeux comme Premier ministre. Il a fait réaliser un sondage : « Après ses blagues racistes, voudriez-vous de Brice Hortefeux comme Premier ministre ? » 80 % des Français ont répondu « non ». Du coup, le président ne lui proposera jamais le job !

Ça évite aussi les boulettes.

« Pensez-vous que Frédéric Mitterrand ferait un bon secrétaire d'État à la Petite enfance ? » 95 % de « NON » !

Attention, le sondage n'est pas une science exacte. Parfois les questions sont orientées ou mal posées. Une récente enquête du magazine *Santé* indique qu'à la question : « Êtes-vous prêt à vous faire vacciner contre la grippe ? », 73 % des Français ont répondu « non ».

Dès lors, on pourrait croire que 73 % des Français sont contre le vaccin, mais pas du tout !

La question aurait été : « Si Roselyne Bachelot ne vous avait pas autant pris le chou avec sa grippe, seriez-vous allé vous faire vacciner ? », 73 % des Français auraient répondu « oui » !

S'il est un sondage qui agace particulièrement la présidence, c'est bien celui sur Rama Yade, sacrée femme politique préférée des Français à 85 %. Nicolas Sarkozy le refait faire tous les trois jours en espérant que le résultat va enfin changer…

On termine par un sondage France Inter-Guillon-Langue de pute : « Chers auditeurs, êtes-vous heureux d'apprendre qu'une partie de vos impôts 2008 sert à payer les sondages de l'Élysée pour un total de 3 millions d'euros ? »

Si oui, comment souhaiteriez-vous que Patrick Buisson dépense cette somme :

A/ Dans un voyage

B/ Une nouvelle voiture

C/ Comme il veut ça m'est égal

Envoyez vos réponses. Résultat : lundi prochain !

Roselyne Bachelot montre l'exemple !

16 novembre 2009

Inutile de se voiler la face plus longtemps, la vaccination contre la grippe A est un bide retentissant.

Des gymnases désespérément vides, trois tables perdues sur un terrain de basket avec des infirmiers jouant au tarot en attendant le chaland. Toutes les trois heures, un illuminé se pointe pour se faire piquer. Ça fait chier tout le monde, faut arrêter la partie…

« François, ils sont où les vaccins ? Monsieur veut se faire piquer…

– Fais chier… les vaccins, les vaccins… regarde à côté des haltères ou près des barres parallèles, Pascal les a rangés hier. Y veut pas faire un tarot plutôt, non ? »

Jeudi dernier, Roselyne Bachelot s'est fait piquer pour montrer l'exemple : très mauvaise pub ! Elle arborait un sourire extatique. Même quand l'infirmier a réussi à perforer la triple épaisseur de son épiderme, elle continuait à sourire !

On aurait dit une tête de gondole des années 50 vantant une marque de dentifrice. Quelqu'un qui sourit autant quand on lui pique le bras, tu te dis qu'il y a forcément un loup. C'est un vaccin antigrippal, pas un shoot d'opium !

En tout cas, j'ai bien regardé : la quantité de vaccin injectée n'est pas proportionnelle au poids de la personne. Roselyne s'est même étonnée de la rapidité de l'opération.

Pour le gouvernement, cette grippe qui ne prend pas, c'est une catastrophe ! 94 millions de doses commandées, un milliard d'euros d'investissement, des centaines de gymnases réquisitionnés… C'est le plus grand bide de l'histoire du show-biz !

Bah oui, ç'a été annoncé, préparé et produit comme un spectacle !

Au printemps dernier déjà, Roselyne et Michèle Alliot-Marie tenaient des points presse quotidiens : « Attention, elle arrive, ça va être terrible, on va tous mourir ! »

Mauvaise promo… trop précoce, trop tout de suite dans le sensationnel. Dans un bon thriller, il faut une progression, du suspense.

En juin, on nous annonce qu'en septembre on va tous crever, en octobre, on est encore en vie… À quoi bon se faire vacciner en novembre ? Toutes ces promesses non tenues ont fini par lasser le public !

Ça ne prend pas.

En plus, ils n'ont pas eu de chance. Le jour du démarrage des vaccinations, on apprend qu'une femme a contracté le syndrome de Guillain-Barré (paralysie totale des muscles et du système nerveux) suite au vaccin. Bon, Roselyne est déjà barrée : elle ne peut plus attraper que le syndrome de Guillain.

C'est en passe de devenir une bataille politique : ceux qui iront, ceux qui n'iront pas !

Xavier Bertrand a d'ores et déjà annoncé qu'il adorait les vaccins.

Rien que pour fayoter, il est capable de se faire piquer plusieurs fois par jour, de devenir le premier junkie du H1N1.

Ce qui est curieux, c'est que la vaccination cartonne dans le monde entier, sauf chez nous !

Peut-être qu'en vérité, pour faire des économies, ils n'ont pas acheté le vaccin ? Les 94 millions de doses, c'est du pipeau ? Ils se sont dit : « Qui peut-on mettre sur le coup pour braquer les Français ? Quelqu'un qui les horripile vraiment… Roselyne ! Envoie Roselyne avec ses Crocs roses et ses roulements d'yeux. Tu l'associes à Michèle Alliot-Marie, les deux infirmières les moins sexy du gouvernement, ça va être un bide retentissant. Surtout, tu ne mets pas Rama Yade. Rama en infirmière, c'est l'émeute. Il y aurait la queue dès l'ouverture des gymnases ! »

Ou alors… autre hypothèse : les Français se sont mentalement immunisés, ils se sont dit : « On ne peut pas tomber malade avec ce gouvernement au pouvoir. On n'a pas le droit, faut rester vif, en alerte, sur le qui-vive ! »

Et du coup, ils ont produit des anticorps. Peut-être qu'en 2012, si la France change de présidence, dans un grand relâchement, les Français attraperont enfin la grippe A.

C'est qui, Luc Chatel ?

17 novembre 2009

Dans quelques minutes nous recevons Luc Chatel. Regard étonné de Thomas Legrand : qui est Luc Chatel ? Ça peut paraître surprenant de la part d'un de nos éditorialistes politiques les plus brillants. Surtout que Luc Chatel est à la fois ministre de l'Éducation nationale et porte-parole du gouvernement.

Si, si, j'ai vérifié sur Internet : il a pris ses fonctions le 23 juin 2009.

À la décharge de Thomas Legrand, moi non plus je ne connaissais pas Luc Chatel.

Quand j'ai vu inscrit au tableau : « Demain, c'est Luc Chatel ! », j'ai cru qu'il s'agissait d'un chanteur des années 60 ! C'est comme Sacha Distel, on dirait un pseudo.

On se croirait revenu à l'époque du Petit Conservatoire de Mireille : « Et maintenant, un charmant jeune homme, il se cache derrière moi, il rougit, perclus de timidité, il va nous interpréter sa toute nouvelle chanson, *L'Amour à Venise*. On l'écoute : Luc Chatel. Vas-y mon grand, amuse toi ! »

Du coup, j'ai pris des renseignements sur Luc Chatel. Je l'ai fait pour aider Nicolas Demorand ; recevoir quelqu'un que personne ne connaît, même quand on est, comme lui, une star de l'info sur France 5, c'est un exercice très périlleux !

Chatel est né en 64 aux États-Unis dans le Maryland… Ne pas confondre avec Marineland, le parc aquatique d'Antibes. Ç'aurait pu être un début d'explication : élevé parmi les dauphins, le petit Luc aurait appris à se déplacer dans le monde du silence devenant ainsi totalement indétectable.

Aujourd'hui, il est furtif, plus transparent c'est difficile.

La dernière fois qu'on l'a invité, il s'est fait refouler à l'entrée. Ludovic, notre gardien, qui a pourtant accueilli les plus grands de ce monde, lui a dit : « Désolé, monsieur, on ne passe pas… Oui, vous êtes ministre, et moi, je suis le pape. Si c'est pour assister à l'émission dans le public, vous faites comme tout le monde, vous vous inscrivez sur la liste ! »

Chatel a eu beau protester, montrer ses papiers… rien n'y a fait.

Les gens ne retiennent pas son visage, c'est très curieux.

Encore aujourd'hui, quand on dit à Ludovic : « Dis donc, tu sais que t'as foutu dehors le ministre de l'Éducation nationale ! », il prétend qu'il n'aurait jamais fait ça !

Donc, Luc Chatel, je continue à vous lire son CV : plusieurs fois secrétaire d'État… aucun souvenir ! Puis ministre… Toujours aucun souvenir. D'ailleurs, il est dans le *Guinness Book*, un secrétaire d'État qui devient ministre tout en restant anonyme, c'est une première.

Porte-parole du gouvernement… Là, en revanche, son côté lisse a joué en sa faveur. Il fallait quelqu'un qui relaie la parole présidentielle sans apporter la moindre touche personnelle.

Aucune ombre au président… Un peu comme une enceinte acoustique. Sarkozy c'est le transistor, Chatel, les enceintes.

Sinon, question propositions, actions, bilan politique, comment vous dire ? C'est la première fois qu'un ministre de l'Éducation nationale laisse des étudiants totalement indifférents. Aucune manifestion ! Dans ce domaine, sa nomination est une réussite !

Parfois, Chatel a des idées. En août dernier, il a créé une gamme de produits scolaires baptisée : « Les essentiels de la rentrée ». On aurait dit une pub Afflelou : « Les essentiels de Chatel ! »

Comme tout le monde s'en foutait de ses « essentiels », il a demandé aux caissières d'un supermarché qu'il visitait de bien vouloir jouer les clientes enthousiastes : « Oh, monsieur Chatel, garantir le prix des taille-crayons, quelle merveilleuse idée ! »

Le lendemain, le pot aux roses est découvert. Ce n'est pas tant l'enthousiasme des clientes qui a éveillé les soupçons des journalistes… mais plutôt que le fait que des gens aient pu reconnaître le ministre de l'Éducation nationale.

Personne ne lui a rien dit, non ! C'est l'avantage d'être furtif. Même quand tu triches, ça passe inaperçu !

Attention, comme tous les gens qui n'ont pas d'idées, Chatel déteste ceux qui en ont. Ségolène et son « pass contraception », ça l'a mis hors de lui. Bon, Ségolène est folle, elle est passée définitivement de l'autre côté, mais là, ça partait d'un bon sentiment : éviter à une fille mineure le drame d'un avortement. Ce n'est pas aussi « essentiel » qu'une gomme et un taille-crayon, mais quand même !

Je sens que je n'ai pas réussi à vous intéresser à Chatel. Je savais que ce serait difficile. Écoutez, allez faire vos courses pendant l'interview politique, ça sera fait.

Pitié pour Domenech !

23 novembre 2009

Ce matin, j'aimerais revenir sur la très belle qualification de l'équipe de France au Mondial, et en profiter pour rétablir certaines vérités[1].

Tout d'abord, ne comptez pas sur moi pour dézinguer Domenech : quand vous parcourez sa bio, son itinéraire de joueur, puis d'entraîneur, les sentiments qui dominent ce sont la pitié, la compassion.

Une vie en forme de ratage doublée d'une fascination pour l'échec.

Joueur très moyen, arrière droit au RC Strasbourg, ses camarades le surnomment « Le Boucher ». Un sobriquet qui récompense à la fois son absence de style et son comportement au sein du club.

En vérité, la vraie place de Raymond, ce n'est pas arrière droit mais sur la touche : il chauffe le banc des remplaçants comme personne. Encore aujourd'hui, il reste dans cet exercice le joueur le plus capé de l'histoire du foot hexagonal.

Malheureusement, durant ces milliers d'heures passées à regarder jouer ses camarades, Raymond va se

1. L'équipe de France de football s'est qualifiée face à l'Irlande, pour le Mondial 2010, grâce à un but marqué de la main par Thierry Henry

dire un jour : « Tiens, et si je devenais entraîneur ! »

C'est la genèse du drame. Le fiasco auquel nous assistons prend ici ses racines.

Ensuite, inutile d'avoir fait des études de psychologie pour comprendre : footballeur frustré, Domenech se venge lorsqu'il devient entraîneur.

Sous son ère, les meilleurs joueurs ne sont plus forcément sélectionnés et, quand ils le sont, ils ne jouent plus obligatoirement à leur poste : le libéro devient avant-centre, l'arrière gauche, ailier droit. Tout est bon pour déstabiliser l'effectif. La star, le penseur, c'est Domenech ! Personne ne doit faire d'ombre au gourou.

Parmi ses autres lubies, il se vante aussi de consulter les astres pour établir sa sélection. Gageons qu'il pratique également la sorcellerie en piquant les figurines de ses joueurs : une aiguille dans la tête de Zidane, l'autre dans la main d'Henry. Ainsi, quand ces icônes du foot ternissent à jamais leur image, l'un en assenant un coup de boule, l'autre en marquant avec la main, Raymond exulte.

Comme si tout à coup, au panthéon des nuls, il se sentait moins seul.

Oui, Domenech jouit enfin, tel un réalisateur de cinéma raté devenu critique et qui prend son pied en démolissant les films des autres.

Malgré cette reconnaissance inespérée, sa fascination pour l'échec perdure. Le soir de notre élimination à l'Euro 2008, il demande en direct la main d'Estelle Denis. Une promesse qu'il n'a pas encore mise à exécution. Pour convoler avec sa belle, sans doute attend-il une défaite plus écrasante, celle du Mondial 2010. Mariage prévu : dès le premier tour.

Deuxième vérité que je souhaiterais rétablir ce matin : la prétendue élégance des joueurs et du public irlandais. Personnellement, j'ai très mal vécu leur attitude : aucun incident à la sortie du stade, des protestations mesurées, certains d'entre eux allant jusqu'à rendre hommage à l'équipe de France…

Les Irlandais connaissaient le côté odieux, cassant et grossier de notre sélectionneur national, ils l'avaient vu parader, sans pudeur, après le coup de sifflet final, n'ayant pas la moindre parole de compassion à leur égard.

À partir de là, la véritable élégance aurait été de se conduire, eux aussi, comme des porcs… Qu'on se sente moins seuls.

Là, le contraste est terrible. En plein débat sur l'identité nationale, on passe pour quoi ? Un peuple de petites bites, arrogant et mauvais joueur.

J'en veux beaucoup aux Irlandais, et plus particulièrement à leur entraîneur Giovanni Trapattoni. Cette façon de se présenter à la conférence de presse d'après match, vieux monsieur, classe, humain, follement élégant, sorte de Marcello Mastroianni du ballon rond… alors que Domenech venait de prendre la poudre d'escampette, marmonnant aux journalistes un piteux : « J'ai autre chose à faire ! » Voûté, pétochard… Même quand il porte un costume, on a l'impression qu'il est en survêt…

Non, vraiment, Trapattoni aurait pu au moins roter, nous injurier ou se laisser pousser les poils des oreilles (deux forêts vierges comme Raymond), qu'on ne passe pas en plus pour des bouseux !

Bref, n'accablons pas Domenech. Vous l'avez compris, notre sélectionneur bénéficie de circonstances atténuantes.

Petite consolation : Raymond empoche 862 000 euros grâce à la main d'Henry. Le gant de Jackson, lui, n'est monté qu'à 350 000 dollars : trois fois moins. Et le doigt d'honneur aux Irlandais, c'est cadeau, offert par Raymond !

Pierre Bergé et le Téléthon

24 novembre 2009

Depuis hier, Pierre Bergé est devenu la nouvelle cible des médias et d'Internet. Le célèbre mécène a osé critiquer la sacro-sainte institution du Téléthon !

Au passage, il soulage Domenech et Thierry Henry qui n'en pouvaient plus. Un scandale chasse l'autre.

Dans sa déclaration, Bergé accuse le Téléthon de parasiter la générosité des Français en exhibant des enfants malades.

Il exagère un petit peu. C'est vrai qu'on nous montre des enfants malades, mais ce ne sont pas les plus amochés…

France 2 effectue certainement une sélection, un casting de myopathes. Et puis au niveau des sièges, dans le studio, il y a des règles : les plus frais devant, ceux qui bavent derrière… Ils font gaffe, à 20 h 30, les gens dînent quand même !

Il faut apitoyer le téléspectateur mais pas trop, pour qu'il ne zappe pas ! Remarquez s'il zappe sur France 3, c'est aussi le Téléthon et sur TF1, la soirée Miss France : encore des thons !

Pierre Bergé stigmatise également le côté populiste du Téléthon. C'est vrai que c'est un peu plouc comme émission : le décor, le compteur géant avec la somme qui s'affiche, la scénographie : « Mo-bi-li-sez-vous ! C'est important, mo-bi-li-sez-vous ! »

Gérard Holtz, une fois par an, c'est bien. Le Téléthon, ça permet de revoir des animateurs qu'on croyait disparus ! C'est une soirée de générosité, je suis sûr qu'il y a des gens qui libellent leur chèque à l'ordre de Gérard Holtz pour l'aider à retrouver du boulot !

C'est populaire et un peu ringue, mais qu'est-ce qu'il veut Pierre Bergé ? Qu'on tourne à Marrakech, au cœur du jardin Majorelle, avec tous les myopathes habillés en Saint-Laurent ? Ils se tachent tous, vous imaginez la note de pressing !

Il y a certes une chose insupportable dans le Téléthon, et là je rejoins Pierre Bergé, ce sont les activités organisées pour collecter des fonds : les courses en sacs, les chaînes de l'espoir, les défilés de majorettes.

Cette année, ils organisent une randonnée nocturne en pleine mer durant laquelle les participants, équipés d'une combinaison en Néoprène, se déplaceront à l'aide d'une pagaie. Trop passionnant !

Pour les variétés, c'est le même désastre. Je me souviens de Jenifer invitée à chanter… Pauv' gosses : c'est pas parce que t'as plus de jambes que t'as plus d'oreilles !

On se demande parfois s'ils ne le font pas exprès. Si les idées les plus débiles ils ne les gardent pas spécialement pour l'occasion. « Écoute, Jean-Pierre, ton histoire de "crêpes géantes" c'est vraiment trop con, même pour "Jeux sans frontières". Bon, je ne te la prends pas tout de suite, mais ce que je te propose, c'est qu'on la mette de côté pour le Téléthon ! »

Les programmes sont débilitants. D'ailleurs, on les identifie tout de suite. On rentre d'une soirée, on se dit : « Chouette, on va regarder Ruquier ! »[1] Et là, boum : on tombe sur une descente au flambeau en Haute-Savoie. « Merde, c'est le Téléthon ! »

À ce moment-là, c'est vrai qu'on en veut un peu aux chercheurs ! Vingt-deux ans que le Téléthon existe, ils pourraient se bouger le cul tous ces scientifiques, au lieu de nous priver de Ruquier !

J'espère en tout cas qu'ils ne font pas exprès de traîner les pieds. Le Téléthon est une institution qui emploie des dizaines de personnes, beaucoup s'éclatent, c'est toute leur vie !

« Dis donc, Paul, j'ai trouvé le vaccin de la mucoviscidose !

– Arrête tes conneries !

– Si je te jure, regarde !

– Arrête ! On est en train d'organiser un ping-pong sur glace, les raquettes seront des poêles à frire ! C'est arbitré par Nagui en direct de Saint-Malo !

– Oh merde !

– Balance ta fiole dans le lavabo et déchire tes résultats, tu vas pas gâcher la fête ! »

Plus sérieusement, j'aimerais qu'on épargne un peu Pierre Bergé. C'est un homme de conviction, capable de s'engager dans des combats difficiles.

En vérité, il ne s'en est pas pris au Téléthon pour, comme il le prétend, alerter l'opinion sur le peu d'intérêt porté au Sidaction. Non, non !

1. « On n'est pas couché », talk-show présenté par Laurent Ruquier en deuxième partie de soirée le samedi sur France 2.

Le mal est plus profond. Pierre est engagé dans une cause bien plus désespérée, un combat perdu d'avance pour lequel aucun vaccin, jamais, ne sera efficace : son soutien à Ségolène Royal.

Pierrot le sait et, parfois, lors de brefs moments de découragement, il lui arrive de dire des conneries comme samedi dernier sur France Inter. Ne lui en voulez pas.

Le mariage gris d'Éric Besson

25 novembre 2009

La dernière idée d'Éric Besson pour lutter contre l'immigration clandestine est de s'attaquer au mariage gris.

Le mariage gris qu'est-ce que c'est ? C'est quand un vilain sans-papiers abuse de la naïveté d'une gentille petite Française, la séduit, et enfin l'épouse dans le seul but d'obtenir des papiers. Mais une fois qu'il les a, il la jette comme un Kleenex.

Le mariage gris, faut faire gaffe, ça peut arriver à n'importe qui. Vous êtes française et célibataire, demain vous allez innocemment déjeuner dans une brasserie parisienne un peu chic où la plupart des plongeurs et des cuisiniers sont des « sans-papiers »... Au moment d'aller aux toilettes, un bel Ivoirien sanglé dans son tablier vous lance avec son sourire Ultra Brite : « Bonjour, ma gazelle, ça va bien aujourd'hui, ça gaze ? » Vous lui répondez, vous êtes cuite ! Vous pensez qu'il est amoureux Bamboula, pas du tout, il veut un visa !

Mais ce qui est étrange dans ce nouveau combat d'Éric Besson, c'est qu'en réalité ce type de déconvenue est très rare : en 2004, sur 88 123 mariages mixtes, seuls 395 ont été annulés pour caractère frauduleux.

Alors en disant vouloir s'attaquer au mariage gris, Éric Besson ne vise-t-il pas, l'air de rien, le mariage mixte, première source d'immigration en France ?

Eh oui, un sans-papiers noir, jaune ou basané qui épouse une Française, une fois qu'il a obtenu ses papiers, pour nous ça ne change rien : quand on le croise dans la rue, il reste noir, jaune ou basané… C'est chiant !

La vraie trouvaille du mariage gris est de jeter la suspicion sur le mariage mixte. Sous prétexte de vouloir détecter les quelques centaines de personnes dupées chaque année, on lance une enquête à grande échelle : nos dizaines de milliers de petites Françaises qui ont *généreusement* épousé un sans-papiers ont-elles été flouées ?

Pour ces dernières, cela peut même devenir une porte de sortie… Imaginons qu'un beau matin Sylvie se soit lassée d'« Ahmed le sans-papiers » qu'elle a épousé par amour il y a cinq ans : Ahmed est moins tendre, moins attentif, il laisse ses chaussettes sales traîner par terre… Bref, Sylvie en a marre. Eh bien, grâce au Numéro vert « SOS mariage gris », elle pourra contacter le ministère de l'Immigration et balancer Ahmed : « En 2005, il l'a séduite de force, elle ne voulait pas se marier, depuis elle vit l'horreur ! »

On imagine le formidable moyen de pression et de chantage :

« Ahmed, tu débarrasses, tu fais la vaisselle et tu descends les poubelles !

– Mais attends Sylvie, mon amour, mon oasis, ma passion, je l'i faite dijà toute la semaine la visselle !

– Ahmed, encore une réflexion et j'appelle Besson. Tu vis avec une Française, tu manques de rien. Si tu veux retourner au bled, ça ne tient qu'à toi ! »

Il faut rester vigilant. Pour l'instant, il existe très peu de mariages gris, mais ça peut évoluer. Pour un sans-papiers, faire semblant d'être amoureux et tirer un coup avec une personne qu'il ne désire pas, ça reste plus facile que de passer en Angleterre planqué sous les roues d'un camion. C'est moins risqué aussi, même s'il fait l'amour à une très grosse, l'éventualité de finir broyé ou étouffé est moindre !

Attention, le mariage gris ça peut être dans les deux sens, parfois ce sont de jeunes et jolies femmes sans-papiers qui séduisent de vieux bonshommes français.

Il paraîtrait – c'est une info de la presse people à prendre avec des pincettes... attention, c'est peut-être faux –, il paraîtrait qu'Éric Besson serait avec une jeune Tunisienne de vingt-deux ans. Si c'est vrai, je le lui dis en toute amitié, il faut qu'il fasse gaffe au mariage gris.

Tant qu'il n'est pas marié, ça va, mais s'il franchit le pas, il y aura une enquête de vie privée... Ben, avec plus de trente ans d'écart, c'est obligatoire ! Quand ça ne peut plus être, ni pour ton physique, ni pour ta vigueur... ils contrôlent.

En plus, ici, certaines choses sont suspectes et les inspecteurs ont l'habitude de les détecter. La demoiselle en question a évidemment parcouru le livre de l'ex-Mme Éric Besson, et doit s'intéresser un minimum à la politique. Donc, dans ce cas, pourquoi lier son destin à un homme incapable de la plus petite fidélité ? Ça ne tient pas !

Ils vont poser des questions à la jeune femme, c'est certain. Vérifier s'ils forment un vrai couple :

« Que chante Éric Besson au réveil ?

– *La Marseillaise*.

– Quel est son humoriste préféré ?

– Brice Hortefeux.

– À quelle heure rentre-t-il le soir ?

– 3 heures du mat'.

– Pourquoi si tard ?

– Il doit attendre à Roissy que le dernier charter d'Afghans décolle. »

Et si elle a tout bon, peut-être, éventuellement, pourra-t-on parler d'amour. Une première pour Éric Besson.

Le budget de l'Élysée ne connaît pas la crise !

30 novembre 2009

Vendredi dernier, le député socialiste de l'Aisne, René Dosière, a dénoncé l'augmentation considérable des dépenses au sein des ministères pour l'année 2009.

Flambée des effectifs d'abord : + 17 % de conseillers dans les cabinets, + 11 % de personnel d'intendance (chauffeurs, cuisiniers, gardes du corps). Flambée ensuite des salaires : + 13 %, et des primes : + 20 %.

Ces augmentations démesurées, précise le député, sont incompréhensibles en cette période de crise qui frappe si durement les Français !

Sans vouloir être vulgaire, c'est quand même rigolo que ce soit justement le député de l'Aisne qui nous apprenne qu'on l'a un petit peu dans le cul.

Dosière, attention, il faut relativiser : il a un petit côté chevalier blanc… C'est une sorte de Jean-Pierre Pernaut de l'argent public. Cela fait vingt ans qu'il vérifie les additions de tout le monde. Dans une réception, c'est le genre à compter les petits-fours et à les diviser par le nombre de convives.

À titre d'exemple, c'est lui qui avait gueulé quand, au début du quinquennat de Nicolas Sarkozy, l'Élysée avait octroyé une carte bleue à Cécilia.

Là-dessus, il n'avait pas totalement tort… Quiconque ayant accompagné Cécilia durant une journée de shopping sait à quel point l'entreprise était risquée : en six mois, la France aurait fait faillite comme l'Islande.

Il est rabat-joie, Dosière ! Bon, c'est vrai, Fillon avait fixé un plafond de 20 conseillers par ministre, pas plus ! Mais c'était en 2007, quand Nicolas Sarkozy plaidait pour une République aussi exemplaire qu'irréprochable ! [Rires.]

À la même époque, il affirmait que les droits de l'homme devaient passer avant nos intérêts financiers. [Rires.] Et ce week-end, on a vendu un bateau de guerre à Poutine. Qu'est-ce qu'on a ri en 2007, c'était vraiment une drôle d'année !

En plus de dénoncer le train de vie des ministères, Dosière s'est amusé à établir des classements.

Premier dans la catégorie « le plus grand nombre de conseillers » : Jean-Louis Borloo avec 39 têtes pensantes.

C'est fou : quand on le voit au « Grand Journal » de Michel Denisot, on a vraiment le sentiment qu'il vient de se lever… Eh bien pas du tout, il a déjà croisé 39 conseillers !

Un pour lui dire : « Te coiffe pas », l'autre : « Mets ta veste pourrie, celle avec laquelle tu descends les poubelles ! »

Et je suppose que, parmi les 39, il y en a toujours un qui doit s'engager à ne pas boire afin de pouvoir le raccompagner.

Brice Hortefeux, quant à lui, décroche la palme du personnel de service le plus nombreux : 232 employés. Fatalement, dans le tas, il doit y avoir plusieurs Arabes… Lui qui n'en supporte pas plus d'un à la fois, je ne sais pas comment il fait…

Kouchner, son point fort, lui, c'est le personnel d'intendance, cuisine et hôtellerie : 40 personnes ! Ça peut se comprendre : des années à travailler dans l'humanitaire, à bouffer des bols de riz… le jour où tu peux te taper la cloche, tu le fais !

La seule qui n'ait pas augmenté son nombre de conseillers c'est Michèle Alliot-Marie. Heureusement… Comme très souvent elle diligente des enquêtes alors qu'il n'y a rien du tout, si en plus elle avait réclamé des effectifs supplémentaires !

Parmi les choses rigolotes, le ministère de l'Écologie utilise à lui seul 48 chauffeurs. J'espère que ce sont de vieilles Citroën Diesel, autant faire les choses à fond ! À mon avis, c'est pour ça, la taxe carbone : payer les chauffeurs du ministère de l'Écologie !

Bon, vous l'avez compris, Dosière cherche vraiment la petite bête ! Il a même passé au crible le budget de l'Élysée. Et là, on explose tout : + 18 % !

Soyons justes, au sein des dépenses du palais, ils sont parvenus à réduire un poste. Celui des aides sociales accordées aux personnes en difficulté : - 48 % en deux ans.

Mais attention, tout est fait avec élégance. Lors de chaque refus, ils envoient une petite lettre : « Cher monsieur, lors du dîner de gala organisé le 13 juillet dernier pour le sommet de la Méditerranée, nous avons dépensé 5 367 euros par personne, soit un total de 1 072 437 euros pour 200 couverts. Vous comprendrez que, dans ce cas, il nous est impossible de satisfaire à votre demande. Veuillez accepter… patati, patata… Bureau de l'Élysée. »

En plus, en période de crise, un grand nombre de gens se tournent vers l'Élysée. Il faut bien leur répondre ! Du coup en timbre ça coûte une fortune : + 90 % !

Alors, si parfois le budget de l'Élysée explose, ils n'y sont pour rien. Et ça, Dosière oublie de le préciser !

Pas de *come-back* pour Rachida !

1er décembre 2009

Dorénavant au « 7-10 », nous recevrons, une fois par mois, une femme ou un homme politique dont la carrière s'est trouvée stoppée net.

Ils ont été sous les feux des projecteurs, ont fait vibrer l'opinion, on les a aimés, détestés, enviés, moqués… et aujourd'hui, ils sont retombés dans l'anonymat. Dans quelques minutes, nous accueillerons donc Rachida Dati !

Rachida nous racontera sa nouvelle vie à Strasbourg, les balades en poussette avec la petite Zohra, les courses au Monoprix, les visites de Bernard Laporte une fois tous les quinze jours et les sessions au Parlement européen… Cet immense amphithéâtre froid au sein duquel des dizaines de nationalités s'entrecroisent, se saluent mécaniquement, mais où tout le monde s'emmerde copieusement.

Imaginez-vous assis des dizaines d'heures dans une travée avec un casque audio vissé sur la tête pour écouter la session du jour.

À titre d'exemple, celle du 26 novembre dernier concernait l'étiquetage des produits de consommation.

Première partie : le « *made in France* » ou « *made in Italy* » figurant sur les vêtements doit-il être étendu aux autres produits ? Deuxième partie : « Les étiquettes disent-elles la vérité ? »

Heureusement, Rachida a trouvé une technique consistant à glisser son iPod dans son casque de conférence. Ainsi le temps passe plus vite.

17 heures, fin de séance, il fait nuit sur Strasbourg. Aller chercher Zohra à la crèche et ne surtout pas oublier son doudou : un ballon de rugby en mousse. La faire dîner, la coucher, puis appeler une copine à Paris pour se plaindre : « Tu te rappelles comme c'était bien, les *garden-parties* à l'Élysée, les teufs au ministère, les courses avenue Montaigne et les chat-bite avec Borloo ! »

Comme chaque jour, chers auditeurs, vous aurez la possibilité de poser vos questions à Rachida Dati.

Exceptionnellement, l'invité n'ayant aucune actualité, France Inter vous propose des questions du type :

– Quelles sont les spécialités culinaires alsaciennes ?

– Avez-vous déjà fait un kouglof ou une choucroute ?

– Une carte Grand Voyageur est-elle intéressante lorsqu'on multiplie les allers-retours Paris-Strasbourg ?

– Vous êtes-vous déjà rendue en Allemagne en canoë-kayak en passant par le Rhin ?

Voilà. En tout cas, nous avons les moyens de faire une bonne émission. Et franchement, je trouve parfaitement nulle l'attitude de Nicolas Demorand qui, toute la journée d'hier, a menacé de ne pas venir si Rachida était notre invitée.

Je tiens à rappeler à Nicolas que personne, dans la vie, n'est à l'abri d'une dégringolade… Que ce soit en politique, en musique, en cinéma, en journalisme… tout peut s'arrêter du jour au lendemain.

Il faut faire preuve d'un peu d'humanité. De plus, dans le cas de Rachida, on le sait, il n'y aura pas de *come-back*. La déception a été trop grande, à la mesure du symbole qu'elle a incarné ! Aujourd'hui, le public s'est détourné définitivement.

Plus jamais elle n'occupera un poste aussi prestigieux que celui de ministre. Elle le sait et, malgré tout, elle continue sa route : « *The show must go on !* »

Dorénavant, elle capitalise sur ses vieux succès, comme une ancienne gloire des sixties qui, à chaque Noël, revient chanter son tube fétiche à la télé : « *Et j'entends siffler le train/ Et j'entends siffler le train/ Que c'est triste un train qui siffle dans le soir…* »

C'est émouvant, il y a quelques jours, on a pu la voir glousser au « Grand Journal » de Denisot comme à la belle époque.

Le public applaudissait mécaniquement : « Une autre, une autre ! » Mais tout le monde savait qu'il n'y en aurait pas d'autres.

C'est pour ça qu'il faut être gentil, l'accueillir et essayer, tant bien que mal, de rendre cette interview intéressante.

Après l'émission, Rachida a prévu un pèlerinage dans Paris : une demi-heure à visiter chaque lieu emblématique ayant marqué son passage à la chancellerie : Chloé, Chanel, Missoni, Prada.

Ne lui gâchons pas la fête, faisons en sorte que tout se passe bien, à commencer par ne lui poser aucune question sur Rama Yade. Une jeune fille issue comme elle de l'immigration, devenue star de la politique et personnalité préférée des Français… Pas un mot sur elle ! De la même façon, Richard Anthony ne supporte pas qu'on lui parle de Johnny Hallyday.

Qui plus est, Rama a réussi en tenant tête à Sarko, alors que Rachida a échoué en lui cirant les pompes. Le parallèle est meurtrier.

Vous savez, le retour à Strasbourg va être très dur.

Quand le carrosse redevient citrouille…

Rachida seule dans son appartement avec vue sur la gare routière… ressortant sa plus belle robe… celle qu'elle avait mise un soir de gala à la Maison-Blanche…

« *Et j'entends siffler le train/ Et j'entends siffler le train/ Que c'est triste un train qui siffle dans le soir…* »

Roselyne et la grippe A

8 décembre 2009

Ce matin, j'ai modifié ma chronique à la dernière seconde, ce sont les imprévus du direct !

Au départ, j'avais écrit un papier un peu à charge sur notre invitée Roselyne Bachelot. Je m'attendais à accueillir la femme qu'on connaît : bonne vivante, gouailleuse, en veste fuchsia et rouge à lèvres assorti… Eh bien pas du tout !

C'était la première fois que je côtoyais de près une personne atteinte de tous les effets secondaires du vaccin. C'est terrible !

En la voyant débarquer, il y a cinq minutes, je me suis dégonflé.

On me demande souvent si j'ai des limites, eh bien oui ! Je refuse d'attaquer Roselyne vu l'état dans lequel elle se trouve.

Ces derniers temps, beaucoup se sont moqués de ses mimiques, de ses roulements d'yeux. Je reconnais que, lorsqu'elle annonce des morts, on a le sentiment qu'elle vient d'enterrer les corps elle-même.

Certains dénoncent une dramaturgie excessive. La vérité est plus cruelle ; quand Mme Bachelot essaie de bouger son visage paralysé suite aux effets du vaccin, les ordres envoyés par son cerveau font rouler ses yeux. D'où cette impression d'assister à un mauvais film muet des années 20.

En tout cas, la paralysie du faciès est avérée. On navigue entre Sylvester Stallone et la momie de Lénine. Toutes les femmes qui se ruinent en injections de Botox devraient se faire vacciner contre la grippe A… Ça paraît bien plus efficace.

Depuis l'arrivée de Roselyne, la gêne est palpable, dans les couloirs, tout le monde regarde ses chaussures, deux techniciens qui passaient par hasard ont même voulu faire une promesse de don. Il a fallu toute l'habileté de Thomas Legrand pour leur expliquer : « Non, non les gars, c'est pas le Téléthon, c'est Mme Bachelot, rangez vos chéquiers ! »

Le plus triste dans tout ça, c'est qu'on sent bien que Roselyne ne profite pas de son succès. Les gens de son entourage ont beau lui répéter : « Ça y est, les gymnases sont pleins, il y a des files d'attente incroyables, c'est un triomphe ! On compte même des morts chez des gens qu'étaient en pleine santé… Pour Roselyne, hip, hip, hip, hourra ! », Roselyne ne profite pas ! Elle est totalement « Guillain-Barré ».

Quel dommage de ne pas savourer ces instants ! En plus, elle vient d'échapper au pire : 94 millions de doses de vaccin commandées, tout le monde s'en foutait, le bide s'annonçait retentissant, et soudain l'étincelle : grâce à un travail de com' remarquable, Roselyne réussit à affoler les Français.

Cela dit, elle peut envoyer des chocolats à David Pujadas. Son reportage montrant des malades entièrement intubés, parce que ces connards inconscients (je vous fais le commentaire) avaient refusé une piqûre : un chef-d'œuvre !

À moins qu'on nous mente… à moins que ces malades intubés soient justement ceux qui se sont fait vacciner ?

Le problème, aujourd'hui, c'est qu'on est complètement largués. On entend tout et son contraire… Avant, il fallait deux injections espacées de quinze jours. Depuis que les gymnases sont engorgés, comme par enchantement, une injection suffit !

Même au sein d'une famille les gens ne sont pas d'accord : monsieur veut faire vacciner les enfants, pas madame. Le médecin de monsieur a dit « oui », mais la pédiatre des enfants a dit « non ».

« Très bien, mais quand ils auront 41, viens pas chialer, tu t'en voudras à mort !

– Je préfère qu'ils aient 41 plutôt qu'ils attrapent la sclérose en plaques !

– Qui c'est qui t'a dit ces conneries ?

– Brigitte a une copine…

– Brigitte cette conne qu'est même pas capable d'avoir des enfants ? Passe-moi le téléphone, je vais l'appeler !

– T'as jamais pu blairer mes copines ! »

Bref, tous les couples qui ne mourront pas de la grippe A ou du vaccin divorceront dans l'année. C'est le seul effet secondaire dont on soit certain.

Mon médecin traitant me disait hier : « Je soigne plus de gens dépressifs à cause de la grippe que de gens grippés. »

C'est peut-être ça, la vraie victoire de Roselyne, quel dommage qu'elle n'en profite pas !

Je voudrais terminer sur une bonne nouvelle, quelque chose qui devrait apaiser nos auditeurs vaccinés et conforter les autres. J'ai un ami qui possède un laboratoire de recherches aux États-Unis (je tiens l'histoire de lui, elle est véridique), tous les singes qu'il a fait vacciner en août sont morts quatre mois plus tard… Tous !

D'un côté, c'est vrai que c'est une info un peu anxiogène, je vous l'accorde. De l'autre, et c'est pour ça que j'ai parlé de « bonne nouvelle », quatre mois ça vous laisse jusqu'en avril pour mettre vos affaires en ordre. On sait qu'on va passer un Noël tranquille, sans complications, c'est déjà pas si mal.

Supprimons Luc Chatel !

9 décembre 2009

Ce matin, je voudrais voler au secours de Luc Chatel et de son idée lumineuse : supprimer l'histoire-géo en Terminale S.

C'est vrai, à quoi ça sert ? Des gens qui veulent devenir informaticiens, physiciens, ingénieurs… qu'est-ce que ça peut leur faire de savoir où se trouve le Péloponnèse et qui a assassiné Henri IV ? On s'en fout !

Un matheux il compte, point ! Si un jour, il veut participer à « Question pour un champion », il ne sera pas à l'aise, mais ce n'est pas grave.

Un pilote de ligne, franchement, l'histoire-géo…

À bord, tout est informatisé : il fait ses calculs, rentre deux, trois codes et c'est parti… son Airbus décolle puis se pose tout seul !

En cas de panne informatique, fait exceptionnel, le pilote peut repasser en direction manuelle. S'il ne connaît pas sa géographie… au pire, des gens qui vont à Madrid atterriront à Dakar… ce n'est pas grave !

Et la réciproque est vraie. Le passionné de géographie, pourquoi aller l'emmerder avec des maths ? Un gosse qui rêve de tenir une agence de voyages, qu'est-ce qu'on lui demande ? D'avoir du goût, de connaître les villes et les pays qu'il propose. Point !

[Client :] Bonjour monsieur, je souhaiterais aller aux États-Unis. C'est la première fois, qu'est-ce que vous me conseilleriez ?

[Tour-opérateur :] Écoutez, pour un baptême du feu, je dirais New York et son architecture, son énergie, sa démesure… C'est un petit peu la capitale du monde. Après, je dirais San Francisco : climat de type méditerranéen, très agréable, on est sur la même latitude que Palerme… Attention au brouillard malgré tout, même l'été, prévoyez une petite laine. À voir absolument : Alcatraz et le Golden Gate.

[Client :] Très bien, et pensez-vous qu'avec un budget de 13 000 euros pour dix jours, ce soit jouable ?

[Tour-opérateur :] Là, je ne peux pas vous répondre, monsieur, c'est le boulot de la comptable. J'ai tous les prix : billets, hôtel, taxes d'aéroport, mais c'est elle qui fait les additions. Elle sera là mercredi, il faut revenir. En revanche, moi je ne serai pas là… Donc montrez-lui bien cette carte postale de New York, qu'elle puisse retrouver votre dossier. Elle ne connaît pas la géographie. C'est très important : la dernière fois, elle a facturé un Paris-Bangkok à un client qui se rendait à Bruxelles. Ah, dernière chose : je vous laisse un atlas et une carte du monde. Il se peut, fait rarissime, que le pilote ne se pose pas à l'endroit prévu… Avec ça, vous pourrez vous orienter ! Très bon voyage ! »

Luc Chatel a raison. Ce n'est pas seulement une histoire de gros sous (même si c'est vrai qu'en sucrant des matières, on supprime aussi des postes d'enseignants), mais sa motivation est ailleurs.

Arrêtons d'encombrer le cerveau de nos enfants avec des connaissances inutiles.

Ma petite Violette qui a trois ans, elle adore cuisiner. C'est un truc qu'on a remarqué avec sa mère, elle passe des heures à nourrir ses poupées. Pourquoi ne pas l'inscrire dès maintenant dans une école hôtelière ? Peu importe qu'elle sache lire ou écrire : il existe des milliers de restaus touristiques où les plats sont en photos… Les gens montreront à Violette ce qu'ils veulent manger.

Attention cependant au laisser-aller : on supprime une matière, puis deux, puis trois, et on finit par tout supprimer. Les élèves de la Star Ac, par exemple, on leur a dit : la langue française on s'en fout, l'éducation civique et les bonnes manières aussi ! Tout ce qui est culture générale, on s'en tape ! Concentrez-vous sur la musique, apprenez à chanter juste… Eh bah même ça, ils l'ont raté.

Le problème, c'est qu'on ne sait jamais. Parfois, on apprend des choses, sur le moment on pense que c'est inutile et totalement crétin mais, des années plus tard… on s'en sert.

Moi, par exemple, durant toute mon adolescence, j'ai travaillé ma diction avec un crayon dans la bouche, des heures entières de : « ba be bi bo bu », « ca ce ci co cu ». Je me revois encore arpentant ma chambre en scandant : « Dis-moi, gros, gras, grand grain d'orge quand te dégros, gras, grand, grain d'orgeras-tu… »

Vous n'imaginez pas mon désespoir, seul dans ma chambre avec mon crayon. Je me disais : « Non seulement tu as l'air d'un con, mais en plus ça ne sert à rien ! »

Bon, je n'ai pas fait la carrière classique que j'espérais, j'en conviens. Mais aujourd'hui, bizarrement, ça me sert : je peux balancer une dizaine de saloperies sur Éric Besson sans reprendre une seule fois ma respiration, c'est très agréable ! Beaucoup de sans-papiers rêveraient d'être à ma place.

Cela dit, je comprends le point de vue de Luc Chatel.

Il est titulaire d'un DESS en marketing. LA formation idoine pour sa fonction ! Hier DRH chez L'Oréal, une marque de cosmétiques, aujourd'hui ministre de l'Éducation, il s'agite, il maquille, vend du rêve… c'est le même boulot !

Il retirait une crème moins performante des rayons, et maintenant, il retire l'histoire-géo aux Terminales S. Parce qu'ils le valent bien !

Ne tuez pas notre Johnny !

14 décembre 2009

Johnny, mon Dieu Johnny… Ça nous a occupés tout le week-end. Le reste de l'actu ce n'était même pas la peine : le sommet de Copenhague, Martine Aubry, l'arrivée du froid… on s'en fout ! Cela dit, Martine Aubry c'est un mauvais exemple, même quand Johnny pète le feu, on s'en fout !

Tout le week-end, cette histoire nous a tenus en haleine.

Les rumeurs les plus folles ont circulé : Johnny dormait, Johnny ne dormait plus… Untel était dans l'avion pour Los Angeles, c'était très mauvais signe. Untel n'était pas dans l'avion, c'était encore plus mauvais signe.

La question principale, que tout le monde se pose, c'est : quel crétin a bien pu mettre notre Johnny national dans cet état ? À mon avis, ils sont plusieurs.

Laisser un homme de soixante-six ans, épuisé par une tournée titanesque et deux opérations, faire onze mille kilomètres en avion quatre jours après sa sortie du bloc, c'est forcément qu'il est entouré par un aréopage de crétins… ou de vautours. Les deux n'étant pas incompatibles.

Ce qui est amusant, c'est que ces crétins se rejettent la responsabilité du désastre les uns sur les autres. On a l'impression d'assister à un mauvais *remake* de la fin de Michael Jackson. Les ingrédients sont les mêmes : le médecin incompétent, le producteur rapace, l'entourage écervelé.

Premier crétin évident, crétin numéro un désigné : le neurochirurgien, Stéphane Delajoux, surnommé « le médecin des stars » ou « médecin de la dernière chance »… La dernière chance étant quand on franchit pour la première fois la porte de son cabinet.

Stéphane Delajoux, physiquement, c'est George Clooney dans *Urgences*. Professionnellement… ça dépend : un génie pour les uns, il a sauvé Charlotte Gainsbourg, un charlatan pour les autres.

Si l'on en croit les médecins du Cedars-Sinai de Los Angeles, on quitte *Urgences* pour la série *Mash*.

Vous vous souvenez de *Mash* ? Ce groupe de médecins militaires opérant au Vietnam… Il y a tellement de blessés qu'ils n'ont plus le temps d'établir un diagnostic. Du coup, ils amputent à tour de bras, ils tronçonnent au petit bonheur la chance, le sang gicle, le blessé hurle ! Et pour avoir du cœur à l'ouvrage, ils boivent des coups en opérant, ils fument, ils se racontent des histoires de cul… Et fatalement, parfois, ils oublient un drain ou un bistouri à l'intérieur du patient. Delajoux, c'est ça… sauf que la clinique se trouve au parc Monceau. Beaucoup plus calme que le Vietnam des années 70 !

Selon ses détracteurs, Delajoux, tu vas le voir pour une entorse, tu ressors en chaise roulante. Mais il est beau, tellement beau ! Il a un bagou du tonnerre, un charme fou… Et, du coup, le show-biz l'adore.

Deuxième crétin potentiel : le producteur de Johnny, Jean-Claude Camus, le Thénardier du show-biz, surnommé également « le presse-citron ».

Malade, opéré, diminué physiquement, Johnny doit tourner ! On ajoute même des dates : « Allez, allez, mesdames et messieurs, c'est la der des der, on réserve, on prend son ticket, "*The show must go on !*" »

Rien n'arrête Jean-Claude Camus. Si, par malheur, Johnny perdait l'usage de ses jambes, il ferait customiser son fauteuil roulant par Harley-Davidson, on roulerait Johnny sur scène : rock and roll ! « Quoi mes jambes, qu'est-ce qu'elles ont mes jambes ? »

Pour parfaire le tableau, n'oublions pas l'épouse : Laeticia Hallyday, « la petite maison dans la prairie », douce, si douce…

Tous les jours, madame pose dans un magazine : ici, dans sa nouvelle maison qu'elle fait construire à Los Angeles : « Jean-Claude, c'est Laeticia, rajoute des dates à Johnny, les fournisseurs me réclament une avance pour le marbre de la cuisine ! […] Eh bien, tu lui fais une injection s'il ne peut pas ! »

Sur une autre photo, madame nous montre ses seins, elle en est très fière, ça et son tatouage, un cœur ailé juste au-dessus du pubis.

Sans oublier le cliché humanitaire : Laeticia et les enfants d'Afrique. Toujours belle et impeccable, entourée de petits Noirs tristes mais souriants car Barbie UNICEF est venue les voir.

Dans le magazine *Elle* paru aujourd'hui, Laeticia nous présente sa nouvelle coupe de cheveux… moment parfaitement choisi. Espérons que le jour où Johnny mourra, elle ne nous présentera pas sa collection de strings.

Vendredi dernier, le Dr Delajoux s'est fait casser la gueule par deux hommes encagoulés, il était avec ses enfants.

De vraies méthodes de barbouzes. Le neurochirurgien pose avec son coquard dans toute la presse… On a l'impression qu'il s'est opéré lui-même.

Le journal *Le Parisien* s'interroge : « S'agit-il d'un acte commis par des fans incontrôlables ? » NON. Les fans de Johnny, public modèle capable de camper des heures aux abords d'un stade pour apercevoir l'idole, sont juste inquiets et tristes.

Johnny appartient aussi à son public… Les quelques personnes qui s'en servent, qui l'épuisent, « le presse-citron » devraient y penser un peu plus !

Changeons le monde avec l'UMP !

15 décembre 2009

Je ne comprends pas toutes ces railleries autour du clip des jeunes de l'UMP. C'est vachement bien !

Non, c'est vrai, quand quelque chose est réussi, il faut le dire !

Là, par exemple, je rejoins Laurent Joffrin, le directeur de *Libération* qui, hier, lors de la conférence de presse de Nicolas Sarkozy, a rendu un vibrant hommage à la politique économique du président.

Quand c'est bien, on le dit !

Le clip d'autopromo réalisé par les jeunes de l'UMP est sensationnel ! Cette chanson de Luc Plamondon : *Tous ceux qui veulent changer le monde*, reprise en play-back par les principaux ténors de la majorité sur une chorégraphie… Comment vous l'expliquer ?

C'est toujours difficile de décrire une image en radio, et puis je ne voudrais pas vous priver du plaisir d'aller la découvrir vous-même sur Internet. C'est un savant mélange de Kamel Ouali et de Patrick Sébastien dans son célèbre tube : *Tourner les serviettes*.

Voilà, c'est ça : vous voyez à la fois un doigt qui balaie l'horizon dans la pure tradition des meilleures comédies musicales, quand l'autre main du danseur, enfin, du « membre du gouvernement » fait tournoyer une serviette imaginaire au-dessus de sa tête.

Ils ne font pas la danse des canards, pas encore, mais on sent qu'ils pourraient s'y mettre tellement ils s'éclatent !

À mon avis, ils se réservent des cartouches pour le clip de la présidentielle 2012 avec à la clé une reprise de *Tata Yoyo*.

Parfois la chorégraphie se fait très subtile. Par exemple quand ils entonnent la strophe : « *Si les racines sont profondes/ Nous saurons bien les transplanter/ Pour laisser fleurir à la ronde/ Les chemins de la liberté.* » Comme on parle de fleurs, le jeune qui chante tient ostensiblement une plante verte.

Oui, ils ont mélangé des jeunes avec les membres du gouvernement… C'était nécessaire : tout le passage avec Xavier Darcos et Éric Woerth se trémoussant en agitant leurs serviettes imaginaires… si on ne met pas de jeunes, le phénomène d'identification ne marche pas.

Mais là, le clip parle totalement à la jeunesse ! Il paraîtrait même que, dans les villes les plus sensibles comme Trappes, Vaulx-en-Velin ou Villiers-le-Bel, l'adhésion est énorme. En quelques jours, jamais l'UMP n'avait enregistré autant d'inscriptions !

La jeunesse attendait un signe, et voir tout à coup Nadine Morano et Xavier Bertrand faire des moulinets avec le bras, ç'a été le déclencheur… Ils se sont dit : « Ces gens sont proches de nous, ils nous comprennent, adhérons ! »

La grande force du clip, c'est que tout le monde est bien représenté.

On trouve des gens de couleur, un handicapé, une femme enceinte…

La femme enceinte apparaît sur la strophe évoquant la fécondité. C'est le même principe que pour la plante verte. Heureusement que Luc Plamondon ne parle pas d'avortement, sinon un fœtus aurait traversé l'écran.

En ce qui concerne l'histoire, le scénario… Le clip démarre sur un groupe de jeunes UMP enthousiastes prenant le TGV avec la femme enceinte et l'ami handicapé. Qu'on ne revoit plus après, d'ailleurs. Une fois que le train démarre, plus d'handicapé.

C'est assez juste comme symbole : dans la société française, l'handicapé reste à quai, il regarde les trains partir. Mais surtout, avec un refrain qui répète : « *Tous ceux qui veulent changer le monde, venez marcher, venez chanter !* », c'était délicat d'utiliser l'handicapé.

C'est un clip très riche avec de l'humour et de l'autodérision. À un moment, vous voyez Gilbert Montagné conduisant une voiture : il est au volant !

C'est peut-être une métaphore de l'action gouvernementale : Sarkozy dirige la France comme un aveugle au volant.

On trouve aussi des messages subliminaux. Chaque fois qu'on voit Éric Besson danser, il est entouré de Noirs, sous-entendu : Besson n'est pas raciste, il aime les Noirs…

Si Borloo avait été dans le clip, ils lui auraient mis une bouteille d'Évian dans chaque main !

Enfin et surtout, le clip est illuminé par la présence d'une danseuse hors pair, une étoile… Nous la recevons dans quelques minutes : Mme Valérie Pécresse !

Yann Barthès s'est moqué de ses bourrelets l'autre jour dans son *Petit Journal*… Bon, c'est vrai que lorsque Valérie fait tournoyer sa serviette au-dessus de sa tête, on aperçoit son ventre… Mais cela ne doit en aucun cas occulter son merveilleux travail chorégraphique !

Une chose est certaine : grâce à sa prestation, Mme Pécresse casse à jamais son image de Versaillaise coincée en pantacourt, toujours volontaire pour les sorties scolaires et la confection de quatre-quarts aux anniversaires.

C'est ça la grande réussite de cette autopromo !

Sarkozy : actionnaire de France Inter

11 janvier 2010

[Musique.] « *Ya du soleil et des nanas/ Darla dirladada.* »

Ah, les vacances, qu'est-ce que c'est bon les vacances… On se détend, on oublie ses soucis. Mais le problème c'est le retour, les tracasseries du quotidien vous rattrapent très vite.

Vendredi dernier, à peine arrivé, encore bronzé, j'ouvre le journal *Le Monde* et là, je découvre que notre directeur d'antenne Philippe Val a déclaré : « France Inter est une radio qui coûte cher à l'actionnaire qui n'est pourtant pas très bien traité par la station ! »

Je me dis : ce n'est pas possible, Sarkozy, actionnaire de France Inter ? maltraité par des journalistes et des chroniqueurs surpayés ? Philippe Val, ancien directeur de *Charlie Hebdo*, n'a pas pu dire ça !

Les actionnaires de France Inter, ce sont les auditeurs qui payent la redevance, en aucune façon Nicolas Sarkozy… Et admettons que nous soyons surpayés à le maltraiter, je le dis à Val, à partir de demain, je viens gratos !

Bon, je défais ma valise et là, coup de téléphone d'un copain : « Hé, tu ne connais pas la dernière :

Jean-Luc Hees, ton président à Radio France, a été décoré par Sarko “officier de la Légion d'honneur” c'était le 1er janvier dernier ! Bonjour le copinage ! »

Je raccroche, très contrarié : si, chaque fois que je pars en vacances, mon président et mon directeur accumulent les boulettes, je ne partirai plus ! C'est trop de boulot en rentrant !

Jean-Luc Hees, officier de la Légion d'honneur… Fallait pas qu'il accepte ! En juin dernier, Nicolas Sarkozy l'avait déjà beaucoup gâté en le nommant président de Radio France. Deux gros cadeaux en six mois, c'est beaucoup trop !

Comment vous expliquer ? Hees à la tête de Radio France, ça tient du miracle. C'est un peu l'histoire de Thérèse Van Belle, clocharde à Bruxelles, élue Miss SDF Belgique et gagnant au passage un an de loyer gratuit. C'était inespéré !

Attention, Jean-Luc est un brillant journaliste, une très belle voix de la station… Mais depuis quelques années, il était un peu en retrait, on l'avait mis dans un placard doré : présentateur à Radio Classique. Des horaires pépères : 18 heures-20 heures.

Un studio d'enregistrement situé place Bergson dans le 8e arrondissement, bistrots alentour, Maison du Whisky à deux pas. Tous les week-ends, il rentrait en Normandie cultiver ses tomates, il était heureux !

Et en juin dernier, patatras, à quelques mois de la retraite, coup de fil de Sarkozy lui proposant la présidence de Radio France.

Ici, on s'est tous inquiétés, évidemment. Jean-Luc, vieil anar de gauche, nous l'avons mis en garde : « Fais gaffe, comme t'es nommé directement par Sarko, est-ce que t'as pas peur qu'on dise que t'as mis tes couilles dans ses mains ? »

Oui, je sais qu'on ne dit pas « tes couilles » au président de Radio France, mais nous, Jean-Luc, c'était notre pote, on a chanté *Tata Yoyo* avec lui pendant des années au Zébra, le café d'en bas !

C'est ça la grande force de Sarkozy : infiltrer les groupes. Il a dû appeler Thierry Burlot, le chef du Zébra, et se renseigner. [Imitation Sarko :] « Dites-moi Thierry, au déjeuner France Inter, qui c'est qui fait péter les bouteilles, régale tout le monde et chante *Tata Yoyo* en agitant sa serviette ? (…) Bon, bah dites à M. Hees, on dirait une marque de dentifrice, qu'il vienne me voir, j'ai un boulot pour lui ! »

On était super inquiets, mais Jean-Luc nous a rassurés : « Vous bilez pas les gars, Sarko, je m'en branle… (Lui aussi avait du mal à changer son langage, il venait d'être nommé !) Je m'en branle… De toute façon, s'il m'emmerde, j'me casse faire pousser mes tomates ! »

Ça nous a un peu tranquillisés. Et là, cette semaine, coup de théâtre : Jean-Luc se fait décorer et Philippe qualifie Sarko d'actionnaire de la radio.

Bon, le reste, ce sont des pinailleries… Toujours dans *Le Monde*, j'ai lu que Patricia Martin apprenait deux heures seulement avant son départ en vacances que son émission serait amputée d'une demi-heure. Même chose pour le journaliste Simon Tivol qui, au passage, perd son boulot.

Interrogé sur la brutalité de la méthode, Val répond : « J'ai été débordé, j'ai pas eu le temps de les prévenir ! »

C'est vrai, les courses de Noël, ça prend un temps fou !

La vraie raison, je vais vous la donner : à Noël, l'actionnaire principal d'Inter, Nicolas Sarkozy, était en vacances au Maroc. Le temps que Philippe réussisse à le joindre pour faire valider sa décision… Patricia Martin et Simon Tivol ont été prévenus trop tard !

Du coup, ici, nous sommes de nouveau inquiets. Val a annoncé de grands changements dans la grille de septembre. Et l'été prochain, l'actionnaire d'Inter sera de nouveau en vacances, injoignable !

Alors se pourrait-il que tous ceux (dont je fais partie) qui maltraitent impunément notre gentil mécène et lui coûtent au passage beaucoup d'argent… se pourrait-il qu'ils doivent s'attendre à prendre de *très longues* vacances en juillet prochain ?

« *Ya du soleil et des nanas/ Darla dirladada.* »

L'humour juif de Brice Hortefeux !

12 janvier 2010

Hier, en effectuant une recherche Internet, je suis tombé sur une info qui m'avait totalement échappé en décembre dernier (sans doute la frénésie des fêtes !) : « Brice Hortefeux remporte le Prix de la lutte contre le racisme et contre l'antisémitisme ». Prix décerné par l'Union des patrons et des professionnels juifs de France le 13 décembre 2009.

C'est fou qu'un truc pareil ait pu m'échapper...

Oh, à mon avis, c'est du second degré, un canular ! Nous sommes dans la grande tradition de l'humour juif : mélange de noirceur et d'autodérision !

On imagine très bien les Marx Brothers débarquant à l'improviste au ministère de l'Intérieur pour remettre son prix à Brice. Groucho évoquerait le bilan de l'ex-ministre de l'Immigration : 30 000 expulsions au lieu des 28 000 demandées, les arrestations dans les préfectures, les descentes au petit matin dans les foyers de travailleurs migrants à coups de bélier !

L'assistance se gondolerait. Puis Groucho entamerait un florilège des meilleures blagues *contre* le racisme proférées par Brice en 2009 : « Quand y en a un ça va, c'est quand y en a beaucoup que ça pose problème ! » Et à chaque trait d'esprit, Harpo ferait sonner sa trompette avec son bras. [Trompette Harpo.] Du grand Marx Brothers !

D'ailleurs, cette blague, c'est la partie émergée de l'iceberg. Brice en a proféré beaucoup d'autres, moins connues du grand public, comme ce jour où, prenant un avion avec Rama Yade pour l'Afrique, il lui dit au moment d'atterrir : « Fais gaffe, tu pourrais ne pas revenir ! » [Trompette Harpo.]

Attention quand même, et là, je m'adresse aux patrons juifs de France, moi, ça m'a beaucoup fait rire cette remise de prix, mais tout le monde ne comprend pas le second degré. (Je sais de quoi je parle !)

Sur la photo, Brice lui-même paraît très fier de cette reconnaissance, pas une seconde il ne se rend compte qu'on se paye sa tête.

Pour le coup, c'est peut-être un problème de communication. Il faudrait être plus précis, informer l'opinion : nous avons décidé de pratiquer l'autodérision. À partir d'aujourd'hui, le Prix de la lutte contre le racisme et contre l'antisémitisme récompensera la phrase la plus raciste de l'année.

Il s'agit de lever toute ambiguïté et, surtout, de ne plus revenir en arrière. Ah bah oui, désormais, on ne peut plus remettre ce prix sérieusement. Moi, si je suis lauréat 2010 et qu'on m'annonce : « L'année dernière, le vainqueur c'était Hortefeux ! », je me casse en courant !

Clarifions les choses, au niveau des actes racistes et antisémites, 2009 a été un cru exceptionnel.

Il ne faudrait pas que cet honneur fait à Brice décomplexe encore plus les autres.

Si tu sais qu'en proférant *la* blague raciste de l'année, tu peux ne pas être condamné, garder ton job et en plus décrocher un prix… j'ai peur que ça suscite des vocations. Hortefeux est récompensé le 13 décembre 2009, le 14, Nadine Morano sort sa phrase sur les musulmans à casquette parlant verlan… la brèche est ouverte.

C'est le côté vocation qui me fout la trouille. Il paraît que la petite-fille de Jean-Marie Le Pen, Marion Maréchal, entre en politique… Marion Maréchal « la voilà » !

C'est devenu très tendance le racisme : depuis quelques semaines, Éric Besson a lancé dans toute la France une grande Star Ac de la xénophobie. Chaque préfecture organise un débat afin de sélectionner les plus gros racistes du département… Et ça marche ! Certains sont super doués, jugez vous-même à travers quelques propos : « On va se faire bouffer » ; « 10 millions qu'on paie à rien foutre » ; « Bientôt ce sera Colombey-les-Deux-Mosquées », « Être français, c'est boire du vin et manger du porc pour exclure de la communauté nationale les citoyens musulmans et juifs » ! Un énorme carton, je vous dis.

Et je crains qu'Éric Besson nous prépare un grand final à Paris avec les dix meilleurs racistes hexagonaux.

Plus sérieusement, peut-être qu'en remettant le Prix de la lutte contre le racisme et contre l'antisémitisme à Brice Hortefeux, les patrons juifs de France ont eu envie de rire. C'est humain.

Mais qu'ils nous disent juste maintenant que la plaisanterie est finie, que c'était une mauvaise blague et que ce prix retrouve sa pleine légitimité.

Sinon c'est la porte ouverte à tous les excès. Il y a quelques semaines, on apprenait que Benoît XVI voulait relancer le processus de béatification de Pie XII…

Ce n'est pas de l'humour juif, non, non, non. Même les Marx Brothers, à leur époque de gloire, n'auraient pas osé !

Hey man, you know what ? The pope wants to beatify Pie the XIIth *!* [Trompette Harpo.]

Ne tirez plus sur Bachelot !

13 janvier 2010

Moi, j'aimerais qu'on arrête de taper sur Mme Bachelot, cela ne sert à rien de s'acharner.

Après sa gestion calamiteuse de la grippe A, elle est finie, elle le sait. Au prochain remaniement ministériel, il lui faudra retrouver un boulot dans la société civile et voilà !

Elle retournera bosser dans l'industrie pharmaceutique, puisqu'elle y a passé douze ans... Ils seront ravis de l'accueillir, ils l'adorent ! D'ailleurs, ils n'ont jamais vraiment rompu les liens avec elle : « Dis-moi ma Roselyne, c'est Gilbert chez Novartis, tu peux me prendre 500 000 doses supplémentaires de vaccin H1N1 ? [...] Je sais que t'en as pas besoin ma poule, mais en souvenir du bon vieux temps ? Hé, je te le redis, quand l'autre il te vire, le nain... je te reprends, bisous ! »

Ou alors, Roselyne pourrait aussi ouvrir une pharmacie. Oui, elle est pharmacienne de formation. Mme Roselyne avec sa gouaille de Castafiore et ses Crocs roses aux pieds, elle ferait un malheur ! Surtout, pour vendre des médicaments dont on n'a pas besoin, « Rosy » c'est la meilleure !

Faut pas l'accabler, Bachelot. Elle n'est pas seule responsable, tout le monde s'y est mis : l'OMS, les labos, les médias, les gouvernements. Il fallait vendre du vaccin à tout prix, on a donc créé une psychose générale très éloignée de la réalité : en France, on compte 230 décès de la grippe A, quand une grippe saisonnière en fait toujours environ 5 000 !

Attention, ce chiffre de 230 décès n'est pas exhaustif. Pour les morts liées au vaccin de la grippe A, il faut patienter quelques mois… voire quelques années.

« C'est quoi cette paralysie, docteur ?

– Vous avez été vacciné contre le H1N1, il y a cinq ans ?

– Euh… oui.

– Ah bah, cherchez pas, c'est ça. J'en ai trois par semaine en ce moment. Fauteuil roulant, il n'y a que ça à faire ! Et puis, très vite, vous ne sentirez plus rien du tout… »

Je prends la défense de Mme Bachelot, mais c'est difficile. Le flop est trop gros : 94 millions de doses commandées, 10 % du stock de la planète pour seulement 5 millions de Français vaccinés. Les plus crédules, ceux qui jouent au Loto et lisent l'horoscope du *Parisien*. Aujourd'hui, leur avenir, on peut leur prédire : « Court, très court. Grosse surprise dans les cinq ans ! »

89 millions de vaccins en trop et, à côté de ça, pas assez de sel pour dégeler les routes. On a un gouvernement trop prévoyant, sauf pour la neige. La neige, en hiver, ça les surprend.

Non, c'est dur pour eux en ce moment, ils ratent tout, même leur grippe !

Seulement 5 millions de personnes vaccinées… les Français se sont méfiés ! Depuis deux ans, ils ont entendu : le chômage va baisser, la croissance va reprendre, votre pouvoir d'achat va grimper… Là, on leur dit : « Vous allez tomber malades ! », c'était la promesse de trop… Ils n'y ont pas cru.

Bon, depuis trois jours, c'est le branle-bas de combat au ministère de la Santé, il faut sauver les apparences, minimiser coûte que coûte l'ampleur de la catastrophe. Tout est bon : l'État essaie d'annuler ses commandes de vaccins, les généralistes ont enfin l'autorisation de vacciner (au moment où plus personne ne veut y aller)…

Mais surtout, la grande idée de Roselyne, c'est de revendre à prix cassés nos vaccins inutilisés. Premier client potentiel : l'Afrique. Mais bon… quand il fait 30 degrés à l'ombre, ça devient plus compliqué de choper la grippe. Il faudrait que l'OMS leur fiche les pétoches, ce qu'ils ont fait avec nous !

Les doses seront bientôt périmées, mais ce n'est pas grave, comme on leur fait une grosse ristourne, faudrait pas non plus qu'ils nous emmerdent !

Idéalement ce qu'ils aimeraient les Africains, c'est un vaccin contre le paludisme. Un enfant en meurt toutes les trente secondes… Ça en fera dix le temps de ma chronique. C'est pour ça que je ne vais pas faire trop long…

Facture globale de la grippe A en France : 2 milliards d'euros. Aurait-on dû utiliser cette somme pour la recherche d'un vaccin contre le paludisme ? Il faut demander à Pierre Bergé, pour tout ce qui est gestion de dons, c'est le meilleur.

Ah ! N'oublions pas les 23 millions d'euros dépensés pour l'achat de gants et de masques de protection… Pour les gants, j'ai peut-être une idée, histoire de minimiser le gâchis : lancer une campagne nationale de dépistage contre le cancer de la prostate.

De toute façon, avec cette grippe, quoi qu'on fasse, on l'a tous un tout petit peu dans le cul.

On ne plante pas Arlette Chabot !

18 janvier 2010

Qu'est-il arrivé à Vincent Peillon[1] ? Le beau Vincent, le George Clooney du PS ! Dès qu'il ouvre la bouche, toutes les militantes de la rue de Solférino pensent quitter leur mari.

Vincent, un homme raisonnable, posé, docteur en philosophie, qui plante cette pauvre Arlette Chabot au dernier moment, comme une moins que rien !

Ce n'est pas bien de poser un lapin à Arlette, ça lui rappelle trop de mauvais souvenirs. Depuis qu'elle est ado, les hommes ne lui font que des promesses à Chabot : « T'inquiète pas, mon Arlette, je serai là ce soir à 18 heures ! »

En plus, Peillon a bien le physique du garçon qui fait souffrir les filles. On l'imagine parfaitement à dix-huit ans en petit pull Lacoste avec sa mèche et ses yeux bleus. Vous savez, le genre qui roulait des pelles à Sophie Marceau dans *La Boum*.

Faut arrêter de s'en prendre à Arlette, c'est toujours de sa faute ! Déjà, en septembre dernier, Nicolas Sarkozy l'avait humiliée après une émission enregistrée à New

1. Le jeudi 14 janvier 2010, Vincent Peillon était l'invité d'Arlette Chabot pour l'émission « À vous de juger », sur France 2. Il lui a fait faux-bond au tout dernier moment.

York. Alors qu'au départ c'était Kouchner qui avait énervé le président…

Mais il faut reconnaître qu'elle appelle ça, Arlette, elle a un petit côté souffre-douleur et victime idéale. Et puis, comme le dit Joe Dassin dans sa chanson : « *Il y a les filles dont on rêve/ Et celles avec qui l'on dort.* »

La question mérite d'être posée, s'il s'était agi d'une journaliste un peu plus sexy, style Anne-Sophie Lapix, Peillon l'aurait-il plantée aussi brutalement ?

J'exagère, Peillon est beau gosse, mais fidèle. La rumeur lui a prêté une aventure avec Ségolène, mais c'est pure invention.

De toute façon, eux deux, ça n'aurait jamais marché : elle serait venue quand il ne l'appelait pas, et lui ne serait pas venu quand elle l'appelait.

Bon, revenons à notre question principale : que s'est-il passé dans la tête de Peillon ce fameux jeudi 14 janvier à 20 h 35 ? Pourquoi un homme courtois, affable, s'est-il soudain conduit comme un mufle ?

A-t-il été victime d'un stress particulier, d'un épuisement généralisé, le fameux *burn out* décrit par les psychiatres, quand l'individu perd tout contrôle de soi, incendie sa maison, tue femme et enfants, voire, dans des cas extrêmes… plante Arlette Chabot.

À en croire certains journalistes, l'affaire est hyper-grave : « Menteur », « lâche », « Saint-Just au petit pied. »

Si on les écoutait, Peillon devrait être goudronné, plumé, puis exposé quinze jours sur le fronton de France Télévisions… (À la place du sempiternel portrait de Sophie Davant et William Leymergie.)

On pourrait aussi ne pas hurler avec la meute et se mettre une minute dans la peau de Vincent Peillon.

Vous êtes un homme politique *a priori* sérieux, aimant son pays... C'est la rentrée, une nouvelle année commence et vous êtes invité dans la plus grande émission politique du pays... Les sujets à aborder sont multiples, graves et passionnants : la crise, le chômage, le tremblement de terre à Haïti... Et là, patatras ! dans les faits, on vous propose un débat sur l'identité nationale, un sujet créé de toutes pièces et n'intéressant que très peu de Français, avec en vedettes (c'est la goutte d'eau qui fera déborder le vase) deux losers : Marine Le Pen, vice-présidente d'un parti à l'agonie, ruiné, cherchant désespérément à vendre son siège historique, et Éric Besson, ancien socialiste ayant trahi son parti, enlisé dans un débat aux relents nauséabonds qu'il a lui-même instigué.

Même Don King, sulfureux promoteur de boxe américain, n'aurait pas osé proposer une affiche aussi ringarde.

À ce moment-là, Peillon prend peur, hésite, tergiverse et, au final, prend la mauvaise décision : planter Arlette Chabot à la dernière minute. Pire, il réclame sa tête. Elle, à qui personne n'avait jamais demandé sa main ! Faut faire gaffe aux « Arlette », c'est une espèce en voie de disparition : il y a encore Laguiller, Chabot et après ce sera fini.

À New York, le président s'était plaint auprès d'Arlette de l'absence de vraies émissions politiques sur le service public. Il a été entendu au-delà de ses espérances. Premier débat de l'année : « Besson-Le Pen ».

Le mois prochain on espère : « Bernard Tapie-Frédéric Lefebvre » : deux burnés décérébrés.

Sévices publics, aurait dit l'autre.

Sarko se paye les otages

19 janvier 2010

Je comprends parfaitement le coup de colère de Nicolas Sarkozy lorsqu'il a appris, il y a trois semaines, l'enlèvement en Afghanistan de deux journalistes de France 3.

Des journalistes inconscients qui, selon le chef de l'État, « ont agi en totale contradiction avec les consignes de sécurité ! »

Ce week-end, rebelote, Claude Guéant enfonce le clou en parlant d'« imprudence vraiment coupable » et affirmant que « le scoop ne devrait pas être recherché à tout prix » !

Tollé parmi les journalistes de France Télévisions et réponse cinglante : « Ces hommes étaient expérimentés, ils n'ont pris aucun risque inconsidéré ! »

Faut pas exagérer ! On les avait prévenus que la zone était dangereuse ! Ils y vont quand même avec une caméra, un bloc-notes et une pointe Bic : tant pis pour eux !

Pour une fois, je partage l'avis du président.

Quelle idée, en plus, d'aller tourner en Afghanistan, alors qu'il existe des tas d'endroits sécurisés dans le monde, comme Monte-Carlo, Megève, Monaco… d'où l'on peut rapporter de très belles images.

Reporter de guerre c'est un métier de tordus. Ou alors, il faut le faire comme Bernard-Henri Lévy… On arrive le matin même en Falcon, on fait quelques photos à plusieurs centaines de kilomètres de la zone dangereuse, et on repart en fin d'aprèm. Atterrissage à Villacoublay vers 22 heures, à temps pour un dîner à 23 heures à l'hôtel Costes.

Ils sont emmerdants à France 3, avec leurs envoyés spéciaux à deux balles ! Par exemple, à TF1, ils ont dépêché Laurence Ferrari au pôle Nord pour le sommet de Copenhague, et Nikos Aliagas à Los Angeles pour la convalescence de Johnny : basta ! Les risques sont calculés, au pire on perd une valise !

Claude Guéant a raison, il faut arrêter le scoop à tout prix !

D'ailleurs, ces otages, ce sont, comme par hasard, des journalistes du magazine « Pièces à conviction », animé par Élise Lucet… Une émission bien racoleuse, avec des sujets bien putassiers comme la crise, le pouvoir d'achat, le stockage de l'uranium…

Ils n'ont que ce qu'ils méritent les deux branquignols d'Élise Lucet.

Il faut arrêter de vouloir filmer la guerre. Ou alors seulement quand elle est finie. C'est vrai qu'*Apocalypse*, le documentaire de France 2, c'était vachement bien ! Toutes ces images d'archives sur 39-45, c'était incroyable.

Et si jamais, dans trente ans, nos petits-enfants nous réclament des images sur l'Iran ou l'Afghanistan… on leur dira que Nicolas Sarkozy et Claude Guéant étaient contre ! « En revanche, les enfants, si ça vous intéresse, je peux vous montrer un très beau reportage sur

Nikos, un animateur grec qui s'était rendu au chevet de Johnny à Los Angeles. »

Le président dénonce également les risques encourus par nos militaires pour tenter de délivrer les deux inconscients, sans parler de l'argent que ça va coûter au contribuable : un million d'euros. Vous vous rendez compte ?

Avec un million d'euros, lors du sommet de la Méditerranée, la présidence française a régalé plus de 200 personnes… 5 367 euros le couvert.

Et là, au lieu de se taper la cloche, nos dirigeants vont devoir utiliser cet argent pour récupérer deux journalistes du service public, deux feignasses ne travaillant que 35 heures par semaine et vraisemblablement syndiqués. Imaginez le gâchis !

Il paraît que les familles des deux journalistes sont effondrées. C'est la première fois qu'un président dézingue des otages en captivité, ça n'était jamais arrivé. Normalement, tu les libères et après, seulement, tu as une explication.

Ils doivent avoir le moral au plus bas : d'un côté, des barbus hystériques qui veulent te zigouiller, de l'autre, Sarkozy et son chien de garde Claude Guéant qui aboient. Vous imaginez la solitude !

Si jamais Renaud leur compose une chanson de soutien comme il l'a fait pour Ingrid Betancourt, ils se laissent mourir…

Ah, dernière minute : deux grands reporters de TF1, Laurence Ferrari et Jean-Pierre Pernaut, vont être envoyés en mission fin janvier. Zone d'action : studio de Boulogne-Billancourt. Personne à interviewer : Nicolas Sarkozy. Reportage entièrement sécurisé. Questions validées par la présidence et public trié sur le volet. TF1 nous assure qu'aucun risque ne sera pris. On les croit sur parole..

Merci Besson, merci Besson !

20 janvier 2010

Ça y est, ne cherchez plus, on connaît le lauréat du prix de l'humour politique 2010. Jusqu'à maintenant, la compétition était très serrée. Balkany tenait la corde avec son : « Je suis l'homme le plus honnête du monde. » Talonné par Rachida Dati avec : « Je n'ai jamais cherché à attirer l'attention des médias. »

Eh bien, mercredi dernier, Éric Besson a mis tout le monde d'accord avec sa phrase : « Les sans-papiers haïtiens ne seront pas renvoyés dans leur pays. »

[Chanson.] Merci Besson, merci Besson…

Il sait être généreux Éric Besson.

Cela dit, heureusement qu'il a pris cette décision. Vous imaginez l'ambiance à Port-au-Prince si, parmi le ballet d'avions humanitaires en provenance du monde entier, un avion français rempli de sans-papiers haïtiens s'était présenté[1] ?

Petite précision, cette mesure de clémence ne concerne que les Haïtiens. Tous les autres peuples : Afghans, Maliens, Nigériens… même si votre pays est en guerre, à feu et à sang, à partir du moment où la terre n'a pas tremblé, vous êtes expulsables.

1. Le 12 janvier 2010, un puissant séisme de magnitude 7 a frappé Haïti, détruisant sa capitale, Port-au-Prince.

Alors, il y avait certainement des Haïtiens parmi les 29 288 clandestins renvoyés dans leur pays par M. Besson en 2009… Et, à l'heure actuelle, ils font peut-être partie des victimes du séisme. Mais ça, on ne pouvait pas le prévoir.

Il y a encore quinze jours, on pouvait sans problème expulser des sans-papiers à Haïti : la perle des Caraïbes !

Attendez, j'ai lu le descriptif fait par Christophe Colomb quand il débarque sur cette île en 1492 : « Une mer de cristal, une côte de sable d'or ceinte de cocotiers, d'acajou, d'abricotiers des tropiques et d'orchidées multicolores. » Quelle merveille, s'est exclamé l'amiral !

Dieu sait si j'ai pu critiquer Éric Besson, mais là, vouloir renvoyer des gens dans un tel paradis, ça n'a rien d'inhumain.

Et puis c'est un peuple incroyable. Quand Colomb débarque, il est estomaqué par la gentillesse des Indiens tainos.

Un peuple un peu naïf, c'est vrai… leurs sous-sols étaient gorgés d'or, ils l'ignoraient. On les a forcés à extraire le métal précieux, une tâche éprouvante, dans des conditions déplorables. En plus, n'étant pas immunisés, ils ont chopé toutes les merdes des Français et des Espagnols fraîchement débarqués… La maladie ajoutée aux mauvais traitements : cinquante ans plus tard, ils étaient tous morts.

Face à cette pénurie soudaine de main-d'œuvre, on a fait venir des esclaves d'Afrique. Aujourd'hui, on achemine des vivres et des médicaments… On peut dire qu'on n'a jamais laissé tomber les Haïtiens !

Bon, je ne vais pas vous raconter l'histoire d'Haïti à travers les siècles. « Deux mille ans d'histoire », c'est le boulot de l'excellent Patrice Gélinet. Grosso modo, quand les Espagnols et les Français eurent pillé l'île de ses richesses, ils se sont tirés. Laissant sur place un peuple ruiné, livré à lui-même, sans aucune éducation. Et depuis c'est l'horreur : guerre, coup d'État, dictature : « Papa Doc », « Baby Doc », « Doc Gynéco », etc.

Tout ça, évidemment, a quelque peu modifié l'aspect général de l'île. Si Christophe Colomb revenait, il est probable qu'il ne débarquerait même pas.

La végétation a totalement disparu, l'espérance de vie est de moins de cinquante ans, les bidonvilles ont remplacé les champs d'acajou.

Drogue, gang, prostitution, et plus aucune orchidée !

Si vous allez là-bas, le plat traditionnel, le truc qu'il faut absolument goûter, c'est la galette de terre (mélange de terre et d'eau). Elle est, certes, un peu moins bonne qu'avant : la terre ayant tremblé, ce n'est plus la même qualité.

Malgré tout cela, il y a encore quinze jours, on expulsait toujours vers Haïti. Il a fallu ce tremblement de terre pour faire une pause.

À la décharge d'Éric Besson, il ne connaissait peut-être pas les tout derniers changements opérés sur l'île depuis le passage de Christophe Colomb.

Avis aux pays très pauvres : rien ne vaut un bon tremblement de terre pour attirer l'attention. Sinon c'est l'expulsion.

[Chanson.] Merci Besson, merci Besson… (bis).

Sarkozy et la tortue luth

25 janvier 2010

Événement ce soir à 20 heures sur TF1 : le président Nicolas Sarkozy va tenter de retrouver la confiance de ses concitoyens.

Une mission presque impossible, un peu comme si Raymond Domenech essayait, le temps d'une soirée, de reconquérir l'amour des supporters de l'équipe de France.

Confronté à des sondages catastrophiques, un mécontentement général et des doutes émanant de sa propre majorité, le président souhaite crever l'abcès. Fini les questions préparées et les tête-à-tête aseptisés, place à une explication franche et virile, sans langue de bois.

À cette fin, pour marquer les esprits, reprendre la main et créer l'événement, le président a choisi d'être interviewé par les deux journalistes politiques les plus couillus du moment : Laurence Ferrari et Jean-Pierre Pernaut !

Ce matin, dans vos quotidiens, tous les observateurs politiques saluent le courage présidentiel : « Une vraie prise de risque ! », titre *L'Humanité*. « Ferrari et Pernaut sont connus pour leur franc-parler et une aversion totale pour la langue de bois ! », renchérit *Libération*. « Cette façon de poser *la* question qui dérange et de ne jamais lâcher prise tant qu'ils n'ont pas obtenu de réponse est la signature d'un grand tandem de journalistes », s'enthousiasme *Le Parisien.*

Évidemment, les conseillers du président ont peur, ils auraient préféré que ce dernier choisisse des journalistes plus ronds, plus consensuels ; comme Jean-Jacques Bourdin, Nicolas Demorand ou Edwy Plenel.

Ils ont raison de flipper : tout le monde se souvient de l'aplomb de Laurence, le 23 septembre dernier à New York, quand elle avait interrompu le président alors qu'il qualifiait Dominique de Villepin de « coupable » dans l'affaire Clearstream. « Que faites-vous de la présomption d'innocence monsieur le président, Dominique de Villepin n'est que prévenu ! »

On se souvient aussi du courage de David Pujadas déployant son mètre cinquante-six pour protéger sa consœur.

Le président était reparti estomaqué par le culot de Laurence Ferrari : « Cette fille est du tonnerre, elle en a vraiment dans le soutif, je la veux pour toutes mes interventions télés ! »

Nicolas Sarkozy aime les esprits forts. Souvenez-vous de la formidable « promotion » de PPDA, passé du 20 heures de TF1 à une émission nocturne sur Arte, juste pour avoir qualifié le président de « petit garçon en culotte courte ».

Le match de ce soir s'annonce donc passionnant. Une question, malgré tout, se pose : en alliant l'insolence de Laurence Ferrari à la pugnacité inquisitoriale de Jean-Pierre Pernaut, le président ne prend-il pas trop de risques ?

Un duo redoutable et affûté. En effet, les deux journalistes ont déjà travaillé ensemble. Laurence Ferrari était chroniqueuse de la formidable émission citoyenne de Jean-Pierre Pernaut, « Combien ça coûte ? ».

Le gaspillage de l'argent public, les ronds-points en Bretagne à 200 000 euros pièce avec la mouette en granit entourée d'hortensias, tout ça pour la sécurité de bouseux roulant en tracteurs… Laurence et Jean-Pierre l'ont dénoncé pendant des années !

Pernaut : seul journaliste de France à ne pas avoir évoqué dans son journal le dérapage raciste de Brice Hortefeux… Il préfère nous parler de la vitalité du taureau Jocko (100 000 génisses couvertes cette année), de l'omelette de la Mère Poulard, ou encore de l'art de la passementerie en région PACA.

C'est cet homme-là, chers auditeurs, qui ce soir défendra vos intérêts et posera au président les vraies questions.

[Pernaut :] Monsieur le président, au lieu de vous rabâcher les oreilles avec la burqa ou l'affaire Henri Proglio, j'aimerais que vous nous parliez de la disparition de la tortue luth, évoquée dans le très joli film de Jacques Perrin, *Océans*…

[Sarkozy :] Je vous remercie de cette question Jean-Pierre Pernaut. La tortue luth, c'est un problème très complexe qui concerne des milliers de Français et je vais vous répondre. Qu'est-ce qu'on aurait dit si j'avais dit, la tortue luth c'est pas mon problème… C'est celui des bateaux de pêche qui les massacrent avec leurs filets… Eh bah moi je fais partie de ces gens, et je crois que c'est pour ça que les Français m'ont élu, je dis que la tortue luth c'est le problème de tous !

Voilà, je ne voudrais pas vous dévoiler toutes les réponses du président. Ce serait dommage de tuer le suspense. Rendez-vous ce soir sur TF1.

Sarkozy en pleine téléréalité

26 janvier 2010

Ah, c'était nul hier soir la nouvelle émission de téléréalité de TF1[1], nul, nul à chier ! Deux jours qu'ils l'annonçaient partout dans la presse à grand renfort de pub… mais nul !

Au départ, le concept était plutôt intéressant : ils prennent un type exerçant des responsabilités au plus haut niveau : chef d'entreprise, industriel, homme politique… Depuis qu'il a pris ses fonctions, ce type se trouve très décrié, ses résultats ne sont pas bons, sa méthode est brouillonne, parfois brutale et, du coup, il va disposer de deux heures afin d'expliquer ses idées et tenter de convaincre ses employés qu'il n'est pas si mauvais.

Plutôt sympa comme concept. Et s'il s'avère bon, le participant peut gagner cinq années supplémentaires à la tête de son entreprise.

Pour la première, Martin Bouygues avait demandé à son pote Nicolas Sarkozy de jouer les cobayes. Une

1. Le 25 janvier 2010, Nicolas Sarkozy était l'invité exceptionnel de TF1. Dans une première partie, il a répondu aux questions de Laurence Ferrari pour le journal de 20 heures. En seconde partie de soirée, le président de la République a dialogué avec une dizaine de citoyens français autour des sujets qui les préoccupent. La rencontre était animée par Jean-Pierre Pernaut.

excellente idée ! Sur le papier c'était le client idéal : deux ans de couacs gouvernementaux, de gaffes, de réformes mal perçues, le spectateur se disait : il y a un vrai défi à relever, on va avoir du spectacle !

Et au final, c'est raté !

On pourrait même se dire : « Bah oui, c'est normal que ce président ait autant de mal à se faire aimer s'il est entouré d'hommes qui lui proposent une telle émission ! ».

Rien ne fonctionne : au départ, le candidat est interviewé par une sorte de blonde hitchcockienne, une Grace Kelly de Prisunic… Elle semble de bonne volonté, mais elle n'a que dix minutes, du coup elle essaye de poser le maximum de questions et effleure tous les sujets : « l'affaire Proglio », « l'identité nationale », « l'Afghanistan »… Elle passe de l'un à l'autre comme si elle parlait de mode.

Si, elle est journaliste, j'ai vérifié ! Au début, son look, sa manière de parler, son petit haut en satin blanc… tu te dis qu'elle est hôtesse d'accueil à Villepinte, que son rôle est de recevoir le candidat, de le mettre à l'aise et de lui servir à boire… Mais non, elle est bien journaliste !

Au bout d'un quart d'heure, la blonde disparaît. Tu penses qu'il va enfin se passer quelque chose. Et alors là c'est pire, pire que tout !

Le président pénètre dans une sorte de salle d'attente meublée de tables rondes en Formica – à mon avis, des invendus Ikea, des trucs qui, même avec 70 % de remise, ne sont pas partis !

Je pense que TF1 a voulu jouer à fond la carte de la proximité : le président parle avec des Français moyens, le plus souvent ces derniers ont un goût de chiotte : faisons dès lors un décor du style ANPE ou carte Vitale.

Ils font beaucoup d'études de marchés à TF1 : c'est eux, par exemple, qui avaient déclaré que le cerveau du téléspectateur devait rester disponible pour acheter du Coca-Cola.

Donc, dans la salle d'attente en Formica, onze Français dépressifs attendent le président, on a l'impression d'être sur une plate-forme de France Télécom.

En vérité, différentes catégories socioprofessionnelles sont représentées. Mais ça aussi, c'est raté : le syndicaliste est agressif, il porte un blouson en cuir et des boucles d'oreilles ; l'infirmière est douce et résignée… elle se fait entuber mais elle aime son métier ; l'habitant de Villiers-le-Bel est noir, sympathique, bien intégré, allant jusqu'à trouver une amélioration de la sécurité en banlieue.

C'est trop caricatural, on n'y croit pas !

Enfin, derrière ce panel de Français moyens, vous trouvez l'ancien présentateur de « Combien ça coûte ? » faisant tapisserie. Il a un nom de boisson alcoolisée. Peut-être un copain de Jean-Louis Borloo ?

En fait, on ne comprend pas ce qu'il fait là… On a envie de lui dire : « Asseyez-vous, c'est chiant un mec debout qui parle pas ! »

Mais le truc vraiment raté, alors là, *vraiment* ça ne fonctionnait pas, c'est que le président connaissait les sujets et les questions à l'avance. Par exemple, à une productrice de lait, il lui sortait le nombre de vaches de son exploitation et lui donnait son revenu au centime près.

Et, pour que ça fasse plus vrai, il ajoutait : « Vous me dites si je me trompe ? » C'est le problème de TF1, leurs émissions de téléréalité sont en permanence pipées.

Je suis sûr que, dans quelques jours, cette affaire va sortir chez Morandini. Ah, heureusement qu'on a de grands journalistes d'investigation pour dénoncer ce genre de dérives.

J'espère que Vincent Peillon est rassuré : il n'existe aucune connivence, ni « servilité » entre pouvoir et médias !

Au contraire, une telle émission, c'est bien la preuve que les médias sont contre le président. Martin Bouygues veut faire perdre Nicolas Sarkozy en 2012. Pourquoi ? On ne sait pas ! On compte sur Morandini pour vite nous donner une explication.

« Sarko et les onze dépressifs »

27 janvier 2010

C'est dur les lendemains de fête. Hier encore, dans ce studio, il y avait une ambiance de feu. On avait veillé toute la nuit, excité par la prestation télévisuelle de Nicolas Sarkozy. Thomas Legrand, Philippe Lefébure et moi-même avions peaufiné notre chronique jusqu'au dernier moment.

Nicolas Demorand, lui… fumait des clopes.

Et ce matin, la vie reprend son cours dans sa terrible morosité, avec des infos aussi passionnantes que… les problèmes de couple d'Angelina Jolie et Brad Pitt, ou Martine Aubry au 20 heures de TF1. (Si, si, elle y était : j'ai un ami qui l'a vue !) Le crash à Beyrouth d'un Bœing d'Ethiopian Airlines, on s'en fout aussi. Tant que ce n'est pas sur Air France, ça ne passionne personne. Un Bœing à moitié vide en plus… Pourtant les Éthiopiens, ils sont tellement maigres, tu peux en mettre deux par siège.

Oui, la vie a repris. Les onze Français qui ont eu la chance de questionner le président de la République sont rentrés chez eux après une courte nuit passée dans un Campanile…

Chambres offertes par TF1 : mobilier en bois laminé, à chier comme le décor de l'émission… histoire qu'ils ne soient pas dépaysés.

Après un buffet froid servi dans le hall du Campanile : rosbif, macédoine de légumes et mousse au chocolat à volonté comme au Bistro Romain, chacun a regagné sa chambre… « Flûte, y a pas de lumière ! Ah si, faut mettre sa carte ! »

Pyjama, brossage de dents et, avant d'éteindre la lumière, tous ont regardé sur leur portable la photo-souvenir faite avec Nicolas Sarkozy. Sauf le syndicaliste qui n'a pas voulu poser au côté du président… même s'il en mourait d'envie : question de fierté ! « Tous des cons les autres, des vendus au système… » Et pour bien marquer sa différence, dans le hall du Campanile, il a fait table à part.

Le lendemain, après un départ de l'hôtel aux aurores et une bouteille d'eau à 7 euros (le minibar n'est pas pris en charge par TF1), direction la gare, voyage en train… Puis chacun a repris sa vie.

Sophie Poux, productrice de lait dans le Sud, a retrouvé ses vaches : en 2010, cette émission de TF1 sera son seul jour de vacances. Le président lui a promis qu'il viendrait visiter son exploitation, elle sait que ce n'est pas vrai, mais c'était gentil quand même…

Bernadette, caissière en grande surface, est l'héroïne du jour : tous les clients la félicitent, sauf Bernard, son patron, qui est furieux :

« Aller dire au président que je ne vous autorise pas à faire des heures sup… c'est pas vrai !

– Mais c'est la vérité, monsieur Durand !

– Ça ne se dit pas à la télé, vous me rangerez tous les Caddie sur le parking pour la peine ! »

Pierre, ouvrier chez Renault, adhérent à la CGT, s'est fait payer des coups toute la journée…

« Bravo mon Pierrot, tu l'as bien mouché le président ! T'as pas pris une photo avec lui par hasard ?

– Ah non, plutôt crever les gars !

– Oh, t'es con, ç'aurait été marrant une photo avec Sarko ! »

Nathalie, vingt-six ans, bac + 5, toujours au chômage, mais elle a la pêche et elle est rassurée : le président lui a dit qu'aux États-Unis et en Espagne, le taux de chômage était pire qu'en France.

Jimmy Bils, chef d'entreprise, les banques refusent de lui prêter de l'argent. D'ailleurs, Mlle Leduc, sa banquière, vient à nouveau de l'éconduire : « Non, monsieur Bils, je suis désolée, si M. Sarkozy veut vous prêter de l'argent qu'il vous en prête, mais nous, c'est non ! »

Et Rex ! L'habitant de Villiers-le-Bel qui a donné un satisfecit à Nicolas Sarkozy pour son travail de sécurité en banlieue… il s'est fait chambrer toute la journée ! Après la mort du petit Amar, abattu par balle en décembre dernier, son compliment est mal passé dans les quartiers.

« Hé, Rex… [Sifflets.] Fais le toutou devant Sarko !

– Arrêtez les gars, merde !

– Hé, Rex ! C'est mieux la sécurité en banlieue, donne la pa-patte à Sarko !

Quant au président, lui aussi a repris sa vie. Après l'émission, il s'est empressé de regagner l'hôtel particulier de Carla.

[Sarkozy :] J'en peux plus ma chérie, t'as vu le panel qu'ils m'avaient trouvé ? onze pauvres, tous plus dépressifs les uns que les autres… En tout cas, je me suis pas énervé : quand le syndicaliste m'a cherché, j'ai fait ce que Julie Imperiali m'a appris, j'ai contracté mon périnée. Qu'est-ce que tu m'as fait à manger ma Carlita ?

[Carla :] Des œufs à la truffe, mon chouchou.

[Sarkozy :] Ça fait du bien d'être à la maison, je pensais pas que la France était aussi pauvre ! Ils étaient tous habillés à La Halle aux vêtements, les filles étaient trop maquillées et ça sentait l'eau de toilette bon marché !

[Carla :] Détends-toi mon mari, fallait que tu la fasses cette émission, c'est bon pour ton image. Ce sera très vite un mauvais souvenir. Allez, mange tes œufs !

Al Pacino et La Croisière s'amuse

1er février 2010

Jeudi dernier, j'ai eu super peur que « L'Affaire Clearstream » s'arrête. Moi, depuis le début, j'adore cette série, et je n'ai pas attendu qu'elle soit culte : je n'ai jamais raté un seul épisode.

On dit que les séries françaises sont nulles mais là, franchement, on n'a rien à envier aux Américains.

L'intrigue, ce n'est pas ce qu'il y a de mieux, cette histoire de faux listing, de boîte noire, de blanchiment, tu ne comprends rien. Mais les personnages sont tellement bien campés, tu te laisses embarquer !

Parmi les personnages, on trouve Imad Lahoud avec sa tête de traître, ses petites lunettes rondes, son regard fuyant, ou le général Rondot, ancien des services secrets, une sorte de psychopathe qui note tout ce qu'il fait dans des carnets noirs à spirale. Mais mes préférés, bien sûr, ce sont les deux rôles principaux : Villepin et l'autre… celui qui joue le rôle du président de la République.

Physiquement, ils sont aux antipodes, et c'est ça qui est très réussi : t'en as un, c'est le vieux beau par excellence ; crinière argentée, costume Cerruti… On dirait le capitaine Merrill Stubing dans *La Croisière s'amuse*, et l'autre c'est Al Pacino dans *Scarface*, mais en encore plus nerveux.

Parfois, d'ailleurs, le comédien qui joue le rôle en fait peut-être un peu trop, il agite ses épaules comme un possédé… T'as l'impression qu'Al Pacino a chopé la maladie de Creutzfeldt-Jakob, c'est *too much*.

L'histoire raconte une rivalité : celle du président et de Villepin, deux egos démesurés qui se haïssent depuis des années… C'est coup bas sur coup bas, crasse sur crasse… *Dallas*, à côté, c'est que dalle ! En vérité, Al Pacino a super peur que La Croisière s'amuse lui pique son boulot en 2012. Il le jalouse parce que l'autre est tout ce qu'il n'est pas : grand, beau, cultivé, s'exprimant bien.

Dans une série classique, Villepin aurait joué le rôle du président, c'est ici la grande originalité.

Donc leurs rapports sont très violents : Al Pacino a juré de pendre La Croisière s'amuse à un croc de boucher, il l'attaque en justice. Et jeudi, au terme de semaines de procès, c'était le jour du verdict… Record d'audience, la série cartonne… Et là, contre toute attente, Villepin est relaxé.

À cet instant, on s'est tous dit que ça allait être une boucherie, qu'Al Pacino allait piquer sa crise…

Oui, très important, il y a un truc que j'ai oublié de vous dire. Tous les jours, pour éviter de s'énerver, le président travaille son périnée avec le coach de sa femme. Et ça ne marche jamais, il finit toujours par craquer, c'est ça qui est super drôle.

Bref, là, on se dit qu'Al Pacino va l'emplafonner, et pas du tout : il est resté hyperzen, a déclaré qu'il prenait note de la décision et qu'il ne ferait pas appel.

Bon, là, c'est le côté « humour » de la série, parce que en tant que partie civile le président ne peut, de toute façon, pas faire appel. Il est nul en droit, il confond même « coupable » avec « prévenu », c'est une vraie bille ! Pourtant il est avocat de formation… C'est peut-être le seul point pas très crédible du film.

En tout cas, lorsque Villepin est relaxé et que le président accepte cette décision de justice, là je me suis fait avoir. Je me suis dit merde, ils vont se réconcilier, la série va s'arrêter ! Et jeudi, quand je me suis couché, je n'étais pas bien.

Mais dès le lendemain (et c'est la force de la série, à chaque fois, ils te niquent), tu découvres que le parquet fait appel par la voix du procureur Marin. En vérité, Marin est un pantin, c'est Al Pacino qui le lui a demandé au téléphone, personne n'est dupe.

J'aurais dû m'en douter. Parce que la veille, un des personnages que j'adore, le porte-parole Frédéric quelque chose, cheveux longs, gras (dès qu'il ouvre la bouche c'est un bêtisier)… eh bien ce Frédéric avait évoqué la possibilité d'un deuxième procès.

Les épisodes à venir vont être géniaux : La Croisière s'amuse ça l'a vraiment rendu dingue l'appel du procureur Marin : ses partisans le décrivent comme « un fauve dont les blessures ne font qu'accroître la détermination ».

Ah, La Croisière s'amuse, c'est quelque chose !

Il se la raconte, c'est ça qui est truculent. Dès qu'on touche à un de ses cheveux, il crie au complot, à la machination, il fait des phrases, s'écoute parler. C'est Bonaparte à l'assaut du pont d'Arcole.

Bon, pour l'instant La Croisière ne s'amuse plus… Mais dans les semaines à venir, je fais confiance au capitaine Merrill Stubing pour nous énerver à nouveau Al Pacino.

« Tranquillité seniors »

2 février 2010

Ce week-end, nous avons eu le droit à une petite passe d'armes entre Michèle Alliot-Marie et Brice Hortefeux.

En effet, suite à la vive émotion suscitée par l'assassinat d'un couple de retraités dans un pavillon du Val-d'Oise, Brice a déclaré vouloir durcir les sanctions contre les meurtriers de personnes âgées.

Là-dessus, Alliot-Marie, femme tout en douceur et en rondeur, lui a rétorqué en langage sibyllin : « Occupe-toi de tes fesses, la justice c'est mon pré carré. »

C'est vrai que la justice c'est le boulot de MAM, et celui d'Hortefeux c'est de rechercher les meurtriers. L'enquête est en cours, le ministre a d'ailleurs déclaré qu'il s'agissait peut-être d'un toxicomane ou d'un déséquilibré.

Il aurait pu aussi ajouter « ou d'un Arabe », mais bon, Brice fait maintenant super gaffe avec l'humour. Surtout après la pub contre la délinquance concoctée par Xavier Bertrand, montrant la photo de quatre adolescents noirs. Il vaudrait mieux ne pas prendre le même concepteur que le Front national lorsqu'on fait réaliser une affiche, après on est emmerdé !

Pour étayer sa proposition, « durcissement des sanctions pénales pour les meurtriers de personnes âgées »,

Brice affirme qu'au-delà de soixante-dix ans une personne est considérée comme fragile.

Là aussi, MAM s'inscrit en faux. C'est vrai, méfions-nous des généralités... Par exemple, face à la vivacité d'un cambrioleur, le sémillant Hugues Aufray, quatre-vingts ans, résisterait bien mieux que David Pujadas, quarante-cinq ans mais fragile et ne mesurant qu'un mètre cinquante-six.

Daniel Vaillant, ancien ministre de l'Intérieur, déclare que « même si le meurtre du Val-d'Oise est odieux, on ne peut pas faire une loi à la carte, selon tel ou tel type de crime ».

Il n'a pas tort non plus, sinon c'est la porte ouverte : il faudrait un type de sanction pour ceux qui tuent des vieux, un autre pour ceux qui tuent des bébés – car les bébés aussi sont fragiles, et vulnérables. D'ailleurs, au sein même de ces catégories, il conviendrait de faire des distinguos : quelqu'un qui bute une vieille en fauteuil roulant c'est bien plus grave que quelqu'un qui en bute une valide.

Les bébés : pareil ! Si c'est un beau bébé joufflu, ou bien un prématuré que l'on étouffe sauvagement, ça change tout !

L'effet dissuasif d'une telle mesure ? Je ne sais pas. Est-ce qu'un meurtrier qui entre dans un pavillon et découvre deux petits vieux grabataires va se dire : « Ouh là, attention, je risque cinq ans de plus, je les laisse tranquilles » ? Pas sûr.

Cette mesure peut-elle contraindre les criminels à se renseigner sur l'état de santé de leurs futures victimes ? « Quel âge avez-vous ? Pas de diabète ? Des douleurs le matin au réveil ? » Et là seulement, si elles sont encore vaillantes, il prendra la décision de les buter ?

Toutefois, s'il y a bien une chose proposée par Brice et faisant totalement partie de ses compétences, c'est l'organisation de rondes de police pour protéger les personnes âgées les plus isolées. Une opération baptisée « Tranquillité seniors ».

L'initiative est bonne mais c'est le nom qui est complètement crétin : « Tranquillité seniors », on dirait une marque de couches pour personne incontinente. [Voix pub.] « Avec Tranquillité seniors, changez-vous la vie. Tranquillité seniors, pour que les petites fuites ne soient plus un problème ! »

Évidemment, toutes ces mesures sont purement électorales : vouloir condamner plus sévèrement les meurtriers de petits vieux à deux mois des régionales…

Les milliers d'autres personnes âgées qu'on assassine tranquillement par des sévices et des mauvais traitements, dans le silence des hospices, tout le monde s'en fout. Dans ce cas, les peines de prison ne bougent pas… [Un temps.] Il n'y en a pas !

Cela dit, le gouvernement ne souhaite pas sauver tous les vieux… parce qu'il y a aussi le problème des retraites. La canicule 2003 ce furent en un mois 10 000 vieux en moins… Au niveau des cotisations retraites, ça a été une bulle d'oxygène inespérée.

Bon, allez, je vous laisse, allez faire vos courses, achetez bien votre paquet de « Tranquillité seniors » ne traînez pas, « Le Fou du roi » commence dans deux heures.

Carla et Nicolas, noces de cuir !

3 février 2010

Hier, nous fêtions les noces de cuir de Carla Bruni et Nicolas Sarkozy. Deux ans de mariage, l'occasion rêvée, me suis-je dit, pour dresser un petit bilan.

Le couple a-t-il su résister à l'ivresse du pouvoir, est-il toujours détendu et rock and roll comme aux premiers jours… ou au contraire s'est-il isolé, refermé sur lui-même, sclérosé ?

Cette chronique en forme de bilan sera mon petit cadeau à moi. J'ai hésité à les inviter à mon spectacle… Mais bon, après réflexion, je me suis dit : un cadeau, faut quand même que ça fasse plaisir.

Les Sarkozy ont-ils changé ? Entouré en permanence de personnes aux petits soins, flattant notre ego, attentives aux moindres de nos désirs, ne devient-on pas au fil du temps irascible, capricieux, voire cassant ?

Ces derniers temps, plusieurs petites choses m'ont alerté… Des broutilles, me direz-vous, mais mises bout à bout, on finit par s'interroger.

Tout a commencé il y a quelques semaines, lorsque mon beau-fils Léopold, neuf ans, fan inconditionnel des *Simpson* m'a dit : « Stéphane, c'est fou, le passage de Carla et Nicolas Sarkozy chez *Les Simpson* a disparu d'Internet ! »

Ce à quoi j'ai répondu : « Léopold, c'est impossible, tu as mal regardé ! Un homme qui a exprimé son soutien au journal *Charlie Hebdo* lors du procès des caricatures de Mahomet, et déclaré au passage : "Je préfère l'excès de caricature à l'absence de caricature", cet homme ne peut pas interdire un dessin animé ! »

Là-dessus, Léopold s'est énervé : « Tu me soûles avec tes réponses de quinze kilomètres, t'es pas sur France Inter, viens voir ! »

Effectivement, toutes les vidéos avaient été retirées. « Mais pourquoi ? », a insisté Léopold. Comment expliquer la censure à un enfant de neuf ans ? Dépité, il est parti en râlant : « Ils sont vraiment trop nazes Carla et Nicolas de ne pas vouloir être dans *Les Simpson* ! »

Pardon, monsieur le président, mais les enfants sont souvent directs. La question, en tout cas, mérite d'être posée : « Les Sarkozy sont-ils devenus nazes ? »

La deuxième alerte, ce fut samedi dernier. Interrogée sur RTL par Harry Roselmack à propos de l'affaire Clearstream, la première dame a subitement pris la mouche : elle revenait du Bénin, s'attendait à d'autres questions, et s'est sentie piégée. Pendant la coupure pub, elle a même menacé de partir.

Une colère d'autant plus incongrue et disproportionnée que l'émission de Roselmack s'intitule : « Le journal inattendu ».

Si vous regardez les images sur Internet (une partie est encore disponible, dépêchez-vous !), Carla sourit, mais le ton est sec, la première dame frappe les consonnes. « C'est une affaire pénale, vous comprenez, pénale, pas politique ! »

L'impression générale est légèrement méprisante et un brun péremptoire. D'ailleurs, Léopold, qui passait par là, m'a dit : « Ouh là, ça tombe bien qu'elle ne soit plus dans *Les Simpson* ! »

Dernière petite alerte, on vient de l'apprendre : le 18 février prochain, Carla boycottera le festival de San Remo où elle devait se produire. Motif : une artiste italienne interprétera une chanson ironique sur le couple présidentiel français, ce qui indisposerait l'Élysée.

Rendez-nous notre Carla, la mannequin rebelle, jet-setteuse, amie de Mick Jagger, polygame et mangeuse d'hommes, comme elle se définissait elle-même dans une interview à *Madame Figaro* !

Justine Lévy dans son roman *Rien de grave*, publié chez Stock, l'avait imaginée sous les traits de Paola, une femme dangereuse au visage refait, sculptée dans la cire, répondant au doux nom de « Terminator ».

Il ne faudrait pas que le roman devienne réalité. Tout ça n'est qu'une mauvaise passe. Carla va forcément se ressaisir, redevenir joyeuse et légère. C'est vrai que, parfois, dans les couples, au fil du temps, il y en a un qui finit par déteindre sur l'autre. On espère que ce n'est pas Nicolas qui déteindra sur son épouse…

On imagine mal Carla devenant colérique, cassante et se mettant à agiter les épaules.

Ah… Léopold m'appelle, on peut voir les Sarkozy chez *Les Simpson* via un site américain. Les enfants sont formidables…

Ne tirez plus sur Éric Besson !

8 février 2010

Rassurez-vous, ce matin, aucune plaisanterie sur notre invité Éric Besson. Je préfère m'abstenir.

La dernière fois, cela avait pris des proportions de dingue : M. Besson avait voulu me faire un procès, me casser la figure… Tout ça à cause de deux, trois blagues sur le « mariage gris ». Une idée qu'il a d'ailleurs abandonnée depuis.

Comme quoi, parfois, l'humour peut permettre aux hommes politiques de prendre conscience qu'ils sont en train de faire une connerie.

Attention, je conçois tout à fait qu'une chronique acide soit désagréable à entendre. L'homme politique menace, s'agite, tape des pieds, réclame votre tête : un comportement d'enfant gâté tout à fait excusable chez des individus entourés en permanence d'une foule de courtisans serviles, apeurés, le doigt sur la couture du pantalon.

Mais une fois la colère passée, lorsque le politique prend conscience que l'humoriste avait raison de chambrer son idée à deux balles : une boîte de chocolats, un bouquet de fleurs, quelques lignes de repentance griffonnées sur un bristol seraient les bienvenus…

C'est peut-être le seul aspect ingrat du métier d'amuseur. Nous sommes rarement récompensés de tous les bienfaits que nous apportons à nos dirigeants.

Donc, pas un mot sur Éric Besson. En plus, il est trop mal en ce moment. Dans quelques heures, François Fillon va prononcer un discours destiné à enterrer définitivement le débat sur l'identité nationale (67 % des Français n'en voulaient pas).

Éric va perdre son bébé, sa grande idée, l'œuvre de toute une vie. Inutile de s'acharner. Je me souviens de Guy Bedos dans les années 80 disant à propos de la droite qui perdait élection sur élection : « Je refuse de tirer sur un corbillard ! », il ajoutait : « Ou alors juste une petite rafale ! »

Soyons magnanimes. De la même façon, il y a quelques semaines, j'avais épargné Mme Bachelot. La gestion de la grippe A et le débat sur l'identité nationale resteront les deux grands bides du quinquennat. Les similitudes sont nombreuses : dossier mal ficelé, mal expliqué, mal géré. Chacun voulant jouer sa partition en solo : Bachelot a méprisé les médecins, Besson, les intellectuels.

Au final, il y a eu trois pelés dans les gymnases pour se faire vacciner et deux tondus dans les préfectures pour débattre. (Oui, au Front national, ils sont souvent tondus.)

Quand Bachelot était POUR le port du masque, Besson était CONTRE celui de la burqa. Pourtant, pour ne pas choper la grippe A, la burqa, il n'y a pas mieux.

Non, je ne tirerai pas sur Éric Besson, même une petite rafale… N'en déplaise à Guy Bedos. Qui plus est, c'est sans doute la dernière fois qu'il vient nous voir à France Inter en tant que ministre.

Tous les voyants sont au rouge : la cote de popularité du président ne cesse de s'effondrer, la gauche pourrait faire un carton plein lors des régionales de mars, et le dernier sondage CSA pour la présidentielle de 2012 donne DSK largement vainqueur face à Nicolas Sarkozy : 52 % contre 48 %.

Le président réfléchirait déjà à un remaniement de la dernière chance. Cette fois-ci, aucune personnalité de gauche ne sera conviée : inutile d'essuyer un refus. Autant, il y a deux ans, rejoindre le Real de Madrid c'était bigrement tentant… autant aujourd'hui, signer au PSG ça n'intéresse personne.

Le 22 mars prochain, après la probable branlée de la droite aux régionales, un charter de ministres devra partir. À son bord : Éric Besson. Comme les dizaines de milliers de sans-papiers qu'il a expulsés, le ministre connaîtra à son tour le bannissement, la solitude et l'humiliation : un dernier coup de téléphone reçu à 6 heures du mat' en provenance de l'Élysée lui annonçant sa disgrâce.

Vous voyez, j'ai tenu parole : pas une méchanceté sur M. Besson. Ce matin, je pense à lui : à sa réinsertion dans la société civile d'ici quelques semaines. Que va-t-il devenir ? Comment retrouver un boulot après avoir trahi ? Quelle entreprise prendrait un tel risque ?

Dès lors, peut-être que M. Besson devra fuir la France pour se réfugier au Mali, en Albanie ou au Niger… Souhaitons qu'ils aient plus de cœur que lui afin qu'ils ne s'acharnent pas à l'expulser.

Papier léger ce matin…

9 février 2010

« Fais un papier léger », c'est ce qu'ils m'ont répondu hier, à France Inter, quand je les ai appelés, désespéré, pour leur dire que là, vraiment, je n'avais trouvé aucun sujet pour écrire ma chronique. « Fais léger, l'important c'est que tu sois là ! » Message reçu, je vais faire léger !

C'est vrai qu'hier il n'y avait pas grand-chose à se mettre sous la dent. Sachant que *France-Soir* faisait sa une sur un épisode de *Mimie Mathy, ange gardien*… je vous laisse imaginer le reste de l'actualité.

Cela dit, afin de pimenter la série, Mimie effectue désormais des voyages dans le temps. Ainsi, hier, c'était Mimie sous l'occupation allemande. En une du quotidien, la mitraillette d'un officier teuton la tenait en joue.

Dommage que le grand débat sur l'identité nationale soit enterré, sinon cela aurait fait une question intéressante : « Êtes-vous *pour* ou *contre* que l'officier allemand tire sur Mimie ? » Si tu réponds oui, tu repars direct à Bamako.

Ah là, là… Hier, j'ai fait « Besson ». C'est bien quand c'est Besson, ce sont des papiers faciles à écrire, tout le monde est content.

Bizarrement, lui aussi est content, et régulièrement il revient nous voir. Chaque fois, il se prend une raclée, en sortant, il crie dans les couloirs, proteste, s'insurge... Nous on se dit : « Cette fois-ci, c'est sûr, on ne le reverra plus ! » Et hop, un mois plus tard, coup de téléphone de sa secrétaire : « Éric vous réclame, vous lui manquez, peut-il revenir ? »

Il doit aimer ça. Je connaissais un producteur télé qui était comme lui : régulièrement, il partait à Londres pour se faire fouetter... (Ils m'ont dit « fais léger » à France Inter !)

D'ailleurs, pourquoi aller en Angleterre pour ce genre de choses ? Je ne sais pas. Cela dit, quand on a des papiers en règle, aller en Angleterre c'est un jeu d'enfants. On prend l'Eurostar gare du Nord, deux heures après on est au cœur de la City.

C'est sûr qu'un sans-papiers qui doit passer par Calais, coucher dehors, traverser la Manche planqué sous les roues d'un camion... une fois arrivé à Londres, il aura moins envie d'aller se faire dérouiller dans un salon spécialisé.

Ça pourrait faire une bonne idée pour TF1 : Mimie Mathy sans papiers essayant de passer en Angleterre. Faudrait lui mettre des gages, histoire qu'elle ne réussisse pas trop vite : parce qu'avec sa taille, en trois secondes, elle peut se glisser dans la boîte à gants d'un camion ou dans le sac à dos d'un routier britannique (entre un morceau de *pudding* et un *fish and chips*).

Parmi les sujets d'actualité légers, il y a évidemment le scandale des gardes à vue : pas moins de 800 000 par an. 250 000 uniquement pour les délits routiers. Auparavant, les « GAV » étaient exclusivement réservées aux délinquants et aux criminels. Puis, grâce à l'action de Nicolas Sarkozy, ministre de l'Intérieur en 2002, ça s'est totalement démocratisé.

Désormais, pour une simple broutille, tout le monde peut être mis à poil, menotté, et subir une fouille anale. (Je pense que si mon ami producteur m'écoute, il est en train de jouir.)

Peut-être que Roselyne Bachelot devrait rendre obligatoire le contrôle de la prostate en garde à vue. Faire d'une pierre deux coups. « Dis donc, j'ai grillé un feu il y a trois mois, ça m'a sauvé la vie, j'avais un début de cancer du côlon ! » (Fais léger, ils m'ont dit à Inter !)

Évidemment, certains méritent amplement leur garde à vue. Dans son édition d'hier, *Libération* narrait l'histoire d'un couple de septuagénaires, Monique et René, à qui la BNP avait remis par inadvertance le chéquier d'un autre client.

Persuadés qu'il s'agissait du leur, Monique et René ont émis des chèques en toute bonne foi. Arrêtés, puis emmenés au commissariat, René a pu garder son slip, mais Monique a dû se dépoiler entièrement : soutif, culotte et lunettes… Ça lui apprendra à ne pas voir clair à cette voleuse !

Dans ces moments-là, bien sûr, on rêverait qu'une « Mimie ange gardien » débarque. À l'aide d'une mimique idiote dont elle a le secret, elle rendrait à Monique ses vêtements et sa dignité, puis enverrait le policier faire la circulation à poil. Ça amuserait beaucoup les enfants.

Tout bien réfléchi, pourquoi vouloir faire voyager Mimie sous la période de l'Occupation ? C'est vrai… au niveau des saloperies et des trucs moches, notre époque a encore tant de choses à offrir.

La princesse et la grenouille

10 février 2010

Il y en a vraiment marre de cette sensiblerie ambiante qui règne dans les médias français… Maintenant, chaque fois que la police bouge une oreille, c'est la même rengaine : les droits de la personne n'ont pas été respectés, les procédures non plus, on parle d'abus, d'atteintes à la dignité… C'est infernal !

Par exemple, depuis hier, tout le monde s'insurge sous prétexte qu'une gamine de quatorze ans a été placée onze heures en garde à vue. Une histoire de bagarre au collège. La police a embarqué l'enfant au petit matin alors que ses parents étaient partis bosser. Elle était encore en pyjama.

Eh bien, figurez-vous que c'est le fait de l'avoir embarquée en pyjama qui pose problème ! Onze heures de garde à vue, on lui permet, ce qui est une faveur rarissime, d'emporter un pyjama… Ce n'est pas suffisant ! Fallait quoi ? Qu'on l'autorise à prendre sa couette, son doudou, sa brosse à dents ?

Un policier présent a même déclaré : « Je n'ai jamais passé de menottes à des poignets aussi fins ! » Change de métier mon grand, si t'es trop sensible.

Louis Nicollin dénonçait récemment la présence de tarlouzes dans le foot. Faudrait qu'il visite aussi les commissariats. Vous l'imaginez, l'autre chochotte travaillant au GIGN : « Ah, non, je ne peux pas la menotter : ses poignets sont trop fins ! »

Il ne faut pas s'étonner dès lors que des projets tel que celui de Frédéric Lefebvre, qui souhaite détecter les comportements dangereux dès la maternelle, n'aboutissent pas.

Car dans ce cas, la garde à vue serait quasi impossible : faudrait prendre la tétine, le biberon, les couches, prévenir la mère ! Et vous verriez que, malgré toutes ces précautions, certains trouveraient encore à redire : « Le policier ne lui a pas raconté d'histoire », « Fallait lui chanter une berceuse », « Ça sentait le shit et l'urine dans la cellule de dégrisement du bébé… » STOP !!

À un moment donné, il faut laisser la police travailler.

Je vais vous raconter une histoire qui, je crois, mettra tout le monde d'accord. Il y a dix jours, deux parents… enfin, deux criminels… ont décidé d'emmener leur fillette de deux ans et dix mois voir *La Princesse et la grenouille* au cinéma.

Or, il existe une loi – ce n'est pas fait pour les blaireaux les lois – qui interdit d'emmener les enfants de moins de trois ans au cinéma. C'est un arrêté datant de 1927. À l'époque le son était trop fort pour les petits, c'était en monophonie, les haut-parleurs hurlaient, c'était terrifiant.

Bref, au moment où les parents entrent dans la salle, l'ouvreuse s'interpose en leur indiquant l'arrêté de 1927… Et là, sous prétexte qu'en 2010 le son a progressé, qu'il est compressé, moins agressif, en Dolby Stéréo mes couilles, les parents lui répondent : « On y va quand même ! »

Heureusement, à ce moment-là, l'ouvreuse et le directeur du cinéma font le bon choix, ils appellent la police !

D'ailleurs, je vais vous donner le nom de cette salle. Souvent, quand un film se joue dans différents endroits, on peut hésiter… Alors sachez qu'à l'UGC Ciné Cité les Halles, il y a une humanité, un accueil que vous ne trouverez nulle part ailleurs.

Je tiens à rendre hommage à ce directeur et à cette ouvreuse. Vous savez, j'ai vu *La Princesse et la grenouille* avec ma fille de trois ans. Ce récit d'un prince transformé en grenouille par un sorcier vaudou peut s'avérer très traumatisant pour une enfant de deux ans et dix mois.

Le plus formidable dans cette histoire, c'est que la police aussi prend la bonne décision : pénétrer à douze dans la salle de cinéma avec matraques et lampes torches.

Alors j'ai entendu, et c'est pour ça que j'ai eu envie de pousser un coup de gueule ce matin, j'ai entendu que la fillette aurait été beaucoup plus choquée par les matraques et lampes torches que par l'histoire de la grenouille. Soi-disant qu'aujourd'hui il lui faudrait des années de soins chez un pédopsychiatre pour retourner dans une salle obscure…

Il faut arrêter de stigmatiser les actions policières. Hier encore, je lisais dans la presse le compte rendu d'une garde à vue ayant mal tourné : un type complètement bourré qui n'arrêtait pas d'hurler. Du coup, pour le calmer, l'officier présent lui a mis un casque intégral sur la tête. Bon, trop petit le casque, et ça l'a privé d'oxygène.

Un coup c'est la tête qui est trop grosse, après ce sont les poignets qui sont trop petits, c'est machin qui ne veut pas y aller en pyjama… STOP, on arrête, laissons bosser la police !

Les politiques : à la retraite !

15 février 2010

Aujourd'hui, Nicolas Sarkozy doit fixer le calendrier de la réforme des retraites. Faut-il cotiser plus, travailler plus ou différer l'âge du départ ?

À mon avis, pour certaines professions, il ne faut surtout pas retarder le moment de s'arrêter : on irait droit à la catastrophe ! Les hommes politiques, par exemple. Ces derniers temps, pour les plus vieux d'entre eux, ç'a été terrifiant. Charles Pasqua a voulu balancer ses petits camarades au juge, Giscard nous a raconté sa romance avec Lady Di, sans oublier Georges Frêche et ses dérapages racistes.

Ce qu'il faut bien comprendre, c'est que dans un hospice ou une structure médicalisée, des types comme Frêche ou Le Pen, il y en a plein. Ils dérapent, balancent des horreurs racistes… mais ils sont gérés.

Certains ont fait l'Algérie, d'autres l'Indochine… Et tout à coup, ils débarquent à la cantine en criant : « À mort les bougnoules ! » L'incident ne sort pas de la maison de retraite, le personnel soignant sait les canaliser… On les ramène dans leurs chambres, on les attache avec des liens, on leur met un épisode de *Derrick*, et le lendemain, c'est fini !

Le vieux satyre qui se teint les cheveux avec du cirage, se gave de Viagra et raconte partout ses exploits sexuels, ça aussi ils connaissent dans les maisons de retraite. Des « Berlusconi », ils en ont un par étage.

L'octogénaire qui baisse son pyjama dans les couloirs pour se tirer sur le chibre devant l'infirmière de service, c'est monnaie courante !

Le problème se pose lorsque ces individus sont encore en activité. Hier, Silvio a déclaré que dorénavant l'Italie accueillerait les Albanaises sur son sol uniquement si elles étaient jolies... Ça a fait scandale.

En maison de retraite, ça passerait très bien : entre deux chansonnettes, Silvio raconterait une blague de cul un peu raciste, les vieilles seraient aux anges !

Mais là... il est président du Conseil ! Un de ces quatre, il va nous sortir sa bite Silvio, « *il suo cazzo* ! » En plein G7, à l'ONU, au Vatican... ça va arriver !

Non... Il y a un moment, il faut savoir s'arrêter et passer la main. Giscard qui sous-entend s'être tapé Lady Di, ça n'est pas très grave, ça prête à sourire. De plus, il est membre du Conseil constitutionnel et, quelque part, ce lieu ressemble à une maison de retraite : ils ont deux séances par mois, il existe certainement un système de soins sur place, des changes à disposition... tout va bien.

En revanche, Balkany qui claironne haut et fort qu'il s'est tapé Brigitte Bardot, c'est beaucoup plus emmerdant : il est maire de Levallois !

En maison de retraite, le petit vieux qui, chaque semaine, brandit son *Paris-Match* en racontant aux pensionnaires qu'il a couché avec la fille de la couverture, c'est sans conséquences. Tout le monde sait que c'est un pauvre mytho qui ne baise plus sa femme

Mauricette depuis des décennies… Il suffit de ne pas le prendre comme chef de table ou responsable du stand « pêche à la ligne »… et tout va bien !

Mais Balkany ! Il est maire de Levallois !

Non, il faut absolument légiférer l'âge de la retraite de nos politiques et parfois ne pas hésiter à réclamer des départs très anticipés.

Rachida Dati, par exemple, mise à la retraite le 23 juin 2009 à quarante-trois ans : c'est formidable !

Là, on peut parler de « pénibilité »… Pas du métier, non, pénibilité pour nous. Toutefois, choisir Strasbourg pour finir sa vie, c'est vrai que c'est bizarre… Les gens privilégient d'habitude la Côte d'Azur, le soleil, Nice !

La politique, il faut faire gaffe. C'est un métier dans lequel on peut vieillir très vite, devenir *has been* en un rien de temps. Regardez Luc Chatel, qui vient d'interdire la diffusion d'un dessin animé destiné aux CM2. L'histoire d'un poisson-lune amoureux d'un poisson-chat, une façon douce et pudique de parler de l'homosexualité aux plus jeunes. Chatel a dit non.

Faut qu'il parte !

S'il était toujours commercial chez L'Oréal, son premier métier, vendre des crèmes, des parfums, du vernis à ongles… il en serait encore capable, mais pour être ministre de l'Éducation, parler aux jeunes, il est beaucoup trop vieux !

En plus, les petites vieilles seraient ravies de l'avoir en maison de retraite. Luc Chatel, avec sa permanente et son sourire de professeur de tango, il ferait un malheur !

L'idéal pour nos hommes politiques serait de partir à la retraite à cinquante-cinq ans. C'est un âge où l'on commence à se répéter, à user des mêmes ficelles. L'esprit est moins vif, l'instinct politique moins fort.

On perd contact avec les Français. Les Alzheimer se multiplient. On dit : « Je reviendrai ! » et l'on ne revient pas, « Je le ferai ! » et on ne le fait pas…

Parfois, on observe des sujets pris de tremblements suspects, de mouvements d'épaules bizarres : un début de Parkinson. Et là, il est vraiment temps d'arrêter !

Le Facebook de l'UMP fait un bide…

17 février 2010

Je suis embêté : il paraît que le nouveau site Web mis en place par l'UMP pour recruter de jeunes militants est un bide monumental. Il s'agit d'un forum de discussion, sur le modèle de Facebook, baptisé en toute simplicité : « Les créateurs de possibles ».

Les jeunes devaient s'inscrire, chatter, proposer des idées… mais tout le monde s'en fout : moins de 7 000 inscrits en cinq semaines.

Du coup, Xavier Bertrand est furieux. Ce site c'était son bébé, il paraît que ça a coûté une fortune, on parle de 500 000 euros !

Plus grave, ce vivier de nouveaux arrivants devait assurer la relève de l'UMP. C'est fou, on cherche les « Pasqua » et les « Balladur » de demain, et les jeunes n'adhèrent pas !

Pour tenter d'inverser la vapeur, Xavier Bertrand a adressé un mail à Benjamin Lancar, le patron des jeunes de l'UMP, le menaçant d'exclure tous les « RDJ » (responsables départementaux jeunes), qui ne s'inscriraient pas dans les plus brefs délais.

Il sait parler aux jeunes, Bertrand ! Dix-huit-vingt ans, c'est pile poil l'âge où t'es attiré par tout ce qui est obligatoire.

En tout cas, tous ceux qui affirmaient que les nouvelles mesures de réglementation d'Internet n'étaient destinées qu'à réduire nos libertés en ont pour leurs frais. Franchement, un forum de discussion où si tu discutes pas t'es viré ! Le gouvernement a compris l'essence même d'Internet…

En même temps, je peux comprendre la déception de Xavier Bertrand. C'est étonnant que les jeunes n'accrochent pas avec lui ! Moi, la première fois que je l'ai vu, ce mélange de *sex-appeal*, de modernité, ce regard de braise… Je me suis dit : « Ça va être le Che Guevara de l'UMP ! »

D'ailleurs, si demain mon fils me disait : « Papa, j'ai envie d'accrocher un poster de Xavier Bertrand dans ma chambre », je ne serais pas inquiet. Pas plus que si je retrouvais une photo de Roselyne Bachelot planquée sous ses draps.

Non, vraiment, c'est étrange qu'il ne fonctionne pas mieux, ce site. Benjamin Lancar, son concepteur, n'est pourtant pas le premier venu, on lui doit déjà le clip de l'UMP : « *Tous ceux qui veulent changer le monde, venez marcher, venez chanter !* »

Vous vous souvenez ? Avec les ténors de la majorité agitant au-dessus de leur tête une serviette imaginaire… c'est déjà Benjamin Lancar.

Moi, si mon fils téléchargeait ce clip sur son iPod pour danser dessus en allant au collège, je ne serais pas inquiet.

[Ton du père très emmerdé.] « Au revoir, mon chéri. Dis-moi, c'est un badge de Xavier Bertrand que tu as accroché à ton blaser ? Si, si, c'est très bien… Et ce livre qui dépasse de ton cartable : *Les homosexuels font-ils encore peur ?*, c'est quoi ? Ah, c'est le dernier Christine Boutin ? Tu adores toute son œuvre… Formidable, bonne journée mon chéri ! »

Ils ne sont pas récompensés de leurs efforts à l'UMP. Pourtant, ça fait des années qu'ils ont la bonne méthode pour parler aux jeunes. Et ça ne paie pas !

Moi, je me suis rendu sur le site « Les créateurs de possibles ».

Ce qui frappe d'emblée, c'est le côté totalement moderne et novateur. Les couleurs de base sont le gris et le bleu. Et le logo est un pommier blanc. Ils ont dû faire appel aux plus grands graffeurs new-yorkais : Keith Haring, Alan Ket… et au final, ils ont choisi le gars qui dessinait les affiches de Giscard en 70.

Sinon, le contenu est à la hauteur du graphisme… Sur la page d'accueil, ils proposent des initiatives, 1 400 en tout.

Exemples d'initiative : « Rendre obligatoire le ferroutage » (deux internautes ont voté) « Créer un billet de 1 euro » (vingt internautes ont voté).

Ah, les ados vont s'éclater, c'est probablement la fin de la Wii et de la PSP !

Oui, parce que en plus, on peut créer sa propre initiative, insuffler des idées. Moi, comme initiative, j'ai proposé : « Dépenser 500 000 euros pour créer un site rassemblant moins de 7 000 personnes. » Ils ne l'ont pas retenue. Il doit y avoir des filtres, comme sur le site de l'identité nationale.

Alors le truc qui, à mon avis, va faire un tabac ce sont les sorties. Ils proposent des sorties ! Par exemple, aujourd'hui, dans le cadre des élections régionales, on note une réunion dans le Gers animée par Brigitte Barèges. Et les jeunes sont invités !

Moi, ma fille, la sortie dans le Gers animée par Brigitte Barèges, elle m'en parle depuis des mois…

« Papa, papa, j't'en supplie, c'est la teuf de l'année… Brigitte Barèges, elle va parler des élections régionales salle Beaudran à Mirande, toutes mes copines y vont ! Si ça se trouve, y aura Xavier Bertrand, je l'adore. Gaspard il porte son badge et il va se faire dédicacer un poster. Papa, papa, je t'en supplie, laisse-moi y aller… Je mets le couvert pendant six mois !, papa, papa… »

Jean-Pierre Treiber : clap de fin

22 février 2010

Ce matin, pas grand-chose dans la presse, hormis évidemment le suicide de Jean-Pierre Treiber… qui ne travaillait pas à France Télécom. C'est important de le préciser. Dorénavant, à chaque mort violente, il faut vérifier si le sujet bossait ou pas à France Télécom.

Cela dit, Treiber était en prison, une administration qui n'a rien à envier à l'opérateur téléphonique : 18 suicides depuis le 1er janvier, un tous les trois jours. Chaque année, la France décroche la palme européenne du nombre le plus élevé de suicides en prison.

Je vous dis ça… Comme je sais qu'en ce moment, à Vancouver[1], on essuie déception sur déception… ces bons résultats, ça remonte le moral !

En tout cas, j'aimerais que les athlètes très déçus et qui m'écoutent sachent que ce titre européen ne doit rien au hasard. L'évasion de Treiber, sa cavale, puis sa pendaison à Fleury-Mérogis : c'est la victoire d'un groupe !

Rappelons que l'adjudant Pierre Chanal s'était suicidé la veille de son procès, laissant des dizaines de familles dans le désarroi le plus total. Pour ce genre

1. Les XXIe Jeux Olympiques d'hiver se sont déroulés à Vancouver du 12 au 28 février 2010.

de choses, on a un vrai savoir-faire, un « *made in France* » inégalable.

D'ailleurs, j'aimerais profiter de l'occasion pour rendre un hommage appuyé à l'action de nos deux dernières gardes des Sceaux : Rachida Dati et Michèle Alliot-Marie.

Hommage d'abord à la simplicité et au travail de Rachida.

On se souviendra longtemps du ravissant bustier blanc qu'elle arborait à la prison de Metz-Queuleu au lendemain du suicide du jeune Nabil, seize ans et demi. Deux ans au ministère de la Justice, une moyenne de 240 suicides, et jamais une seule faute de goût, toujours de petits ensembles très tendance.

Hommage ensuite à la compétence et au flair de Michèle Alliot-Marie. Une femme qui saura gérer à merveille son passage du ministère de l'Intérieur à celui de la Justice.

Capable d'inculper pour terrorisme un simple épicier de Tarnac, saura-t-elle laisser un meurtrier présumé s'échapper d'une prison dans un simple carton ? La réponse est OUI !

L'affaire Treiber : un parcours sans faute, un modèle du genre à enseigner dans toutes les écoles de magistrature.

Si l'on peut s'évader dans un simple carton d'emballage, il faut néanmoins que le citoyen soit rassuré sur l'efficacité de sa police. La cavale de Treiber… rocambolesque à souhait.

Lettres adressées à la presse, cœur gravé sur un arbre et vidéos prises par des caméras de surveillance.

Filmé le 15 septembre dans la commune de Bréau, Treiber y repasse le lendemain sans être appréhendé…

On a dénoncé le scandale de la multiplication des caméras de surveillance, parlé de flicage, d'atteintes aux libertés… N'importe quoi ! Une caméra qui laisse filer deux fois un meurtrier présumé avant d'envoyer son signalement au commissariat… Aucun radar routier n'est aussi cool !

Quant au suicide lui-même, là, on peut peut-être parler d'un léger raté. Absence du « kit antisuicide » dans la cellule de Jean-Pierre Treiber, pas de matelas ignifugé ni de draps et pyjama en papier (on ne peut pas se pendre avec, ça se déchire !)…

Treiber avait bien menacé de « s'accrocher », comme on dit dans le jargon… Mais bon, d'après le procureur d'Évry, il n'avait pas demandé à voir un psychiatre, du coup, il n'était pas classé comme sujet à risque.

Il se murmure aussi que Fleury-Mérogis ne disposerait pas encore de « kits antisuicide ». Là, il faudrait demander à Roselyne Bachelot, tout ce qui est commande de kits, de vaccins, c'est la plus forte !

Ce qui est crétin, c'est qu'aujourd'hui tous les trains couchettes sont équipés de draps en papier. Et pourtant les suicides en train couchettes sont extrêmement rares.

Il y a quelques semaines, Michèle Alliot-Marie adressait une missive à Brice Hortefeux lui enjoignant de surveiller de plus près les abords des stades de foot… Aujourd'hui, Brice tient sa revanche… Que Mme Alliot-Marie fasse d'abord le ménage chez elle ! Comme le disait Molière : « Qui se sent morveux, se mouche ! »

Régionales 2010 : faut que ça saigne !

23 février 2010

Je suis enchanté par cette campagne des élections régionales, ravi, ravi, ravi ! Au niveau des coups bas, des insultes, des dérapages en tout genre… on atteint des sommets ! C'est un très, très grand cru !

On reproche à certains humoristes de discréditer l'image des hommes politiques. Là, je m'incline : comparés à eux, nous sommes de toutes petites bites !

Depuis le début, c'est une vraie boucherie, avec des méthodes d'attaque tout à fait inédites. La dernière en date : fouiller le casier judiciaire de l'adversaire.

La première victime de ce nouveau traitement s'appelle Ali Soumaré, le candidat socialiste du Val-d'Oise. Les colistiers de Valérie Pécresse l'ont qualifié de « délinquant multirécidiviste chevronné ». (Pan, dans les dents !)

On ne sait pas exactement ce qu'Ali Soumaré a fait de répréhensible. Le « tout en nuance » Frédéric Lefebvre a parlé de vols, de conduite sans permis et d'outrages à agent.

Ce que l'on sait, en revanche, c'est que Soumaré est noir, d'origine malienne. Cela explique-t-il l'empressement de l'UMP à vérifier son casier judiciaire ?

Quand un Noir conduit une très belle voiture, il se fait contrôler trois fois plus qu'un Blanc (des études l'ont prouvé). En est-il de même en politique ?

Le fait est que, dès l'annonce de la candidature de Soumaré, le maire UMP de Franconville, Francis Delattre, a déclaré : « Au début, j'ai cru que c'était un joueur réserve du PSG ! »

Ça casse, ça casse ! Déjà, se faire traiter de « joueur titulaire » du Paris Saint-Germain, ça fait mal, mais de « joueur réserve » ! Cette campagne est d'une violence inouïe !

Résultat des courses, depuis dimanche, toute la classe politique s'écharpe joyeusement autour du cas Soumaré. Sur France 3, Valérie Pécresse, à qui Jean-Paul Huchon reprochait de mener une campagne de caniveau, a répondu : « Il est de la responsabilité du PS de vérifier le casier judiciaire de ses candidats ! »

Chiche, prenons Mme Pécresse au mot ! Ce qui est valable pour la gauche l'est aussi pour la droite : vérifions le casier judiciaire des principaux ténors de l'UMP.

Sans remonter trop loin dans le temps, ce serait fastidieux. Commençons par un coup de chapeau aux anciens barons du RPR : Charles Pasqua et Jean Tiberi… Plusieurs mises en examen et condamnations diverses. Dernières en date : un an de prison ferme pour Pasqua dans une affaire de trafic d'armes et Tiberi, 10 mois pour atteinte à la sincérité du scrutin.

On enchaîne avec des hommes politiques plus récents. Alain Juppé, maire de Bordeaux : mise en examen en 98 pour abus de confiance et prise illégale d'intérêts. Condamné en 2004 à 18 mois de prison avec sursis dans l'affaire des emplois fictifs de la Mairie de Paris.

Citons aussi André Santini, mis en examen pour détournement de fonds publics, faux et prise illégale d'intérêts.

Pour ceux qui prennent ce papier en cours, je ne fais pas une visite guidée de Fleury-Mérogis, je cite des hommes politiques français.

Ce qui pourrait muscler davantage nos débats électoraux serait de ne pas s'arrêter au casier judiciaire des candidats mais d'aller aussi déterrer de vieilles casseroles, des histoires un peu crados.

Le jour où Christian Estrosi se représentera à la mairie de Nice, on pourrait lui reparler de ce fameux 6 février 2008 quand, pour assister à une sauterie organisée à l'Élysée par Nicolas Sarkozy, il fit annuler ses réservations sur un vol régulier vers l'outre-mer, préférant partir plus tard en Falcon 900. Coût pour le contribuable : 138 000 euros.

C'est vrai qu'Estrosi n'a pas de casier judiciaire comme prétendument Ali Soumaré, accusé de vol par Frédéric Lefebvre… Mais 138 000 euros c'est déjà un beau petit hold-up !

Et Francis Delattre ? Le maire de Franconville qui est allé fouiller dans le casier judiciaire de Soumaré (auteur de la très bonne blague sur le joueur réserve du PSG), lui aussi a été mis en examen. L'affaire Pacary : une sombre histoire de financement politique.

Depuis, il a bénéficié d'un non-lieu. Mais comme les méthodes du bonhomme ne semblent pas toujours très clean… on peut s'interroger…

Faut que ça saigne ces élections, que ce soit encore plus crade, plus vil, plus dégradant ! Le danger évidemment serait que les électeurs n'aillent plus voter : les culs-bénits, les oies blanches, les moralistes et les raseurs !

Marion Rolland est une biathlète contrariée !

24 février 2010

Ce matin, je souhaite rendre un vibrant hommage au biathlon. Ce sport qui allie ski de fond et tir à la carabine.

À Vancouver, c'est dans cette discipline que six de nos dix médailles ont été remportées. Encore une cette nuit. Je pense qu'on ne remerciera jamais assez l'inventeur du biathlon. Du latin *bi* : deux, et du grec *athlon* : concours. Papier très chiant ce matin, mais cette chronique s'adressant uniquement aux amateurs de biathlon : j'ai fait du « sur mesure ».

Vous avez également le triathlon : mélange de natation, de vélo et de course à pied. Encore plus chiant !

Pour être tout à fait complet, signalons aussi les magasins Décathlon ouverts le dimanche, véritables paradis des amateurs de bi et triathlon. Des passionnés capables de discuter des heures d'un modèle de cuissard pour cycliste, celui en Goretex avec renfort en mousse au niveau de la coquille afin d'éviter les échauffements testiculaires.

Rien à voir avec le quidam désœuvré qui hait les dimanches matin, les cris d'enfants, sa femme qu'il ne baise plus, et qui du coup trouve chez Décathlon un refuge, une deuxième famille ! (L'après-midi, il la passera chez Bricorama.)

J'aimerais également saluer le courage des membres du CIO qui, en 1960, après des années d'hésitation, ont accepté que le biathlon devienne une discipline olympique.

On se souvient tous de cette première course sur trente kilomètres... la victoire sur le fil du Suédois Klas Lestander, alors que sa carabine s'était enrayée au 28e kilomètre, lui infligeant une pénalité de quatre secondes. Et Lestander, grâce à son courage et au fartage de ses skis, un fartage dont il avait le secret à base de graisse de phoque, gagne d'un rien ce premier titre olympique de biathlon...

C'était le 17 février 66 ! Aujourd'hui encore, tous les fans de biathlon savent précisément ce qu'ils faisaient ce jour-là !

Alors, il existe un début de polémique, que personnellement je trouve totalement déplacé, insinuant que les Français seraient nuls dans les épreuves reines, tels la descente, le slalom ou le saut à skis, et qu'ils ne brilleraient que dans des épreuves à la noix, tels le biathlon ou le surf des neiges !

Je peux comprendre que le biathlon soit chiant à regarder pour des profanes : un homme à skis de fond poussant sur des bâtons... Puis, sans raison apparente, s'allongeant dans la neige, pour tirer sur une cible... Je peux comprendre que ce soit soporifique. Et encore... il en faut pour tous les goûts, il y a des gens qui aiment passer huit heures à un spectacle d'Ariane Mnouchkine, ou écouter un édito de Raphaël Enthoven à la radio...

Mais si on réfléchit bien, le biathlon est une épreuve bien plus *riche* que le ski. Je pense même que ne gagner qu'en biathlon est un choix de l'équipe de France.

Depuis la victoire de Killy en 68, je sens une lassitude de nos athlètes. Ils en ont marre du ski tout simple… On prend une grande impulsion au départ, on se met en œuf et on freine à l'arrivée.

Aujourd'hui, ils ont tous envie d'autre chose : s'arrêter en cours de route, tirer à la carabine, repartir.

On s'est beaucoup moqué de la chute de Marion Rolland au bout de trois secondes de course, lors de la descente dames. Je pense, en fait, que Marion est une biathlète contrariée… Au bout de dix mètres, elle s'écroule dans la neige pour signifier à son entraîneur son envie de tirer à la carabine.

Sinon, il y a une épreuve où il nous faudrait absolument décrocher une médaille, c'est le curling. Le biathlon à côté, question suspense, c'est un thriller américain mis en scène par Oliver Stone.

Le curling, comment vous dire ? C'est un gars qui lance un galet en granit sur la glace… et une fois lancé, deux patineurs armés d'un balai à chiottes frottent la glace afin de modifier la trajectoire du galet et de le diriger vers une cible.

Heure de diffusion sur France 2 : 4 heures du matin. Ils n'ont pas osé le mettre plus tôt… Même France 2 !

Une médaille en curling et notre bonheur serait total !

César des meilleures personnalités politiques 2010

1er mars 2010

Samedi soir, en regardant les césars à la télévision, bien que fasciné par la coiffure d'Adjani – entre la poupée geisha et le joueur de sumo –, la robe de Laetitia Casta outrageusement transparente et sanglée d'une bouée recouverte de plumes d'autruche (décidément, les anciens mannequins tournent mal), ou encore la robe grotesque de Marion Cotillard, hollywoodienne à souhait, histoire de bien nous faire comprendre que sa vie, désormais, se passe de l'autre côté de l'Atlantique et non plus avec nous, pauvres ploucs ! – Cotillard ou comment réussir, en étant française, à être aussi pathétique qu'une Américaine voulant s'habiller à la française –, bref, fasciné par cette simplicité et cet amour émanant de la grande famille du cinéma, je me suis dit : « Tiens, et si on décernait les césars de la politique ? »

Une autre famille où les gens s'adorent aussi.

On commence avec le césar du meilleur espoir féminin : Marion Le Pen, dix-neuf ans tout juste. Petite-fille de Jean-Marie, inscrite cette année au Front national, candidate aux régionales, bercée dès sa plus tendre enfance par les chants du IIIe Reich édités par papy… On attend avec impatience ses premiers dérapages racistes, qu'elle confirme ses excellentes dispositions !

Meilleur acteur dans un second rôle : François Fillon. Mais c'est une injustice : Fillon a l'étoffe et le talent pour jouer les premiers rôles, et malheureusement le président le cantonne à interpréter les utilités, les faire-valoir, les bouche-trous…

César du meilleur scénario : Frédéric Mitterrand pour l'histoire abracadabrante qu'il a racontée à Laurence Ferrari, le 8 octobre 2009, au journal de 20 heures : celle d'un homme allant jusqu'en Thaïlande pour coucher avec des prostitués de quarante ans et plus !

Un césar très disputé cette année, puisque Brice Hortefeux partait grand favori avec son histoire insensée d'un ministre racontant une blague raciste sur les Arabes et qui, pour sa défense, prétendra qu'il parlait en vérité des Auvergnats.

César du meilleur court-métrage : Michèle Alliot-Marie pour *L'Affaire Jean-Pierre Treiber*. C'est évidemment une déception, *L'Affaire Treiber* devait à l'origine être un long-métrage avec un procès-fleuve, la découverte de la vérité… et au final, ça se termine en eau de boudin par le suicide du prévenu.

Alliot-Marie est un peu la spécialiste des projets avortés. On se souvient par exemple de son film *Terrorisme à Tarnac*, dans lequel, au bout de dix minutes, le spectateur médusé découvrait que le suspect numéro un n'était qu'un paisible épicier du coin.

On passe maintenant au césar du meilleur film étranger attribué à Dominique Strauss-Kahn pour sa prestation dans les couloirs du FMI. DSK qui est aussi sélectionné aux Hots d'Or pour la meilleure interprétation et le meilleur montage.

César de la meilleure adaptation : Éric Besson, pour avoir repris le boulot de Brice Hortefeux au ministère de l'Immigration sans le moindre état d'âme. Un césar amplement mérité, malgré le bide retentissant du débat sur l'identité nationale.

César de la meilleure actrice : Roselyne Bachelot.

Après *Roselyne et les lions*, *Roselyne et la grippe A*. L'histoire d'une escroquerie géante orchestrée par l'OMS et les labos pharmaceutiques afin de forcer les gens à se faire vacciner.

Un césar qui récompense avant tout le merveilleux travail d'interprétation de Mme Bachelot, sa façon d'explorer tous les registres de l'émotion : l'angoisse démesurée lorsque les premiers cas surgissent, la joie contenue à l'annonce des premiers morts, puis la déception lorsqu'elle comprend que sa grippe mortelle n'est qu'une petite grippe de tafiole.

Meilleur acteur, là, pas de surprise, comme chaque année : Nicolas Sarkozy, pour l'ensemble de ses discours. Une gestuelle, un phrasé qui n'appartiennent qu'à lui !

On termine avec le césar du meilleur documentaire décerné à Patrick Balkany pour un film animalier. L'histoire se passe dans les années 60… Balkany, jeune homme de dix-huit ans, rencontre Brigitte Bardot. Ému, intimidé par la star internationale, il pense lui faire l'amour et se tape à la place le bébé phoque qu'elle tient dans ses bras.

Aucune plaisanterie sur la tempête !

2 mars 2010

Ah, c'est emmerdant cette tempête… pour les humoristes, c'est vraiment la tasse ! On ne peut pas plaisanter dessus, c'est trop tôt. Il y a un délai à respecter, il faut que l'émotion retombe et, après seulement, on pourra.

Haïti, ça y est, on peut se faire plaisir ! Samedi dernier, j'ai tenté le coup sur Canal +, et c'est passé.

C'était à propos des poussettes pour enfants de la marque « Graco ». Le fabricant vient de rappeler tous les modèles car ils présentent un risque d'amputation des doigts.

Là-dessus, j'ai dit : « Toutes ces poussettes, autant les envoyer en Haïti. Quand t'as plus de bras, une poussette qui coupe les doigts, tu t'en fous ! »

Pas du meilleur goût, je vous l'accorde, mais c'est passé !

En tout cas, pour la tempête Xynthia, je sens qu'il faut encore patienter. Par exemple, on ne pourrait pas dire : « Après la clôture des JO de Vancouver, ouverture des championnats du monde de water-polo à L'Aiguillon-sur-Mer. » Non, la limite c'est ça.

Si les humoristes sont pénalisés, en revanche, certains journalistes se régalent. Pas tous, certes, mais ceux qui aiment le drame, le sensationnel, l'info spectacle… sont aux anges.

J'ai écouté Fogiel sur Europe 1, en venant travailler hier matin – oui, on a le droit, il faut juste remettre France Inter quand tu arrives dans le parking de Radio France, si jamais tu croises le dirlo, c'est mieux !

De toute façon, dès qu'il y a une catastrophe, j'écoute Fogiel. Pour tout ce qui est tremblement de terre, crash d'avion, drame en tout genre : c'est le meilleur !

Ce que je préfère, ce sont ses duplex. Il est en empathie totale, on le sent vibrer, jouir, c'est un régal !

[Imitation Fogiel :] « Bonjour, nous sommes en direct avec Jacques, habitant de L'Aiguillon-sur-Mer où il y a eu de nombreuses victimes… Europe 1 va plus loin… Jacques, est-ce que vous pouvez nous décrire la montée des eaux, comment ça s'est passé ? Vous dormiez quand, tout à coup, vous avez vu votre chien nager dans le salon… On se dit quoi à ce moment-là, Jacques, que notre vie est foutue ? »

Tous les journalistes ne sont pas comme lui.

Nicolas Demorand, la tempête Xynthia, il s'en fout complètement. Du moment qu'il peut fumer sa clope pendant le journal de 8 heures et se descendre un paquet de M&M's arrosé de Coca Light… tout va bien.

Hier, en arrivant, il a juste dit : « Xynthia… on dirait le nom d'une bagnole, d'une Citroën. »

En tout cas, cette semaine, s'il y a bien quelqu'un qui nous manque cruellement, c'est Fabrice Drouelle. Fabrice excelle dans ce type de situation : en 2008 – ça ne date pas d'hier –, Aude Dassonville, journaliste au *Parisien*, écrivait à son sujet : « La réconfortante vibration de ses cordes vocales rend les pires nouvelles acceptables. »

C'est vrai, plus la nouvelle est dure, plus Fabrice va puiser dans les profondeurs de son larynx. Il a le ton du commandant de bord qui, en pleine tempête, nous annonce qu'il va descendre afin de trouver une zone plus calme.

La gendarmerie devrait utiliser ses services pour annoncer un drame à la famille d'une victime.

« Bonjour, c'est Fabrice Drouelle. Je vous appelle car votre mari a été décapité sur l'autoroute par une glissière de sécurité, un drame qui arrive plus souvent qu'on ne le pense.

– Oh, merci de m'appeler monsieur Drouelle, je vous aime tellement !

– De rien, ma jolie. »

Pour faire passer une catastrophe à l'antenne, il n'y a pas plus fort que Fabrice Drouelle. Totalement détendu, maîtrisant parfaitement son sujet, il a même pris l'habitude (je ne devrais pas vous le dire)… il a pris l'habitude d'envoyer des messages codés à la jeune étudiante en droit qui patiente sagement chez lui.

Par exemple, si dans son journal Fabrice dit deux fois de suite : « À La Tranche-sur-Mer, la digue a cédé », sa fiancée sait qu'elle doit enfiler sa combinaison rose de chez Princesse Tam-Tam et l'attendre dans le fauteuil en osier du salon.

C'est emmerdant, cette tempête, on ne peut plaisanter sur rien.

Juste une chose, je suis sérieux deux secondes, je m'adresse à tous les habitants de L'Aiguillon-sur-Mer, La Faute-sur-Mer, La Tranche-sur-Mer,... Depuis hier, la fédération d'apnée reçoit énormément de lettres du genre : « Mon mari est resté quarante-huit heures sous l'eau, pouvez-vous homologuer ce nouveau record ? » Non, trois fois non. Pour battre le record de Jacques Mayol, il faut remonter de soi-même à la surface.

Le gouvernement bientôt au chômage ?

3 mars 2010

La nouvelle a été révélée hier dans *Les Échos* : Hervé Novelli, le dernier espoir de la droite aux régionales, perdrait au second tour. La droite ferait donc chou blanc sur la totalité des 22 régions métropolitaines…

Autant vous dire qu'à France Inter la nouvelle nous a sonnés. Ce matin, Philippe Val était en larmes dans les couloirs.

Au gouvernement la panique règne. François Fillon pourrait décréter une nouvelle fois l'état de catastrophe nationale. Le 21 mars prochain, Nicolas Sarkozy a promis de survoler l'ensemble des zones sinistrées, c'est-à-dire tout le territoire.

Le président a récemment déclaré qu'il tirerait toutes les conséquences de la défaite. Que vont devenir les membres du gouvernement ? Depuis deux ans, ils nourrissent mes papiers, je m'y suis attaché… Ce matin, je voudrais leur tendre la main, tenter d'imaginer le type de boulot qu'ils pourraient décrocher dans la société civile, le lundi 22 mars prochain.

La seule pour laquelle je ne me fais aucun souci c'est Roselyne Bachelot ! Les labos pharmaceutiques lui ont déjà promis une super place en remerciement des millions de vaccins qu'elle leur a commandés. Elle n'est même pas obligée de venir travailler : elle aura son chèque !

Éric Besson, là, en revanche, c'est plus délicat. Ce qui est compliqué avec Besson c'est de trouver un secteur sans concurrence. Par exemple : Pepsi ne l'engagera jamais, ils auraient trop peur qu'au bout de six mois il se barre chez Coca-Cola (avec tous les secrets de fabrication).

En tout cas, il faut absolument qu'il trouve quelque chose Besson. Avec ses origines : naissance au Maroc, mère libanaise, si jamais Sarko nomme à l'Immigration un type encore plus tordu que lui, il est sûr de partir !

Bernard Kouchner… Qu'est-ce qu'il peut retrouver comme boulot ? Le problème, c'est l'image. L'image c'est essentiel… Une fois qu'elle est niquée, elle est niquée. Il ne peut pas retourner au PS. Refaire des affaires, ça me paraît difficile : avec la mort d'Omar Bongo et Sassou-Nguesso qui est gâteux… il faudrait qu'il cherche parmi la jeune génération de dictateurs africains. En attendant, il peut jouer au golf et aller chercher Christine Ockrent à la sortie de France 24.

Brice Hortefeux… Il peut rejoindre l'équipe des « Grosses Têtes » de Philippe Bouvard. Toutes les histoires drôles qu'il connaît sur Bamboula et Mamadou, ça va faire un carton ! Dommage que Georges Frêche conserve sa région… sinon ils auraient pu monter un duo et se produire chez Dieudonné.

Valérie Pécresse… Mon Dieu ! Qu'est-ce qu'on va en faire ? Très difficile à recaser. S'il y avait l'équivalent d'une SPA chez les humains… Pécresse c'est le chien que tout le monde regarde, mais que personne n'adopte. Elle pourrait rejoindre Christine Albanel chez

France Télécom. Nouvelle politique du groupe : nommer des dépressifs à la direction afin que la base se dise : « Il y a encore plus malheureux que nous ! »

Rama Yade… Elle va passer à gauche, c'est sûr ! Ne serait-ce que pour emmerder Kouchner qui a prétendu qu'elle ne servait à rien. Si elle rejoint le PS, Sarkozy ne pourra rien dire, c'est lui qui a lancé la mode.

Michèle Alliot-Marie… directrice de maternelle ! Elle sera parfaite. Les affaires les plus complexes à traiter, ce sont les batailles de purée et les pipis à la sieste. Espérons qu'elle n'accusera pas systématiquement le fils de l'épicier…

Luc Chatel… Là, ça fait de la peine. Il voulait récupérer son poste de DRH chez L'Oréal, mais c'est eux qui n'en veulent plus. Bah, L'Oréal, c'est les cosmétiques, le glamour, le rêve, il faut que ça donne envie : « L'Oréal, parce que je le vaux bien. » Quand tu ne vaux plus rien, c'est difficile…

Frédéric Mitterrand… Mon Dieu ! Je ne sais pas quelle antenne de Pôle emploi va récupérer les membres du gouvernement, mais il y a vraiment des cas sociaux. Frédéric Mitterrand animateur de MJC à Bangkok ? Ou maître nageur sauveteur à Mykonos ? À Pôle emploi, tu ne peux pas refuser plus de deux propositions qui sont dans tes cordes. Sinon tu perds tes droits.

Patrick Devedjian… Remonter une équipée sauvage avec Alain Madelin ?… Se remettre, à soixante-six ans, à piquer des bagnoles, des moteurs de bateaux et à porter des flingues… C'est duraille !

De toute façon, Devedjian reste président du conseil général des Hauts-de-Seine. L'ancien boulot de Charles Pasqua… Quand Charly a vu ses états de service, il lui a filé le job : « C'est bien mon p'tit Devedjian, je te file la place… Balkany qui se fait faire une gâterie à l'aide d'un 357[1], à côté de toi, c'est de la gnognotte ! »

On termine par Carla Bruni… Si, si, elle est au gouvernement ! Carla garde son poste, c'est la seule à ne pas être pénalisée. Pourtant, sa responsabilité est énorme : elle souffle au président deux idées sur trois. Carla partira à la prochaine défaite : celle de 2012. « Barbie première dame de France », une fois que Ken n'aura plus son palais, ses voitures et les avions du GLAM… rester avec lui, ça ne l'intéressera plus !

Bon, ça ne sera pas facile de trouver un job à chacun, mais on va faire le maximum.

1. En 1996, sa maîtresse porte plainte contre Patrick Balkany qui l'aurait contrainte, sous la menace d'un 357 Magnum, à lui pratiquer une fellation.

Un poulet gratos

8 mars 2010

J'ai vu que le débat sur le travail le dimanche était de nouveau relancé. « Certaines supérettes défient la loi en restant ouvertes en toute illégalité », c'était le gros titre du *Parisien* d'hier.

Moi qui travaille tous les dimanches (j'écris ma chronique pour le lundi matin), hier, pour la première fois, j'ai testé un truc : je n'ai rien branlé du tout, j'ai pris mon dimanche.

C'est vachement agréable. Ah ouais, ça faisait très longtemps que ça ne m'était pas arrivé…

Je me suis levé tard, j'ai traîné, un petit café, un peu de jardinage : j'ai biné, ratissé, taillé… des plantes… à défaut des politiques.

Puis je suis allé acheter la presse, non pour trouver un sujet, mais par plaisir. Machin a gagné la Victoire de la musique, Simone Veil « femme de l'année », le Salon de l'agriculture est terminé. Tous ces trucs passionnants, je n'avais pas à en parler !

Roger Gicquel est mort… Inutile de trouver un truc drôle là-dessus. Surtout qu'on ne fera jamais aussi bien que Coluche : « Quand un avion s'écrase, c'est sur les pompes à Gicquel ! »

Plus tard, je suis allé acheter un poulet au marché de Ville-d'Avray. Ils sont très bons et surtout ils ont un système de tickets. Au bout du douzième, vous avez le droit à un poulet gratuit. Il vaut mieux habiter le secteur, j'imagine que le gars qui habite Dijon, il s'en fout de savoir qu'il peut obtenir un poulet gratos à Ville-d'Avray.

Alors qu'un gars qui habite les Hauts-de-Seine, il se dit : « Tiens, cette chronique est chiante, mais son histoire de poulet, c'est peut-être un bon plan ! »

Déjeuner en famille, petite sieste… très agréable, j'en ai vraiment profité car, généralement, après le repas, c'est le moment où je commence à m'angoisser, à me dire : « L'heure tourne, faut que je trouve quelque chose ! » Là, j'étais totalement détendu.

Vous aussi les gars, vous avez passé un bon weekend ? Nicolas ? Thomas ?

Allez-y, racontez ce que vous avez fait, y a cinq minutes à remplir.

C'est cool de ne rien faire le dimanche. Je me suis reposé, j'ai récupéré, profité. En plus, c'est une chronique qui ne va froisser personne.

Pas de plainte, pas de mail, ou peut être si, un ou deux, du style : « Il ne s'est pas fait chier Guillon, ce matin, avec son histoire de poulet gratos ! » Des feignasses qui prennent tous leurs dimanches et qui ne tolèrent pas que vous en preniez un de temps en temps.

Bon allez, aujourd'hui c'est la Journée de la femme, hier c'était ma journée. Après tout, il n'y a pas de raison.

Journée de la femme

9 mars 2010

Je vous préviens, c'est un papier d'une misogynie crasse… Mais bon, ce n'est pas ma faute… moi je pensais que la Journée de la femme c'était tous les jours, et on m'apprend que non !

C'est une fois par an, le 8 mars.

On instaure une ségrégation, je suis le mouvement. S'il faut être misogyne, soyons-le.

Et donc, hier, en préparant cette chronique, j'ai pensé à nos principales femmes politiques. Je me suis demandé dans quelle mesure elles incarnaient les femmes de la société française.

Dans une vie d'homme, a-t-on croisé au moins une fois le type Bachelot, Boutin ou Dati ?

La Dati par exemple : dépensière, un peu snob, passant sa vie dans les magasins. On en a tous connu au moins une. Tous les jours un sac, une robe, une paire de chaussures… Elle reste avec nous trois semaines, le temps qu'on soit interdit bancaire, après elle s'en va.

La Duflot… c'est tout autre chose. Elle, on la croise généralement en colo. Hypernature, pas épilée sous les bras, sac à dos, Pataugas… Sentant bon le foin coupé et le fromage de chèvre. Ce sont des filles avec qui on sort en classe verte mais, une fois rentré en ville, le contraste est rude. (Généralement, dans l'autocar, à la hauteur du péage de Saint-Arnoult, on arrêtait de les galocher.)

La Bachelot… Ah, la Bachelot ! C'était l'infirmière de l'école ! Bien en chair, maquillée comme un camion volé.

Le grand truc c'était de passer l'aprèm à l'infirmerie et de mater ses nichons quand elle se baissait pour nous examiner… « Plus bas madame, ça me tire ! » Et le soir, en rentrant chez nos parents, on se pognait comme des fous en se remémorant la dentelle de son soutif noir. Ah, la Bachelot…

La Boutin… La Christine Boutin… Oh là, là, là… On n'en est pas fiers après coup de ces histoires-là. Ça nous est tous arrivé au moins deux, trois fois la Boutin. Dans une soirée, à moitié bourrée c'était la seule qui voulait. On la ramène à la maison mais, au petit matin, quand la conscience refait surface, c'est la débandade : « Non, non, tu ne peux pas rester, j'ai mes exams à réviser ! »

[Boutin :] Mais Thomas, tu m'as dit que tu m'aimais !

Eh oui, Thomas Legrand ! Comme nous, il a croisé des « Boutin » dans sa vie.

La Morano… Elle aussi c'est un classique du lycée… Catho, hypercoincée du cul, un sketch de Valérie Lemercier à elle toute seule. On lui susurrait : « Tes cuisses ! » dans les couloirs, juste pour la faire rougir. Et à la piscine, on faisait dépasser nos poils du maillot. En revanche, dans les boums, la Morano, souvenez-vous, une vraie chaudasse, lèvres en feu, le Vésuve en éruption !

La Ségo… Oh putain ! Avec elle, on en a chié, une vraie dingue, une vierge folle. Elle nous disait :

« J'arrive ! », on l'attendait toute la nuit. « Je ne viens plus ! », elle débarquait dans les cinq minutes !

La Alliot-Marie… Alors là, attention : on quitte l'univers « touche-pipi » du lycée pour une sexualité beaucoup plus élaborée, spécialisée. La dominatrice BCBG… Pour tous les hommes qui aiment se faire dérouiller après une journée de travail : un véritable *must*.

La Frédéric Mitterrand… Oui, je sais ce que vous allez me dire, c'est une chronique sur les femmes et je cite un garçon, mais les enfants sont cruels, de vrais petits cons. On a tous eu un Frédéric dans notre classe, le type précieux, efféminé, qui portait un loden, une grande écharpe et nous disait « crotte » quand il s'énervait. On se foutait de sa gueule, on jouait à chat-bite devant lui et, tous les 8 mars, on lui disait : « Alors, c'est ta journée, Fredo ? » Les enfants sont cruels…

On termine avec la plus belle, il y en a une par lycée, le fantasme absolu : la Bruni. Très belle, mais très chiante : elle chantait et elle écrivait des poèmes. C'était horrible, mais comme on voulait tous se la faire, on faisait semblant de trouver ça très beau.

Et puis un jour, à la stupéfaction générale, elle est tombée amoureuse du plus petit du lycée. Un brun, nerveux, bourré de tics. Ça nous a laminés.

Après trois jours passés à l'infirmerie, tristes, malades… où même les seins de la Bachelot nous laissaient indifférents, on se consolait chez la Duflot… Bénarès, encens et fromage de chèvre : la bonne copine !

Il faut sauver l'UMP !

10 mars 2010

Je suis très inquiet en pensant aux élections de dimanche. La branlée qui s'annonce pour la droite est trop forte, trop violente… Personne ne peut s'en réjouir ! Ce serait de l'acharnement.

C'est la bérézina… Le président est à 36 % d'opinions favorables et la droite pourrait perdre la totalité des 22 régions métropolitaines.

Il faudrait que l'UMP fasse au moins 5 % afin que leurs frais de campagne soient remboursés… Qu'ils puissent rebondir, garder le moral.

Là, ils vont bientôt quitter leur siège historique rue de La Boétie pour emménager dans un ancien garage du 15e arrondissement. [Un temps.]

Un garage… J'espère que ce n'est pas un signe !

Je suis sincèrement inquiet, j'ai le sentiment que plus rien ne sera jamais comme avant.

Que faire pour sauver les meubles ? Exhorter les militants UMP à se mobiliser dimanche ? Lancer un appel sur France Inter ? Je peux le faire, bien sûr !

En plus, cela fera plaisir à ma direction, une chance peut-être de marquer des points, de revenir en grâce…

« Votez UMP dimanche, je vous demande à tous de voter pour l'UMP ! »

Ouais… sur les auditeurs d'Inter, je doute de l'efficacité d'un tel message. Ils sont tellement à gauche.

Le faire sur Europe 1 ? Ce serait inutile aussi… ils sont tellement à droite.

La situation est grave. Il paraît que les militants UMP sont totalement dépressifs, amorphes, qu'ils ne mangent plus et pleurent pour un rien. Maintenant, quand on leur met leur clip : *Tous ceux qui veulent changer le monde !* ils ne veulent même plus faire la chorégraphie en se trémoussant avec la serviette.

Ils sont au bord du suicide. Du coup, Xavier Bertrand essaie d'en faire entrer un maximum chez France Télécom : si jamais quelques-uns commettaient l'irréparable, il ne faudrait pas que l'on puisse dire : « C'est la faute de l'UMP ! »

Ils font de la peine, ils ont perdu leur superbe, leur fierté. Hier, je lisais dans la presse que, dorénavant, quand ils distribuent des tracts sur les marchés, ils évitent de prononcer le nom du président.

Ils vous donnent le tract, à la va-vite, sous le manteau, comme une barrette de shit ou des DVD pirates aux puces de Clignancourt.

« Hé, psitt ! Tenez, prenez ça !

– C'est pour quoi ?

– Posez pas de question, vous regarderez à la maison ! »

Certains refusent tout bonnement de faire campagne. Résultat, des antennes UMP organisent des réunions de remotivation de militants…

Chacun vide son sac et on tente de repartir du bon pied.

[L'animateur :] Bon, qui veut commencer ?

[Une militante, Jocelyne :] Oui, bonjour, je me présente Jocelyne, militante UMP depuis 2002. Oui, bah voilà, depuis deux ans, le président nous répétait que l'écologie c'était sa priorité absolue. Y a eu le Grenelle, la taxe pique-nique, la taxe carbone... Tout ça, on y a cru ! Et samedi dernier, au Salon de l'agriculture, patatras ! le président déclare : « L'environnement ça commence à bien faire ! » Moi, qu'est-ce que je réponds sur les marchés, quand on m'interroge là-dessus ?

[L'animateur :] Jocelyne, merci pour ta question, écoute, on va te trouver des arguments pour répondre.

[Jocelyne :] Moi, je vous préviens, dimanche, sur le marché de Champigny, vous vous démerdez sans moi ! J'en ai marre des réflexions... C'est comme la nomination de M. Charasse, ce vieux cabot Mitterrandiste ! Il aurait pas pu prendre quelqu'un de chez nous le président ! Dans les moments difficiles, on se sert les coudes, on privilégie sa famille. Je vous préviens, je suis à bout, je vais me foutre en l'air !

[L'animateur :] Non, Jocelyne, calme-toi. Est-ce que tu as rempli ta demande pour entrer à France Télécom ? C'est une idée de Xavier Bertrand et je pense que tu serais très heureuse là-bas. Bon, écoutez ce qu'on va faire, on va se tenir par la main et, pour se redonner du courage, on va tous chanter la chanson de Luc Plamondon : *Tous ceux qui veulent changer le monde*.

[Musique.]

Allez, on y va, on danse, on chante, on agite sa serviette au-dessus de sa tête et tous ensemble, à mon signal, on va crier : « On va gagner ! » Allez, toi aussi Jocelyne, tu chantes et tu cries : « On va gagner, on va gagner... ! »

Trois minutes, pas plus !

15 mars 2010

On m'a demandé de faire trois minutes, pas plus. Vendredi dernier, j'ai reçu un texto dans ce sens : « Matinée spéciale élections, fais trois minutes max ! » Je me suis demandé qui était ce Max. [Un temps.] Oui, mauvaise vanne, mais en trois minutes c'est difficile d'être bon.

Allez, on y va, top chrono ! Ah bah… Je ne compte qu'à partir de maintenant. Si, en plus, je dois décompter le temps que je prends pour expliquer pourquoi je fais plus court, je ne m'en sors pas.

Trois minutes, pas plus… On ne mélange pas « humour » et « politique ». Pourtant, Dieu sait si on a rigolé durant cette campagne… Avec des garçons comme Georges Frêche, Gérard Longuet… c'est un rire de grande qualité : subtil, frais, très fin. (Un rire zemmourien !)

Personnellement, j'aurais fait une matinale 100 % humoristique, en hommage ! Cela dit, je respecte la règle des trois minutes. Ce n'est pas moi qui dirige l'antenne… pas encore !

Non, parce que vu les résultats d'hier, il faut s'attendre à des changements. En tout cas, je le dis, si je suis nommé à la direction d'Inter, je garde tout l'effectif…

Philippe Val compris ! Tout le monde a droit à une seconde chance, dans la vie on peut s'égarer, je passe l'éponge.

Trois minutes, pas plus, il ne faut pas que je traîne. C'est déjà bien trois minutes, j'en profite à fond.

Oui… j'ai des échos comme quoi, en septembre, il faudra que je réduise encore plus ma chronique : « Zéro minute, tu fais un truc très court, très efficace… de chez toi ! [Un temps.] Tu ne vas pas venir pour zéro minute ! »

Selon une théorie du moment, les humoristes discréditeraient la parole politique. D'où l'idée d'une matinale sans rire.

J'ai lu ça à droite à gauche… Enfin, surtout à droite.

Dernièrement, par exemple, Chantal Brunel, députée de Seine-et-Marne, a jugé scandaleux les propos de Guy Carlier et de moi-même sur Valérie Pécresse.

Guy avait ironisé sur la couleur de ses cheveux, quand j'avais tenté une métaphore canine, du style : « Pécresse, à la SPA, c'est le chien que tout le monde regarde, mais que personne n'adopte. »

J'avoue, c'était beaucoup moins drôle et percutant que toutes les vannes faites par les amis de Valérie Pécresse à l'encontre d'Ali Soumaré, traité de « délinquant multirécidiviste », de « voleur » ou encore d'« escroc »…

Guy Carlier et moi, à côté, ce n'est rien du tout ! Alors raison de plus pour nous laisser travailler, on ne leur fait pas d'ombre !

Vendredi dernier, Frédéric Lefebvre était l'invité politique de « La Matinale » ; eh bien il s'est avéré beaucoup plus drôle que François Morel, proférant un nombre de conneries hallucinantes. Morel n'en a pas pris ombrage, il sait reconnaître la valeur de la concurrence !

Peut-être qu'en réalité c'est l'interview politique qui discrédite la pastille humoristique ?

Ne serait-ce pas la solution : déplacer l'interview politique ?

Je vous laisse, place à l'humour, le vrai !

Mission : Impossible

16 mars 2010

Hier, nous apprenions la disparition de Peter Graves, le héros aux cheveux blancs de *Mission : Impossible*.

Toutes nos auditrices sexagénaires sont en deuil !

Ici aussi, nous avons de la peine : cet agent secret nous a fait rêver, surtout quand la bande de son magnétophone s'autodétruisait après usage… Le summum des effets spéciaux, à l'époque.

Pour cette raison, j'ai souhaité ce matin lui rendre un vibrant hommage. [Musique du générique.]

« Bonjour monsieur Phelps, votre mission, si toutefois vous l'acceptez, sera de sauver l'UMP… C'est un parti politique français qui vient de prendre une sacrée raclée, une branlée historique… Attention, cher Jim, il y a dans ce parti de véritables cas sociaux : un grand blond spécialiste de la vanne raciste, un traître à la petite semaine, un analphabète décérébré qui donne son avis sur tout… Tous travaillent pour un petit homme autoritaire et très nerveux atteint de la tremblante du mouton… (Méfiez-vous, Jim, il vient de se mettre au karaté. Toutes les nuits, il pratique le uchi-hachi-dachi !)

Dernière chose : si vous ou l'un de vos agents étiez capturés, le département d'État nierait avoir eu connaissance de vos agissements… Dans trente secondes, cette bande va s'autodétruire ! » [Fin générique : bruit de la bande qui crame.]

C'était assez malin ce système de magnétophone qui s'autodétruisait, on était obligé d'accepter la mission… Si Jim Phelps avait eu son supérieur au téléphone, il aurait probablement discuté :

[Jim Phelps :] Je refuse de sauver l'UMP, mon colonel !

[Voix du colonel :] Jim, c'est un ordre !

[Jim Phelps :] Ils sont foutus, croyez-en mon expérience, totalement foutus ! Je préfère encore sauver François Bayrou !

[Voix du colonel :] Jim !!!

Oui, il est probable que Jim Phelps, qui acceptait les missions les plus difficiles, les plus folles, les plus périlleuses aurait refusé celle-ci.

D'ailleurs, Peter Graves, l'acteur qui incarnait le célèbre agent, est mort à Los Angeles à 11 heures : 20 heures ici, l'heure des résultats, tout un symbole !

A-t-il eu vent de la déroute de l'UMP ? Ses médecins pour le maintenir en vie lui ont-ils dit : « Peter, il y a une "*Mission : Impossible*" en France pour toi, un challenge incroyable : sauver l'UMP… *Save the UMP* » ?

En grand professionnel, Peter Graves a probablement demandé des renseignements, une photo du secrétaire général de l'UMP, Xavier Bertrand, et son cœur a lâché à ce moment-là.

[Peter Graves :] *Everything is fucked up !* (Tout est cuit !)

[Son entourage :] *Why, Peter* ? (Pourquoi, Peter ?)

[Peter Graves :] *We can't save a political party with a Bisounours head.* (On ne peut pas sauver un parti avec quelqu'un qui a une tête de Bisounours.)

À propos de Xavier Bertrand, Nicolas Demorand le reçoit dans quelques minutes… Il est déjà dans nos locaux… L'ambiance est très lourde. Sur son passage tout le monde chuchote, certains lui adressent un mot gentil, une tape amicale : on a l'impression qu'il y a eu un mort.

Il fait peine à voir. On dirait un gros bourdon pris au piège. Vous savez, ces pièges en forme de bouteille avec du vin sucré à l'intérieur. Quand le bourdon remonte le long de la paroi… puis reglisse inexorablement dans la vinasse.

En tout cas, à France Inter, consigne a été donnée de ne rien faire pour le narguer : interdiction de parader. Tous les restes de la fête de dimanche ont été planqués : cotillons, ballons, cadavres de bouteilles… il n'y a plus rien !

Oui, moi aussi ça m'a choqué une telle fête dans une radio de service public censée rester impartiale ! Hélène Jouan et Nicolas Demorand faisaient la chenille dans les couloirs… Thomas Legrand soufflait dans une langue de belle-mère, un chapeau pointu sur la tête… Seul Philippe Val est resté digne : enfermé dans son bureau et commençant à faire ses cartons.

[Chanson : *Aimer à perdre la raison.*]

Pour terminer, j'aimerais rendre hommage à Jean Ferrat. Autre personnage célèbre aux cheveux blancs. Ancien compagnon de route du Parti communiste français, mort vendredi, apaisé : il savait que la droite allait prendre une raclée.

C'est toujours un peu triste les gens qui meurent sous le règne de Nicolas Sarkozy. Ils ne verront pas la fin : la délivrance, les drapeaux aux fenêtres, Carla Bruni s'exilant en Italie, Éric Besson expulsé au Maroc, sa terre natale. Frédéric Lefebvre avec du goudron et des plumes. Ils ne verront pas tout ça…

Les Jeux paralympiques d'hiver

17 mars 2010

J'ai eu beaucoup de mal à trouver un sujet ce matin.

Je ne voulais pas vous reparler des régionales, mais en dehors des régionales : il n'y a rien ! C'est curieux cette élection, tout le monde s'en fout et on ne parle que de ça !

Finalement, j'ai trouvé un sujet que j'avais déjà abordé. J'ai hésité. La dernière fois ça m'avait valu une telle avalanche de courriers ! Il s'agissait d'une chronique sur les Jeux paralympiques d'été. Les handicapés c'est sacré... Le nombre de valides ayant appelé pour gueuler !

Et là, avec l'ouverture des Jeux paralympiques d'hiver, je me suis dit : « Ce serait dommage de ne pas faire la suite ! » Même vis-à-vis des athlètes, ce serait une forme de ségrégation...

Avant de commencer, j'ai une pensée pour Jean-Michel « X »... le seul handicapé à s'être fâché suite à ma chronique. Jean-Michel nous avait menacés d'un procès et avait juré de ne plus jamais écouter France Inter. D'ailleurs, c'est parce que je sais qu'il ne m'entendra pas ce matin que je me permets de traiter à nouveau ce sujet.

Jean-Michel, qui est toujours handicapé mais qui, en plus, depuis un an et demi, s'oblige à écouter Fogiel...

[Imitation Fogiel :] « Bonjour, Europe 1 va plus loin ! Aujourd'hui, on va parler des Jeux paralympiques de Vancouver, une très belle compétition qui n'a rien à envier aux Jeux olympiques pour valides. Dans quelques minutes, je serai en direct avec David Beckham, qui depuis sa rupture du tendon d'Achille a décidé de s'aligner, dans la descente hommes, aux côtés d'athlètes handicapés, une très belle preuve d'abnégation. Europe 1 va plus loin ! »

J'ai hésité à refaire ce sujet, mais après avoir regardé quelques épreuves cette nuit j'ai été convaincu : visuellement les jeux d'hiver sont beaucoup plus attrayants que ceux d'été.

Le slalom pour non-voyants, par exemple, c'est très marrant. Déjà, un skieur avec une bonne vue, il se bouffe des piquets, là, vous imaginez… Évidemment, il y a un guide qui les précède et leur indique les portes… Mais ça ne suffit pas. Et quand le guide se prend une porte, ce qui arrive, le non-voyant se prend son guide.

Le biathlon pour non-voyants aussi, c'est rigolo. Sur les épreuves de tir, faut faire gaffe. Et puis les associations de défense des animaux ont protesté : en ratant sa cible, le Norvégien Steevelson a descendu deux caribous mâles.

Le tremplin, j'avoue, ça m'a dérangé… C'est *too much* ! J'ai vu un cul-de-jatte attaché à une petite luge décoller dans les airs. Franchement, si on a interdit le lancer de nains, ce n'est pas pour plébisciter le lancer de cul-de-jatte.

La descente hommes est très spectaculaire. Il y a deux écoles : les athlètes skiant avec prothèses, et ceux préférant être reliés directement à leurs skis… (Comme pour le cul-de-jatte du tremplin.)

Hier, lors du journal d'Élise Lucet, le commentateur sportif disait : « L'athlète fait corps avec son ski. » C'est exactement ça, il fait corps : avec le système d'appareillage qu'ils portent, on ne sait plus où s'arrêtent les skis et où commence l'athlète.

Le ski avec prothèses, en cas de chute, c'est bougrement pratique. Dans la descente hommes, quand les deux tibias de l'Américain Woods ont volé dans la poudreuse… trois minutes plus tard, le temps de les recliquer sur ses genoux, il était sur pied. La même chute avec un valide, c'était évacuation en hélico, la coque et tout le bordel, puis, au mieux, six mois de rééducation !

On compte moins d'épreuves qu'aux Jeux paralympiques d'été, mais c'est beaucoup plus exaltant. Déjà, le simple fait de prendre un tire-fesses, c'est une épreuve. L'unijambiste sera beaucoup plus emmerdé que le manchot, c'est évident. Le manchot, à partir du moment où vous lui glissez la perche entre les jambes, après ça va tout seul. Faut juste ne pas oublier de la lui retirer à l'arrivée.

C'est arrivé en 76, lors de la première édition en Suède. Le type a fait un tour complet… Depuis, ils sont rodés.

L'unijambiste, au tire-fesses, il en chie. Cela dit, l'unijambiste est casse-couilles, il refuse de faire du monoski, il n'y a que le ski alpin qui l'intéresse.

Faut savoir être souple, et puis reconnaissons qu'il existe quand même des règles de bon sens : pour le hockey sur glace, c'est mieux d'avoir ses bras, pour le patin à glace : ses jambes. Un triple axel en fauteuil roulant, ça ne rime à rien.

Faut savoir être souple. Citons l'exemple du Biélorusse Ivanov, qui est à la fois cul-de-jatte et manchot. Un handicap très lourd. Ivanov a été happé par une machine agricole, vous savez, ces machines qui font des bottes de foin.

Bien, Ivanov a accepté de faire du bobsleigh et il est formidable. Même pas besoin d'une luge, on farte sa combinaison et on le lance. (« Le suppositoire de l'Est », c'est son surnom.)

Bon, je vous laisse. Cette nuit, regardez la descente femmes en fauteuil. C'est à 4 heures du matin sur France 2.

Il y a aussi le curling en fauteuil roulant, mais ça, France 2 cherche une case pour la diffusion… Un horaire où il y aurait encore moins de monde qu'en pleine nuit.

Besson, taupe du FN !

22 mars 2010

Dans quelques minutes, nous allons accueillir le grand vainqueur de ces élections régionales : M. Éric Besson.

Il y a quelques mois, le Front national était subclaquant, au bord de la faillite, proche de la dissolution pure et simple… Aujourd'hui, c'est un parti relancé, revigoré, une vraie force qui compte !

Comment ce miracle a-t-il été possible ? Voici l'histoire folle d'un homme travaillant, depuis des années et dans le plus grand secret, pour son unique mentor : Jean-Marie Le Pen…

Éric Besson : la Mata Hari de la politique française.

Tout commence dans les années 80. Après avoir échoué au concours de l'ENA, le jeune Éric emprunte 15 000 francs à sa grand-mère afin de s'offrir une pleine page dans le journal *Le Monde* pour trouver du boulot.

Jean-Marie Le Pen qui, depuis des mois, recherche une taupe, un espion dormant dans le but d'infiltrer ses adversaires politiques, répond à l'annonce et s'entiche immédiatement du petit Besson. Tout chez Éric séduit le leader frontiste.

Son physique d'abord, à la fois passe-partout et antipathique : des yeux de fouine, un menton fuyant, un vrai profil à la Iago, idéal pour trahir. L'homme doit pouvoir se faire détester rapidement.

Ses origines ensuite : naissance au Maroc, mère libanaise… idéal pour expulser des étrangers sans avoir l'air d'y toucher.

Le plan diabolique de Jean-Marie Le Pen est un coup en trois bandes : Éric doit infiltrer le Parti socialiste, démissionner avec fracas pour passer chez Nicolas Sarkozy, et, une fois au gouvernement, manœuvrer afin de relancer les thèses du Front national.

Tout est calculé, pensé dans les moindres détails pour endormir l'adversaire. Même la vie privée d'Éric Besson, son mariage avec Sylvie Brunel, une géographe baba cool et écolo travaillant dans l'humanitaire, est une couverture.

Éric consent à cette union mais jure infidélité… Une des rares promesses qu'il tiendra.

La vie d'une taupe est difficile ; Besson, qui n'a jamais connu son père, aime par-dessus tout le clan Le Pen, une véritable famille de substitution : la chaleur des dîners à Montretout, Jean-Marie racontant ses souvenirs d'Algérie et imitant comme personne le bruit de la gégène, les chants militaires scandés au dessert, les verres jetés par-dessus l'épaule, le bruit des bottes qui claquent, les dobermans aboyant dans le jardin…

Devenu membre du Parti socialiste en 93, toute cette ambiance manque cruellement au petit Éric. Au PS, il souffre. Tout l'insupporte : la folie de Ségolène, l'autoritarisme de Martine, la coquetterie d'Hollande se teignant les cheveux dans les toilettes de la rue de

Solférino… On le tutoie, on l'appelle camarade, on lui offre des roses pour son anniversaire… Seul l'humour de Georges Frêche lui rappelle l'ambiance de Montretout.

Un jour, en pleine ascension de la roche de Solutré, une balade qu'il déteste, il craque, appelle Jean-Marie et lui dit : « J'ai envie d'être avec vous à la fête de Jeanne d'Arc ! »

En février 2007, au bord de la dépression nerveuse, Éric quitte enfin le PS pour rejoindre Nicolas Sarkozy. Et, en janvier 2009, il réalise son rêve en décrochant le ministère de l'Immigration…

Au soir de son premier charter, il appelle Jean-Marie, en larmes : « Ça y est, dit-il, je l'ai fait ! » L'élève dépasse le maître…

Fin 2009, les deux premières parties de ce plan diabolique ayant fonctionné à merveille, il s'agit de mettre en place la dernière : l'organisation d'un débat sur l'identité nationale, afin de remettre au goût du jour les thèses du FN.

C'est l'appel de Montretout. Une idée lumineuse conçue par Jean-Marie Le Pen après avoir écouté du Wagner et salué son buste préféré, celui à petites moustaches.

Pour débattre, Éric Besson réquisitionne les préfectures. Les gens pourront s'y exprimer sans peur, s'y lâcher totalement.

C'est un énorme succès : tout est la faute des Noirs et des Arabes. Jamais le FN n'a connu un si bon attaché de presse au sein d'un gouvernement UMP.

La parole se libère, Hortefeux dérape, Gérard Longuet se dévoile… La Bête est de retour. Fort de ce succès, le combat continue. La taupe du FN vient d'annoncer qu'il souhaitait garder son poste à l'Immigration.

En vérité, c'est un coup à quatre bandes : Marine Le Pen présidente, Besson Premier ministre, Zemmour à la Culture. Pour une France pure et blanche, sans délinquance, sans burqa et sans rappeurs.

Guillon présente ses excuses…

23 mars 2010

Alors ce matin, rien sur l'invité, je tiens à rassurer tout le monde… Après ce qu'il s'est passé hier avec Éric Besson : rien !

Ça tombe bien c'est François Chérèque… Écrire un papier drôle sur Chérèque ? Ils viennent d'ouvrir une école du rire à Paris. Ça pourrait être l'exercice de sortie : « Faites-moi cinq minutes drôles sur Chérèque !

– Oh, non, monsieur, pas lui, c'est trop dur ! »

Rien sur l'invité, sinon ça bousille l'interview politique de Nicolas Demorand… qui d'ailleurs m'a très bien défendu hier : « Le droit à la caricature existe, M. Besson ! » C'était magnifique ! Il est très beau quand il plaide Nicolas. C'est mon « Dupond-Moretti » à moi !

Humoriste, ça devient de plus en plus compliqué. Il faut faire attention à tout, peser chaque mot… Si ça continue, c'est un métier qui va disparaître… comme maréchal-ferrant, il n'y en aura plus !

Je ne comprends toujours pas ce qui a pu énerver autant M. Besson… Violette, ma fille, est comme lui : colérique, sanguine, elle part au quart de tour. Mais bon, elle a trois ans.

Du coup, ses frères en profitent. C'est vrai que c'est tentant. Tu lui piques son doudou, elle hurle : c'est rigolo !

Pourtant il fait tout pour se détendre Besson : il court, pratique la boxe… rien n'y fait ! Il devrait se mettre au karaté comme Nicolas Sarkozy.

Le contexte a certainement joué, après la branlée de dimanche ! Mon frère est comme lui, très mauvais perdant. Au tennis, il balance sa raquette et au Monopoly, il jette ses cartes. Il est comme lui… quarante-cinq ans et totalement immature !

Franchement, si on réécoute posément mon papier… c'était une fiction, ni plus, ni moins. Je disais qu'en vérité Éric Besson avait toujours travaillé en sous-main pour le FN.

Un homme qu'on attaque toujours pour ses traîtrises, pour une fois, je le dépeins comme quelqu'un d'extrêmement fidèle et il le prend mal ! Humoriste, ça devient vraiment compliqué.

À sa décharge, il a réagi sans avoir entendu ma chronique, en se basant uniquement sur des SMS envoyés par ses amis… Des conneries, du genre : « Guillon a cité *Mein Kampf* ! »

Bon, après, tant pis pour lui s'il répète bêtement le truc à l'antenne, il se ridiculise.

Une radio de service public, tu ne peux pas dire n'importe quoi ! Nous, on vérifie nos sources, on ne travaille pas par SMS.

C'est moche d'envoyer des conneries sur le BlackBerry d'Éric Besson. Si ça se trouve, ses potes, ils l'ont fait exprès, ils se sont dit : « On est en plein remaniement ministériel, on va l'énerver, pour nous c'est tout bénef ! »

C'est un monde sans pitié la politique. À cause de tous ces SMS, Éric Besson a surréagi et m'a traité de « raciste ». Heureusement, le président de Radio France, Jean-Luc Hees, m'a présenté des excuses.

Besson qui vous traite de raciste, ça fait tout drôle. Moi, la dernière fois que j'ai mis les pieds dans un aéroport c'était pour voyager. Pas pour vérifier si le Paris-Kaboul était plein. « Tout le monde est attaché, pieds et poings, messieurs, on va pouvoir décoller ! »

Le président de Radio France s'est aussi excusé auprès d'Éric Besson au sujet des attaques physiques que j'ai proférées à son égard : « Yeux de fouine et menton fuyant. » Certains diront que ce ne sont pas des attaques physiques mais le portrait-robot d'un traître. Je ne suis pas d'accord avec eux, c'est vrai que c'est d'une violence inouïe, je n'aurais pas dû, veuillez m'en excuser.

Dans la foulée, ce serait bien que le directeur du *Monde* s'excuse auprès de tous nos hommes politiques pour les caricatures « immondes » du dessinateur Plantu : Martine Aubry en éléphant et Sarkozy entouré de mouches…

Ce qui m'effraie un peu, je vous l'avoue, c'est la conclusion d'Éric Besson, lorsqu'il dit à Nicolas Demorand : « La responsabilité de France Inter comme radio de service public, vous devriez y réfléchir ! »

Ce n'est pas sympa pour Philippe Val, cette petite phrase. Si jamais il avait eu envie de me virer en juin, maintenant, il ne peut plus, il est coincé : on dira qu'il a obéi à Besson. Heureusement qu'on s'apprécie beaucoup, ce n'est pas d'actualité.

Sinon, il reste la solution Berlusconi. L'émission politico-satirique « AnnoZero » vient d'être purement et simplement supprimée de la Rai, après injonction du Cavaliere.

La responsabilité de la Rai comme télévision de service public, Berlusconi vient d'y réfléchir… définitivement.

Papier hypergentil !

24 mars 2010

Ce matin, je vais tenter d'écrire un papier qui ne froissera personne. D'ailleurs (c'est une idée que je lance), afin d'éviter toute fâcherie, je propose dorénavant de réglementer la profession d'humoriste.

On risque de s'emmerder un peu, mais bon, c'est de notre époque. On ne peut plus fumer, plus boire : il n'y a aucune raison qu'on continue de rigoler.

Pour cela, il suffirait de créer une Charte de l'Humour national comportant une série de règles à respecter.

Premièrement, aucune plaisanterie sur le physique : la bosse de Raffarin, la taille du président, le goitre d'Édouard Balladur, c'est fini !

Même en maniant l'ironie : le *sex-appeal* de Michèle Alliot-Marie, les fesses galbées de Christine Boutin, le regard perçant de Gilbert Montagné : terminé !

La vie privée, même chose ! Untel va en Thaïlande, un autre se fait tailler une plume à l'aide d'un 357 Magnum… ou un vieux du Conseil constitutionnel s'est tapé Lady Di. Stop !

La religion aussi, c'est fini, on n'y touche plus. Les plaisanteries sur le pape : on arrête ! Les parents de Benoît XVI ont droit à la tranquillité. Vous imaginez leur calvaire ! Deux garçons : le premier a appartenu aux Jeunesses hitlériennes et l'autre a dirigé une chorale bourrée de professeurs pédophiles. J'espère pour eux qu'ils n'ont pas eu de filles…

Dernière et principale règle : ne pas être à charge ni dans l'outrance… un rire sain et positif !

Fort de ce nouveau règlement, je vais vous raconter le remaniement ministériel de lundi dernier, en respectant scrupuleusement les règles énoncées ci-dessus.

Ce matin, sur le perron de l'Élysée, l'heure est à la joie. Le président savoure le beau résultat des élections régionales… L'Alsace reste à droite !

Lovée contre lui, Carla Bruni rayonne. Au fil du temps, cette chanteuse à voix a su apaiser le côté chien fou du président. Dorénavant, son calme, son allure, sa stature de chef d'État en imposent à ses visiteurs… Même Barack Obama le jalouse. (C'est magnifique, on dirait du *Paris-Match* !)

Le remaniement du président est une réussite. En nommant Georges Tron, un villepiniste, secrétaire d'État à la Fonction publique, le président prouve une fois de plus qu'il sait pardonner, se placer au-dessus des clans et des mesquineries.

Tron, un patronyme qui claque et un charisme indéniable, l'homme providentiel qu'il fallait pour redonner espoir aux Français. (J'espère que la direction m'écoute, je suis au taquet !)

Malheureusement le bonheur du président est imparfait : ce matin, il doit se séparer du très charismatique Xavier Darcos.

Un voile de tristesse vite dissipé par l'arrivée d'Éric Besson, cet homme sympathique et enjoué apporte bonheur et sérénité partout où il passe. Des qualités précieuses pour diriger le ministère de l'Immigration.

On raconte que certains sans-papiers, rassurés par son côté humaniste, se portent volontaires pour rentrer chez eux.

Tiens, mais qui est ce cow-boy rock and roll et grisonnant qui apporte lui aussi de la joie ? C'est Jean-Luc Hees, l'emblématique président de Radio France. Il salue Nicolas Sarkozy et s'excuse immédiatement.

[Voix Hees :] Désolé, président, ce matin, le billet d'humour de qui vous savez n'était pas de très bon goût !

[Nicolas Sarkozy :] Vous excusez pas Jean-Luc, j'adore ce garçon. Il me fait rire. Y a toujours eu des chansonniers à France Inter. C'est la tradition.

[Jean-Luc Hees :] Vous croyez président ? Pardon tout de même, mes excuses !

[Nicolas Sarkozy :] Détendez-vous Jean-luc, c'est de l'humour. Souvenez-vous de la lettre que j'avais adressée à Philippe Val lors du procès des caricatures… J'avais dit : « Je préfère l'excès de caricature à l'absence de caricature. »

[Jean-Luc Hees :] Vous êtes trop bon président.

[Nicolas Sarkozy :] Bon, écoutez Jean-Luc, je peux pas vous parler, je suis en plein remaniement, faut que je vire Darcos. Embrassez toute l'équipe de « La Matinale » pour moi, et dites à Thomas Legrand que j'ai adoré son livre *Ce n'est rien qu'un président qui nous fait perdre du temps* publié chez Stock, c'est formidable !

[Jean-Luc Hees :] Justement président, je voulais aussi m'excuser pour ça.

[Nicolas Sarkozy :] Arrêtez de vous excuser Jean-Luc, et vous mettez pas à genoux dans la cour, c'est lourdingue. C'est un pamphlet très rigolo, c'est brillant, il en a vendu combien ?

[Jean-Luc Hees :] 25 000, c'est un succès énorme, je suis désolé.

[Nicolas Sarkozy :] Dites-lui qu'il faut qu'il tape les 50 000 et détendez-vous Jean-Luc, un ancien journaliste de gauche comme vous, j'ai l'impression que vous avez passé votre vie au *Figaro*.

Voilà, promesse tenue : papier sans aucune méchanceté.

Camarades auditeurs, je vous retrouve lundi pour un papier humoristique sur le Jardin des Plantes. Et mardi, mon billet portera sur le grand aquarium de Vannes. Rire et bonne humeur garantis.

L’appel du Zébra

30 mars 2010

Ah là, là… La vengeance de France Inter !… La mégavengeance d’Inter, en pleine affaire « Besson-Guillon », faire une émission en direct de la Cité nationale de l’histoire de l’immigration. Le bras d’honneur !

C’est tout France Inter ça : une grande radio, libre, insolente et indépendante.

L’histoire s’est jouée en trois actes.

Premier acte : Jean-Luc Hees, notre président, présente des excuses à Éric Besson, histoire d’endormir l’adversaire.

Deuxième acte : la stupeur et l’incompréhension règnent, les syndicats ne comprennent pas les excuses de leur président, on évoque le droit à l’humour. Une partie de la presse se déchaîne : « M. Hees est un béni-oui-oui aux ordres du gouvernement. » En immense stratège, Jean-Luc laisse dire.

Troisième acte : la réponse de France Inter, l’idée géniale de Jean-Luc, ce que nous appellerons désormais « l’appel du Zébra ».

Oui, le Zébra (que je vous explique quand même) est le café mythique, face à la Maison de la Radio, où notre président prend ses plus grandes décisions.

Par exemple, c'est précisément là que M. Hees a eu l'idée de rapporter un morceau du mur de Berlin. Morceau exposé en plein air, à l'extérieur du bâtiment, et qui fait le bonheur des chiens du quartier.

Triste sort : être devenu un symbole de liberté et, vingt ans plus tard, se faire uriner dessus par tous les caniches du 16e ! Le destin tragique de ce morceau de béton devrait en faire réfléchir plus d'un.

Mais revenons à nos moutons, l'appel du Zébra, l'idée géniale de Jean-Luc : « Les enfants », nous a-t-il dit l'autre jour en tapotant son verre à l'aide d'un couteau, « nous allons faire une émission en direct de la Cité de l'immigration, lieu ô combien symbolique. Stéphane Guillon fera sa chronique… bras d'honneur ultime à M. Besson… »

À ce moment-là, les hourras et les vivats fusèrent. Face à l'adversité, la grande famille d'Inter était de nouveau réunie. On s'embrassait, on pleurait comme des veaux. Tout le monde y allait de son compliment.

« Génial, Jean-Luc, le coup des fausses excuses !

– Tu m'as foutu la trouille, tu sais qu'on y a tous cru !

– Ça fait du bien de te retrouver vieille canaille ! »

À cet instant, Jean-Luc déclara : « Je ne vous ai jamais abandonnés les gars ! Moi, mon truc c'est le jardinage, alors les taupes, vous imaginez ! » Éclat de rire général.

« Papa !, criai-je.

– Mon fils », me dit Jean-Luc en me serrant dans ses bras.

La joie et la fierté inondaient chaque visage. Même Philippe Val fit un discours… Il éprouva quelque difficulté à s'exprimer, deux mois qu'il n'avait rien dit !

Mais, très vite, on a retrouvé le grand Philippe, celui des caricatures de Mahomet !

Et ce matin, enfin, c'est le grand jour, je suis en direct de la Cité nationale de l'histoire de l'immigration, bâtiment magnifique, ultramoderne, rendant hommage à deux siècles d'immigration.

En arrivant, le directeur m'a accueilli à bras ouverts.

« Ah, Stéphane, je suis tellement heureux de vous voir. Bientôt vous aurez votre buste dans cette entrée !

– Mais pourquoi cet honneur monsieur le directeur ?

– Un homme traité de "raciste" par M. Besson a forcément droit à une statue. »

Ensuite, on m'a fait faire une visite guidée de la Cité à travers un dédale de pièces lumineuses.

Les heures heureuses : la France terre d'accueil, la France faisant appel à des milliers d'immigrés afin de reconstruire un pays ravagé par la guerre, les trente glorieuses, etc.

Les heures plus sombres : la crise économique de 74, l'émergence des bidonvilles, la France qui refoule ses immigrés : les premiers « sans-papiers » !

Puis, alors que la visite touchait à sa fin, je suis tombé sur une salle toute noire, sinistre…

« Qu'est-ce ?, demandai-je au directeur.

– C'est la salle Éric Besson.

– Et l'autre à côté, tout aussi sombre ?

– C'est la salle Éric Zemmour !

– Mais pourquoi autant de tristesse ?

– Voyez-vous, me dit-il, depuis deux siècles, malgré les difficultés, les crises, la France n'avait jamais renvoyé d'hommes et de femmes dans un pays en guerre. Aujourd'hui, avec les charters d'Afghans, c'est chose faite. »

À ce moment-là, la lumière s'est allumée. C'était ma femme. « Réveille-toi, tu dois partir à France Inter. » Tout ça n'était qu'un rêve. En ce moment, avec les changements d'heure, je fais des rêves bizarres.

Voilà, dernier papier sur Éric Besson. Ce matin, j'aurais aimé vous parler d'autre chose, mais avouez qu'en étant ici, en direct de la Cité de l'immigration, c'était tentant…

Un Paris-Martinique à 116 500 euros

31 mars 2010

Ce matin, je vais prendre la défense d'Alain Joyandet, notre secrétaire d'État à la Francophonie. (Vous voyez, je peux prendre la défense d'un membre du gouvernement, je ne suis pas bêtement à charge.)

Alain Joyandet à qui l'on reproche l'utilisation d'un « Falcon 7X » pour un déplacement en Martinique le lundi 22 mars dernier, alors qu'il aurait pu utiliser un avion de ligne traditionnel.

De nombreuses compagnies assurent cette liaison. Prix d'un aller-retour : 4 000 euros en classe affaires, meilleur marché c'est vrai que les 116 500 euros payés par le contribuable afin que M. Joyandet jouisse des avantages du « Falcon 7X ».

En période de crise ça coince un peu. Mais les gens sont rabat-joie. Le Falcon c'est un trip. Hier, *Le Parisien* publiait une photo de l'intérieur de l'appareil, c'est magnifique : les fauteuils sont en cuir, modulables… On peut y aller avec des putes ! [Un temps.] À ce prix là, ne soyons pas vulgaires à moitié. D'autant qu'ils étaient quatre dans un avion pouvant accueillir quatorze personnes.

Ça fait scandale, l'opinion publique est révoltée, « La France compte 8 millions de pauvres », patati, patata… alors 116 500 euros pour un déplacement de trente-six heures en Martinique, « c'est inadmissible »…

Ce sont les mêmes qui avaient protesté au sujet du dîner du « sommet de la Méditerranée » au Grand Palais : 5 367 euros le couvert.

Le pauvre est casse-couilles !

D'où ma proposition d'embarquer avec des putes, faire les choses à fond ! Je pense que les Français pardonnent plus facilement un véritable écart. Faites le test, dites à un ami :

« Dis donc, t'as vu que l'autre là, le secrétaire d'État, il a pris un Falcon pour aller en Martinique : 116 500 euros l'aller-retour !

– C'est scandaleux, c'est avec notre pognon, ils se croient tout permis les gars, on est dans une République bananière !

– Et tu connais pas la meilleure ?

– Non ?

– Y avait cinq putes à bord !

– Tu sais quoi, ça ne l'excuse pas, mais ça me le rend plus sympathique ! Au moins, il s'est éclaté. »

Évidemment, pour sa défense, Alain Joyandet avance des arguments solides. Le lundi 22 mars, il n'a pas pu prendre un avion de ligne car il avait, je cite : « Des horaires et un agenda serrés. »

Ça, c'est un argument qui peut s'entendre. Moi, combien de fois j'ai dit à ma femme : « Écoute chérie, ça va nous coûter 116 500 euros mais, aujourd'hui, j'ai une très, très grosse journée, je ne peux pas faire autrement ! »

C'est ce qu'il a dû dire à Mme Joyandet, qui lui a répondu :

« 116 500 euros, tu es fou mon amour !

– T'inquiète pas ma carotte, c'est le contribuable qui paye !

– Ah, je préfère, tu m'as fait peur Alain. »

Si ç'avait été son propre argent, peut-être qu'Alain Joyandet se serait arrangé pour décaler un ou deux rendez-vous et prendre un avion de ligne. La question mérite d'être posée.

Hier, Joyandet a promis qu'à l'avenir il ferait attention. Oui, mais quand même, 116 500 euros c'est une somme. Surtout que ce n'est pas la première fois : c'est sa marotte les Falcon…

Moi, ce que je propose pour clore cette polémique, c'est que Joyandet, qui possède une très belle société de bateaux de plaisance, en vende un ou deux et rembourse l'État. Ou mieux, qu'il fasse un don aux sinistrés d'Haïti.

Oui, parce que là où l'histoire prend toute sa saveur, c'est que ce fameux lundi 22 mars Joyandet se rendait en Martinique pour présider une conférence sur la reconstruction d'Haïti !

116 500 euros, pour un Haïtien, c'est énorme ! Là-bas, le revenu par habitant est de 2 euros par jour. J'ai fait un rapide calcul, avec 116 500 euros on peut faire vivre deux Haïtiens pendant soixante-dix-neuf ans. Ou bien un seul mais, du coup, on lui donne 4 euros par jour et là, c'est la fête, la gabegie, royal au bar !

Soyons justes, Alain Joyandet avait un véritable problème de planning. Non seulement sa journée du lundi était ultrabookée mais, en plus, il devait être rentré impérativement avant 10 heures pour le Conseil des ministres du mercredi !

Normalement, la présence d'un secrétaire d'État n'est pas obligatoire. Mais c'était le premier Conseil des ministres après le remaniement et le gouvernement se devait d'être au complet pour la photo.

Et puis franchement, vous imaginez un Conseil des ministres sans Alain Joyandet, le ramdam que ça aurait provoqué, le tohu-bohu ? Les gens se seraient inquiétés :

« T'as vu ce matin ? Y avait pas Alain Joyandet !

– Non !

– Si j'te jure !

Ah ?... Vous ne voyez pas qui c'est Alain Joyandet ? Un grand avec une tête de... une tête de... [Chuchoté.] Aucune attaque sur le physique.

Vous ne voyez pas qui c'est ! Bah, renseignez-vous, demandez à voir la photo du Conseil des ministres... À 116 500 euros sa présence, c'est la moindre des choses... Que vous en ayez au moins pour votre argent !

Pardonnez-leur, Seigneur… ils ne savent pas ce qu'ils font !

6 avril 2010

Ah, ça nous a un peu gâché notre lundi de Pâques toutes ces histoires de pédophilie dans l'Église. Les cloches sonnaient bizarrement ce week-end.

J'espère que le Père Noël se tient à carreau… Il ne manquerait plus qu'on découvre un vaste réseau de Pères Noël pédophiles, et ce serait la fin du catholicisme !

Il y a peu de chances. Il semblerait que, lors de son long périple à travers la Laponie, les lutins comblent toujours parfaitement le Père Noël.

C'est terrifiant ces révélations. L'autre jour, le journal *France Soir* établissait une cartographie de la pédophilie en milieu ecclésiastique, le monde entier est touché : Europe, États-Unis, Australie…

L'avantage c'est qu'on n'est pas dépaysé : des diocèses où l'on peut se faire violer, on en trouve partout. C'est comme les auberges de jeunesse, les McDo ou les hôtels Mercure… où qu'on aille, on trouve le même service.

Les chiffres sont effrayants : 3 000 cas aux Pays-Bas, 11 000 au États-Unis, 35 000 en Irlande… Vous me direz c'est une île : à part boire du whisky, il n'y a rien d'autre à faire.

La France, bizarrement, est plutôt épargnée : une trentaine de cas, pas plus. Encore un secteur où l'on arrive dernier…

Monseigneur Gaillot sauve l'honneur : hier, dans les colonnes du *Parisien*, il confessait avoir hébergé un prêtre pédophile dans les années 80... l'abbé Vadeboncœur. (Ses petites victimes le confirment, il y allait effectivement de très bon cœur !)

Malheureusement, tous ces drames jettent un voile de suspicion sur l'ensemble de l'Église, alors que la plupart des prêtres sont des gens formidables.

Aujourd'hui, on imagine aisément l'angoisse des parents allant chercher leur progéniture au catéchisme : « Alors, ça s'est bien passé, mon ange ?

– Oui, maman.

– Vous avez fêté Pâques ?

– Oui, l'abbé avait caché deux œufs sous sa soutane, on devait les trouver ! »

Conséquence de toutes ces histoires, Benoît XVI est dans la tourmente... Lui qui, jusqu'à présent, bénéficiait d'une très belle image, pas de bol !

Parfois, je pense aux parents du pape, ils ont deux fils : l'un a appartenu aux Jeunesses hitlériennes et l'autre a dirigé la chorale de Ratisbonne, célèbre spot de prêtres pédophiles.

Chez Mireille Dumas, cela aurait fait une putain d'émission ! [Imitation :] « Monsieur et madame Ratzinger bonsoir, vous avez deux fils, un ayant fait partie des Jeunesses hitlériennes, l'autre ayant dirigé une chorale abritant des prêtres pédophiles. Vous avez une fille, peut-on savoir ce qu'elle fait dans la vie ? »

Le principal grief reproché au pape est d'avoir couvert les agissements du père Murphy, accusé d'abus sexuels sur 200 enfants sourds et muets.

Benoît XVI savait-il que les enfants étaient sourds et muets ? C'est la question. Si ça se trouve, en fait, il a été très réactif, il a appelé le diocèse du père Murphy et demandé à parler à deux, trois enfants : « Allô, c'est le cardinal Ratzinger. Allô ?... Allô ? » Mais comme aucun n'a répondu... il en a conclu que tout allait bien. C'est possible.

Tous ces drames relancent évidemment le débat sur le mariage des prêtres. L'abstinence, c'est trop dur. Il faut que le Vatican fasse un geste, qu'il autorise au moins la possession d'une poupée gonflable. Une version femme et une version homme.

Un modèle parlant, vous appuyez sur un bouton, la poupée dit : « Oui, mon père ! » Tout, sauf un gosse, c'est mieux quand même !

On fait un essai, on expose deux, trois modèles dans un magasin de bondieuseries à Lourdes... Si ça se vend, si ça fait un carton, on continue !

J'espère en tout cas qu'avec toutes ces histoires la religion catholique ne va pas sombrer ou disparaître. Pour nous les humoristes ce serait catastrophique : c'est la seule religion sur laquelle on peut encore déconner. L'autre jour, dans les archives du théâtre Dejazet, j'ai retrouvé une affiche des duettistes « Font et Val ». C'était une caricature : Philippe Val, notre directeur bien-aimé de France Inter, et Patrice Font sodomisaient un curé qui avait la tête de François Léotard, alors ministre de la République.

Vous vous rendez compte ? Aujourd'hui, vous dites à un ministre « dents de lapin », « bouche en canard » ou « œil de fouine », on est au bord de l'insurrection... Alors qu'il y a à peine vingt ans, on pouvait sodomiser un ministre en toute tranquillité.

Pardonnez-leur, Seigneur, ils ne savent pas ce qu'ils font !

C'est quelqu'un qui m'a dit…

7 avril 2010

Mais qu'est-ce que c'est que cette histoire de rumeur ? Le 9 mars dernier, le site du *JDD* titrait sur les difficultés supposées du couple présidentiel : madame se serait amourachée d'un chanteur à succès, un ténébreux gainsbourien, et monsieur se consolerait dans les bras d'une championne de karaté… Toutes les nuits, Nicolas oublierait son chagrin dans des « uchi-dachi » frénétiques.

Immédiatement, la rumeur alimentant la rumeur, la Toile s'est s'enflammée : madame ne met plus les pieds au château, monsieur s'est remis à écouter du Mireille Mathieu, à bouffer des chocolats et à porter sa Rolex…

Risibles, délirants, des ragots comme il en circule chaque jour sur Internet. Dans le même genre, Michael Jackson est toujours vivant, il devait réapparaître à Pâques, mais une mauvaise météo a empêché Bambi de quitter l'île Moustique où il s'est réfugié pour écrire un nouvel album : *This is not it !*

Puis, soudain, Internet allant très vite, un scoop chassant l'autre, on est passé à autre chose. Lagardère, le patron du *JDD* s'est excusé, les deux pigistes à l'origine de la rumeur ont été virés… Carla et Nicolas s'aiment comme au premier jour : adieu karaté et mélopées gainsbouriennes.

Seulement voilà, dimanche, patatras ! Pierre Charon, le conseiller en communication du président, rallume la mèche.

À propos de cette rumeur, M. Charon parle d'ignominie, de complot, d'opération de déstabilisation du couple orchestrée par des intérêts étrangers.

À l'entendre, on a l'impression que la France a été envahie par la Russie. Il faut se calmer, c'est juste une rumeur d'adultère, Machin aurait conté fleurette à Machine : point !

[En aparté.] « Conter fleurette » c'est bien, il y avait aussi « tremper son chicon » mais, en ce moment, je fais attention.

Résultat, cette histoire passée quasi inaperçue fait aujourd'hui la une de vos journaux. Bravo Pierre Charon ! Pour un conseiller en communication c'est balaise. Normalement, quand tu gères l'image de quelqu'un, tu es payé pour la protéger, pas pour la niquer !

Il faut absolument que l'entourage du président réagisse, soit plus vigilant. Imaginez que Nicolas Sarkozy souffre de diabète et que son cuisinier attitré lui mitonne des sucreries du matin au soir…

En plus, s'il ne s'est rien passé, si le couple est d'une fidélité à tous crins… pourquoi un ton aussi belliqueux ?

Pas très malin ! C'est comme si soudain, la mère de Michael Jackson déclarait à la presse : « Je vous assure que Bambi n'est pas passé à la maison hier, tous ceux qui l'écriront seront poursuivis et anéantis ! » Ça mettrait la puce à l'oreille…

Cela dit, à la décharge de Pierre Charon, son vrai métier n'est pas la communication mais la chasse et, plus particulièrement, l'organisation des chasses présidentielles à Chambord. Une trentaine de parlementaires, préfets, patrons du CAC 40, qui butent joyeusement du gros gibier.

Lorsque la société des journalistes du *JDD* dénonce la violence du ton de Pierre Charon, ils ne prennent pas assez en compte sa passion pour la chasse. Quand Charon déclare : « Nous faisons de cette ignominie un *casus belli*. Nous irons jusqu'au bout, la peur doit changer de camp ! », il se croit toujours à Chambord, cartonnant à bout portant un gros sanglier sous sédatif.

Oui… si l'animal est trop vif, Charon rate sa cible. Je n'ai plus le droit d'évoquer le physique des gens, mais allez donc voir sa photo sur Internet… Vous comprendrez qu'il est incapable d'abattre un animal en pleine santé.

Chirac avait aboli ces chasses présidentielles, les jugeant monarchiques et vulgaires. Sarkozy les a rétablies. C'est paraît-il un moyen formidable pour entretenir ses réseaux et cultiver ses influences. Charon a ainsi déclaré : « Je rapporte à Nicolas Sarkozy ce que je picore à Chambord. »

Depuis quelques jours, Rachida Dati est accusée d'avoir alimenté la rumeur sur le couple présidentiel. C'est pour cette raison qu'on lui aurait confisqué sa bagnole et ses gardes du corps.

Rachida, qui fut elle-même victime de rumeurs à propos de l'identité du père de la petite Zohra.

Ça y est, je sais ce qui s'est passé ! Alors que Bernard Laporte était à Strasbourg pour récupérer sa fille, la petite Zohra, Rachida lui a dit : « Tu ne connais pas la dernière ? Carla est avec… [bip] et du coup Nicolas est parti avec… [bip]. » Dès le lendemain, Bernard Laporte, innocent les mains pleines, est invité à Chambord. Il se livre à Pierre Charon, qui picore l'histoire et la rapporte au président.

Il paraît même que Michael Jackson était présent à Chambord. Bambi mettant en joue un cerf. Du jamais vu !

Vous n'étiez pas au courant ?

12 avril 2010

Ah ! Ça nous a bien occupé l'esprit toutes ces histoires de rumeurs ! Les accusations, les démentis. Carla jurant qu'il n'y a pas eu d'enquête de police. Une heure plus tard, le chef du contre-espionnage affirmant que si !

La vérité est beaucoup plus simple... Carla et Nicolas n'ont pas été infidèles, ils n'ont jamais été ensemble.

Vous n'étiez pas au courant ? C'est un faux couple ! Carla a signé un contrat de cinq ans pour être présente au côté du président. Ils se voient trois fois par semaine, dîners officiels, cérémonies, voyages, etc.

Et ça, c'est véridique, c'est une source sûre. Je tiens ça d'un gars qui connaît le fleuriste officiel de l'Élysée !

C'est une histoire entièrement arrangée. Souvenez-vous, Cécilia venait de partir, le président ne pouvait pas rester seul et c'est Jacques Séguéla, un publicitaire, qui a organisé la rencontre, le casting.

À l'époque, plusieurs vedettes avaient été approchées : Isabelle Adjani, Laurence Ferrari, Mylène Farmer... Mylène qui a très mal vécu le fait de ne pas être retenue. Depuis, chaque fois qu'elle se rend à l'Élysée, elle n'est pas bien. L'autre jour, elle s'est vautrée sur le perron... elle est super mal.

Vous n'étiez pas au courant ? Tout est bidon. Souvenez-vous du jour où, pour la première fois, on a vu ensemble Carla et Nicolas. C'était à Disneyland !

On ne démarre pas une histoire d'amour à Disneyland ! Eh bien, c'était une idée de Jacques Séguéla, il fallait un sponsor, il les a emmenés chez Mickey. Pour Disney, c'est un énorme coup de pub : aujourd'hui encore, il y a des gens qui demandent la suite « Bambi » chambre « Panpan » où tout a commencé.

Tout ce que je vous raconte, c'est vraiment du sûr. Je tiens ça du gars qui gare les voitures dans la cour de l'Élysée, vous imaginez !

Attention, première dame de France, c'est un super boulot. Question notoriété, aura internationale, il n'y a pas d'équivalent !

En plus, il paraît qu'au niveau des avantages, Carla a très bien négocié son contrat. Par exemple, elle avait le droit de placer cinq copains à des postes importants. D'ailleurs, à France Inter, on en a récupéré un.

Première dame, c'est un super job ! Elle a juste refusé « le TGV pièces jaunes ». Se coltiner Lorie et David Douillet, elle leur a répondu : « Même pas en rêve ! »

Alors ce qui est en train de se passer, je vais vous le dire, et c'est la raison pour laquelle il y a tout ce bordel depuis quelques jours, il se passe que… Carla a signé pour cinq ans, un quinquennat.

Et là, en prévision d'un deuxième mandat, ils veulent absolument la faire resigner tout de suite pour cinq ans.

Mais elle, elle hésite, c'est pour cette raison qu'elle a évoqué dans les médias la santé de son mari, « sa fatigue, la lourdeur de la tâche ».

Elle hésite vachement, mais il faut la comprendre. C'est une fille qui a toujours été très rock and roll, elle aime la fête, les virées, les copains. Et là, vous imaginez ? Croiser tous les jours Claude Guéant, Henri Guaino et Pierre Charon… Elle passe de Woodstock au Bal des vampires.

Même au niveau culturel, c'est un choc : enfance au sein de l'aristocratie turinoise, père compositeur d'opéra, mère concertiste. Et, tout à coup, elle est confrontée à l'univers d'un Frédéric Lefebvre. C'est l'horreur !

Finalement, Carla vient d'accepter de resigner pour cinq ans… (Je tiens ça du caviste officiel de l'Élysée.)

Et du coup c'est Rachida Dati qui est furieuse, à cause de la petite Zohra qui ne voit jamais son papa depuis qu'il est président.

Ah, vous n'étiez pas au courant ? Zohra Dati c'est la fille de Nicolas Sarkozy, c'est sa Mazarine à lui. Tous ceux qui l'ont vue à la crèche de Strasbourg vous le diront, c'est son portrait craché : petite, brune, agitant sans cesse les épaules. Ils l'ont briefée pour qu'elle ne dise rien, mais dès qu'elle ouvre la bouche, on sait qui c'est : [Imitation :] « Je m'appelle Zohra Dati, j'ai deux ans et demi et j'ai jamais connu mon papa. »

Bref, quand Rachida apprend que Carla a accepté un deuxième mandat, elle devient hystérique et invente cette rumeur d'adultère. En représailles, Sarkozy lui confisque sa voiture et ses gardes du corps. Furieuse, Rachida menace de tout balancer à la presse… Et là, halte au feu, Carla se précipite à Europe 1 pour jurer que Rachida reste l'amie du couple… Alors qu'en vérité ils ne peuvent pas la blairer.

Depuis, tout est rentré dans l'ordre. Chacun a promis de faire un effort. La petite Zohra a passé le week-end au calme chez son papy… Édouard Balladur. Ah, vous n'étiez pas au courant non plus ? Balladur est le vrai père de Nicolas Sarkozy.

[Fin en chuchotant.] Je tiens ça d'un gars très haut placé, dont je ne peux malheureusement pas vous dire le nom, mais croyez-moi, c'est du sûr…

Le crash de Nicolas Sarkozy

13 avril 2010

J'ai été traumatisé par le crash du président polonais Lech Kaczynski. J'ai trouvé ça très violent et du coup, cette nuit, j'ai fait un cauchemar : Nicolas Sarkozy et une partie de son gouvernement mouraient dans un accident d'avion.

Je me suis réveillé en sursaut, en criant : « Non, non, touchez pas au président et à son équipe ! »

C'est fou comme le fait de chambrer des gens, de rire à leurs dépens, crée un attachement.

C'était un rêve très bizarre. Le président Sarkozy se crashait en allant à Bruxelles. Et le lendemain une partie du gouvernement, enfin, ceux qui restaient, attendaient sa dépouille sur le tarmac de l'aéroport de Villacoublay.

La cérémonie était retransmise en direct sur LCI.

Il y avait la garde républicaine, les motards… C'était magnifique.

Le tout commenté par deux présentateurs : Vincent Hervouët et Hervé Mathoux. C'était un rêve, c'est assez confus.

[Musique classique, requiem.]

« Beaucoup, beaucoup d'émotion, Vincent, sur le tarmac de Villacoublay alors que la dépouille de Nicolas Sarkozy est attendue d'un moment à l'autre. La garde républicaine, en tenue de deuil, devrait entonner dans quelques minutes une sonnerie aux morts. François Fillon vient d'arriver en compagnie d'Éric Woerth, Christine Lagarde et Nadine Morano. Ils ne sont plus que trois ministres. François Fillon, qui s'est entretenu un long moment avec la famille du président…

– Absolument, Hervé. Famille au grand complet puisque les deux anciennes épouses de Nicolas Sarkozy, Marie-Dominique et Cécilia, entourent Carla Bruni… Une Carla entièrement recouverte d'un crêpe noir, dessiné cette nuit par John Galliano. La première dame masquée d'un voile… Image ô combien symbolique alors qu'on est en passe d'interdire le port de la burqa.

– Tout à fait, Vincent. Alors qu'au moment où nous parlons, Xavier Bertrand, submergé par l'émotion, vient de s'évanouir. Très affecté également, le président de Radio France, Jean-Luc Hees, déclarait à notre micro il y a quelques minutes avoir perdu son deuxième papa.

– Beaucoup d'émotion, mais pas chez tout le monde, Hervé. Il m'a semblé voir quelques sourires dans l'assistance, notamment Dominique de Villepin, arrivé ici parmi les tout premiers. Un Villepin rayonnant, serrant des mains, déjà en campagne… Ce qui en a choqué certains. On notera également l'attitude des membres du PS : Martine Aubry, DSK, Laurent Fabius, Manuel Valls et j'en passe… Qui se sont déclarés candidats à la présidence dix minutes à peine après l'annonce du crash de Nicolas Sarkozy.

– Oui, Vincent, il y a un délai de décence à respecter. Alors que l'avion ramenant la dépouille du président vient tout juste de s'immobiliser sur la piste. Je vous rappelle le terrible bilan humain de cette catastrophe : 41 morts, parmi lesquels figurent Brice Hortefeux, Michèle Alliot-Marie, Christian Estrosi… mais aussi Jean-Louis Borloo, qui détestait l'avion et avait pris l'habitude d'avaler plusieurs whisky-Coca avant d'embarquer. Également à bord, le regretté Éric Besson… Tragique clin d'œil du destin, celui qui forçait les sans-papiers à s'envoler a péri en plein ciel.

– Effectivement Hervé, il y a parfois des signes du destin. Signalons également qu'à l'heure où nous parlons la dépouille de M. Besson se trouve toujours à Bruxelles car ni sa famille, ni l'UMP, ni évidemment le Parti socialiste ne souhaitent la récupérer.

– Ah Vincent… On me souffle dans l'oreillette que l'ADF, l'Association de défense des fouines serait prête à accueillir la dépouille du ministre… Très beau geste, s'il en est.

– Je vous interromps Hervé, le cercueil de Nicolas Sarkozy vient de sortir de l'appareil… On écoute l'hommage de la garde républicaine… [Sonnerie aux morts.] Moment d'intense émotion. C'est un tout petit cercueil, un cercueil d'enfant, recouvert d'un drapeau bleu, blanc, rouge. Nicolas Sarkozy, dont l'avion s'est crashé hier matin sur l'aéroport de Bruxelles.

– Je vous rappelle qu'une polémique orchestrée par Frédéric Lefebvre met en doute les compétences des pilotes de l'Airbus. Frédéric Lefebvre qui, décidément, ne rate jamais l'occasion de fermer sa bouche. Quel dommage Vincent, pardonnez-moi ce mot, qu'il n'ait pas été à bord.

– Quel dommage effectivement Hervé, mais pour l'instant, place au recueillement ! » [Fin de la sonnerie aux morts.]

Voilà, et à ce moment-là, ce moment précis… je me suis réveillé en hurlant. Dans mon rêve, Nicolas Sarkozy avait un frère jumeau… Exactement comme le président polonais.

Sarkozy : patron de l'année !

14 avril 2010

Il paraît que Nicolas Sarkozy va nommer Alexandre Bompard, actuel P-DG d'Europe 1, à la tête du groupe France Télévisions. Du coup, ça relance l'éternel débat entre la séparation des pouvoirs et des médias. Bompard étant un ancien conseiller de François Fillon, la suspicion est permise.

Hier, le journal *Libération* titrait : « France Télévisions, plus belle la vis ! »

Je tiens à rassurer tous les salariés de France Télévisions : techniciens, journalistes, animateurs... Ici, à Radio France, ça va faire un an qu'on a un président nommé directement par Nicolas Sarkozy, et ça se passe super bien ! C'est un enchantement permanent, il y a une ambiance, une atmosphère... magiques !

Nos dirigeants sont très présents, ils nous parlent, ils nous rassurent... tout le monde, ici, sait d'ores et déjà ce qu'il fera l'année prochaine... On ne connaît pas du tout ce côté anxiogène du « Oh là, là, qu'est-ce que je vais devenir en septembre ? » Du tout !

Moi-même – je ne peux parler que de mon cas personnel –, j'ai été plusieurs fois reçu et l'on m'a toujours dit :

« Attends, tu fais partie de l'équipe, t'es avec nous à la rentrée... à la même heure, 7 h 55, on tient absolument à ce que tu fasses le portrait de l'invité, ça nous fait hurler de rire. Pas de parano Stéphane, on t'aime !

– Merci, Philippe !

– Et viens bouffer à la maison avec ta femme et tes enfants ce week-end !

– Ah, bah non, tu m'as déjà invité y a quinze jours !

– Attends, ça me fait plaisir, tu viens bouffer ! »

C'est une vraie famille. Il ne faut surtout pas que les salariés de France Télévisions flippent, on ne peut rêver mieux que d'avoir un patron directement nommé par le pouvoir.

Comment vous convaincre ? On connaît avec notre direction, la même qualité d'écoute que les habitants de L'Aiguillon-sur-Mer avec leur préfet, lorsqu'il s'agissait de raser leurs maisons.

[Musique.]

« Arrêtez de pleurer madame Leblanc, on sait ce que c'est qu'une maison de famille, les souvenirs, les odeurs, le grand-père qui n'est plus là, la grand-mère qui préparait les confitures, les enfants qui ont appris à naviguer sur un Optimist au club de voile. Nous aussi on a des maisons de famille ; mon patron, M. Sarkozy, est très attaché au cap Nègre, la maison d'enfance de sa femme… Alors, vous imaginez bien, madame Leblanc, qu'on va pas raser cinquante ans de souvenirs d'un coup de bulldozer, comme ça, de façon arbitraire et technocratique. Arrêtez de pleurer ! » [Fin de la musique.]

J'espère maintenant que les salariés de France Télévisions, ceux qui m'écoutent, sont totalement rassurés.

Oui, bien sûr, il y aura quelques ajustements, c'est inéluctable. Mais quoi de plus naturel : un nouveau patron imprime toujours sa patte… Nous, ici, on a appris à connaître les goûts, les desiderata et les humeurs de… de… de Nicolas Sarkozy.

Quelque part, c'est chouette que France Télévisions et Radio France aient le même patron. Au niveau des sorties, des activités proposées par le comité d'entreprise, on va bien se marrer.

Bon… il y a fort à parier qu'on assistera à certains ajustements au niveau des programmes, c'est fatal. Par exemple, je pense que ma collègue Anne Roumanoff ne pourra plus plaisanter comme elle le faisait dans l'émission dominicale de Michel Drucker. Hier, j'ai réécouté une de ses chroniques… C'était à propos de la rencontre de Carla et Nicolas à Disneyland. Roumanoff disait : « Chez Disney, ils n'avaient jamais vu ça : Blanche-Neige qui épouse le nain ! » Attaque physique ! Un peu plus tard, elle compare le sexe du président à un bigorneau : re-attaque physique !…

Ça, ça ne sera plus possible. Ou alors, il va falloir qu'Alexandre Bompard s'entraîne à conjuguer le verbe « s'excuser » à tous les temps possibles : « Que j'aie excusé », « que j'excusasse », « que j'eusse excusé ».

Ne paniquons pas, c'est très bien tous ces changements. Et puis, pour Carla Bruni, c'est une excellente nouvelle que France Télévisions soit dirigée par son mari : auparavant, pour s'épancher sur sa vie de couple, elle n'avait que le journal d'Europe 1. Maintenant, elle pourra se confesser au 20 heures de David Pujadas. Nous raconter qu'elle aime son Nicolas, son amoureux, son mari, comme au premier jour, qu'il travaille beaucoup, qu'elle s'inquiète pour sa santé, qu'il dort à droite, elle à gauche… Que des choses essentielles !

David Pujadas conclura l'entretien par un : « Merci Carla Bruni pour ce magnifique instant de vérité... Nous vous retrouvons sur cette même chaîne dans quelques minutes puisque vous êtes nominée aux Victoires de la musique où, dit-on, vous avez toutes les chances de l'emporter ! Petite nouveauté cette année, c'est le gouvernement qui vote. Une décision très originale de votre mari. »

Vous voyez, aucune inquiétude !

France-Soir s'excuse à son tour...

19 avril 2010

Il paraît que mercredi dernier Alain Minc était très déçu que je ne fasse pas ma chronique sur lui. Ça devient compliqué ma position : quand je fais un papier sur l'invité, il le prend mal, et quand je ne fais rien, il le prend mal aussi.

Je ne voudrais pas être désagréable ou blessant vis-à-vis d'Alain Minc, mais je ne fais que les gens importants : ministres, secrétaires d'États, grands patrons... (Question de standing !)

Alain Minc, franchement... Le temps d'expliquer à l'auditeur qui il est et j'arrive à la fin de ma chronique.

En plus, Alain Minc n'a aucune fonction officielle. Il le reconnaît lui-même : il conseille Nicolas Sarkozy *gracieusement*. Vous me direz, avec un président à 29 % d'opinions favorables, heureusement qu'il ne monnaie pas ses services.

Cela dit, rien n'est définitif. Si, à cause de ses conseils, Alain Minc fait perdre la présidentielle 2012 à Nicolas Sarkozy, il peut entrer dans l'histoire et, dès lors, mériter une chronique à lui tout seul. (Je ne ferme pas la porte !)

De plus, il existe une autre raison, plus personnelle, qui m'a convaincu de ne pas portraiturer Alain Minc. [Hésitation.] N'ayant plus le droit de parler du physique, c'est assez difficile de vous l'expliquer, heu… Sachez que je ne tape jamais sur les enfants… En dessous d'un mètre quarante, je m'interdis toute chronique… Quoi qu'on en dise, j'ai quand même quelques principes.

Je tenais à m'expliquer car je déteste décevoir les gens, ça me chagrine. De toute façon, qu'Alain Minc se rassure, dès demain matin, *France-Soir* lui présentera des excuses. C'est la mode. Oui, je ne sais pas ce qu'ils ont avec moi en ce moment à *France-Soir*, dès que j'écris un truc, ils s'excusent. Je les obsède !

La semaine dernière, dans un article intitulé « Le cas Guillon » – article courageusement signé par les initiales « DM » (remarquez, je peux comprendre qu'on ait envie de rester incognito lorsqu'on écrit dans *France-Soir* : on garde toujours l'espoir de trouver un jour du boulot dans un vrai journal et on ne veut pas se griller, c'est humain !) –, DM présentait ses excuses au peuple polonais. Oui, *France-Soir* a très mal vécu ma chronique sur le crash de Lech Kaczynski. Pour ceux qui n'ont pas suivi, je disais que, *traumatisé* par cet accident, j'avais rêvé que Nicolas Sarkozy et son gouvernement se crashaient à leur tour.

Pas du meilleur goût, j'en conviens, mais de là à écrire : « Pardon à nos amis polonais ! », il ne faut pas exagérer ! Je rappelle à *France-Soir* qu'on ne maîtrise pas ses rêves.

De plus, en aucune façon je n'offense les Polonais. C'est vrai que c'est triste ; quatre-vingt-seize plombiers en moins c'est toujours triste. (Là, je vais avoir la LICRA sur le dos, j'essaie de fédérer le maximum de monde.)

Bon, ça restait marrant les excuses de *France-Soir* à la Pologne, mais plus loin, le mystérieux « DM » écrit : « Guillon se moque carrément de nous ; pour d'excellentes raisons, Jean-Luc Hees va finir par lui dire que son contrat à France Inter ne sera pas renouvelé ! »

Ça, c'est une première ! Depuis quand un média décrète qu'un autre média doit se séparer d'un collaborateur ? Nous, on n'incite pas *France-Soir* à virer Gérard Carreyrou, même si ses éditos sont « légèrement » partisans. À propos de la prestation de Carla Bruni sur Europe 1, Carreyrou avait écrit : « Mme Sarkozy s'exprime avec douceur, émotion et un savoir-faire politique de premier ordre. »

C'est mignon ce coup de lèche d'un vieux journaliste au pouvoir en place. On sent que Carreyrou a vécu ses plus belles heures sous Giscard… Comme disent mes confrères de *Bakchich* : « *France-Soir* à 50 centimes d'euros, ça reste cher pour un tract de l'UMP. » Cela dit, on ne demande pas pour autant le départ de Carreyrou, c'est bien qu'il existe !

Rappelons que *France-Soir* est aujourd'hui la propriété d'Alexandre Pougatchev, jeune Russe de vingt-cinq ans. Son papa Sergueï lui a offert ce titre pour Noël. [Accent russe.] « Tiens, mon fils, fais joujou avec *France-Soir*, grand journal créé par Pierre Lazareff ! »

Papa Sergueï est le banquier de Vladimir Poutine… lui-même grand amoureux de la presse comme chacun sait. En octobre 2007, on dénombrait dix-huit journalistes assassinés sous sa présidence.

Tout compte fait, je préfère que *France-Soir* réclame ma tête à France Inter… À la sauce Poutine, ils auraient pu la prendre sans demander.

Pour autant, ils peuvent être très touchants, les Pougatchev. Le mois dernier, lors de la soirée organisée pour la nouvelle formule de *France-Soir*, le fils Pougatchev a offert à ses invités des éclairs à l'effigie de Coluche.

C'est la grande mode en ce moment, tout le monde se revendique de Coluche. Particulièrement ceux qui lui ont craché dessus de son vivant. À propos de *France-Soir*, Coluche disait : « Un journal à grand tirage, très bien pour allumer le feu. » Trente ans plus tard, rien n'a changé !

Les Islandais sont des casse-couilles !

20 avril 2010

Ils sont casse-couilles les Islandais…

Un pays minuscule, 103 000 mètres carrés, et 300 000 habitants dont les spécialités culinaires sont le poisson séché (morue et haddock), les testicules de mouton cuits dans leur jus et les nageoires de phoques.

L'Islande, ce timbre-poste dont personne ne parle jamais et dont tout le monde se fout, cette pastille qui ne compte dans son histoire qu'une star internationale : Björk… eh bien ce pays a quand même réussi à bloquer l'ensemble du ciel européen pendant cinq jours !

Un climat impossible, un soleil absent six mois l'hiver et qui brille six mois l'été, 130 volcans actifs prêts à se réveiller à tout moment, bienvenue en Islande !

À l'heure où je vous parle, l'Islandais vient de roupiller six mois, il se réveille, comme son volcan, en pleine forme !

Secrètement, tout cela l'amuse énormément. Mettez-vous à sa place : une cure de sommeil de six mois, un ennui profond et, dès votre réveil, la possibilité de faire chier la planète entière, avouez que c'est kiffant !

Trêve de plaisanterie, c'est dramatique cette histoire : cinq jours sans le moindre avion, l'Europe entière paralysée et 100 000 Français bloqués à l'étranger.

Et puis, cette fois-ci, on n'a pas eu de chance : souvenez-vous du nuage de Tchernobyl qui avait eu l'intelligence et le bon goût d'épargner la France en faisant un détour ; le nuage islandais, beaucoup plus con, est passé direct chez nous !

Heureusement, il n'y a aucun danger pour la santé. Roselyne Bachelot est formelle. On peut lui faire confiance. Quelqu'un qui nous jurait, il y a peu, qu'on allait tous crever de la grippe A… on est certains que ses pronostics sont très fiables.

Rassurez-vous, le gouvernement est sur le coup. Pour réactiver au plus vite le trafic aérien, Dominique Bussereau, notre secrétaire d'État aux Transports, a suggéré qu'on fasse voler les avions beaucoup plus bas. [Un temps.] Qu'entend-il par « beaucoup plus bas » ?

Si on survole Paris, attention tout de même de ne pas heurter la tour Montparnasse ou la tour Eiffel. (La sœur de Ben Laden est actuellement en visite à Paris, ça lui rappellerait des mauvais souvenirs.)

Et pourquoi pas, pendant qu'on y est, voler porte ouverte afin de brasser l'air dans la cabine ?

Plus sérieusement, nous vivons un véritable drame, certaines de nos personnalités ne peuvent pas revenir en France. Martine Aubry, par exemple, se trouve bloquée en Inde à New Delhi avec Harlem Désir et Cambadélis… Vous imaginez ? Bloqué en Inde c'est déjà l'horreur, mais si votre seule compagnie s'appelle Désir ou Cambadélis… c'est pire que six mois d'hiver en Islande !

En cas de force majeure, le gouvernement français rapatrie ses personnalités. Ce fut le cas pour Christine Lagarde coincée à Madrid : un avion militaire est parti la chercher.

Martine Aubry, ils ne bougeront pas le petit doigt ! Au contraire, s'ils pouvaient, ils mettraient des cierges pour que le nuage de cendres reste en place jusqu'à la présidence de 2012 !

Certaines situations sont très délicates : depuis vendredi, notre confrère Fabrice Drouelle est coincé à l'étranger avec une jeune étudiante en journalisme. Drouelle qui avait dit à sa femme : « J'ai un séminaire France Inter à Deauville, je m'absente vingt-quatre heures ! » (Il est dans la merde !)

Mais on relève des conséquences beaucoup plus tristes et dramatiques. Toutes ces défections de chefs d'État à l'enterrement de Lech Kaczynski sont très regrettables. Ce n'est pas tous les jours qu'on salue la mémoire d'un grand démocrate : antieuropéen, antiavortement et homophobe.

Très impopulaire en Pologne, Lech Kaczynski a tout de même été enterré dans la cathédrale du Wawel, réservée aux rois et aux héros nationaux. C'est fou comme un crash ou un accident vous réhabilite. J'espère que c'est typiquement polonais. Si Le Pen se tue en Deltaplane, qu'on n'aille pas l'enterrer au Panthéon !

Reconnaissons qu'il n'a pas eu de bol, Kaczynski : le volcan entrait en éruption une semaine plus tôt, il ne prenait pas l'avion et avait la vie sauve ! Et c'est cette même éruption qui a empêché de nombreuses personnalités de se rendre à son enterrement.

Le volcan aurait pu lui sauver la vie, il lui a niqué sa mort.

Dans tout ce marasme, on note quand même une excellente nouvelle… je m'étonne que personne n'y ait pensé. Depuis cinq jours, grâce à quelques cendres flottant dans l'atmosphère, aucun avion de sans-papiers n'a pu décoller de Roissy vers l'Afrique ou les Balkans. Si même les volcans se mettent à emmerder Besson… c'est qu'il y a encore de l'espoir.

Blessé, tricheur ou proxénète ?

21 avril 2010

Je suis embêté : mes deux beaux-enfants ne veulent plus du tout aller au foot. Depuis un petit moment déjà, je les sentais moins motivés. Mais là, cette affaire Franck Ribéry, ç'a été la goutte d'eau.

Ribéry, pourtant, ils l'adoraient : son jeu, ses dribbles, son côté chien fou... Même sa tête, ils la trouvaient rigolote, ils le surnommaient « Picasso ». C'est venu par hasard, on les avait traînés au musée d'Orsay. Au début, ils étaient furieux, ils râlaient et, dès qu'ils ont aperçu les Picasso période cubique, ils ont crié : « Oh, Ribéry, Ribéry ! »

Ce sont des gosses, ils sont en suractivité permanente. Ils adorent le sport, mais là, le foot, ils ne veulent plus y aller, rien à faire. Cette histoire de proxénétisme, j'ai l'impression que ça a cassé un truc.

Hier, par exemple, ils jouaient à la PlayStation. Victor a choisi l'équipe de France et, au bout de deux minutes, il sort Ribéry pour faire entrer un autre joueur. Je lui dis : « Mais t'es fou, il n'est pas blessé Ribéry ! » Il me répond : « Non, il va aux putes ! »

On se doutait d'un truc avec leur mère, ça faisait vingt-quatre heures qu'ils nous posaient des questions bizarres : « C'est quoi un proxénète ? », « C'est quoi une *escort girl* ? » En les inscrivant au foot, on ne s'attendait pas du tout à ce type de questions !

Heureusement que mes beaux-enfants sont juifs, si en plus on les avait inscrits au catéchisme, je ne sais pas comment on aurait géré leurs interrogations…

C'est dur pour des gamins de ne plus pouvoir s'identifier. Moi, quand j'étais petit, l'équipe de France faisait rêver les mômes : Marius Trésor, Platini, Dominique Rocheteau surnommé « L'Ange vert ». Jamais « L'Ange vert » n'aurait été se faire palucher le poireau dans une backroom des Champs-Élysées !

Ça ne m'étonne pas, ce désamour pour l'équipe de France. La première cassure remonte au coup de boule de Zidane sur Materazzi en 2006. Hier, j'ai raconté cette histoire aux garçons : finale de la Coupe du monde, la France peut gagner un deuxième titre, et Zidane gâche tout en assenant un coup de boule à Materazzi parce que ce dernier a traité sa sœur de pute. « Ah, bon, me demande Léopold, Ribéry s'est tapé la sœur de Zidane ? »

On est loin de l'AS Saint-Étienne et des figurines Panini qu'on s'échangeait religieusement dans les cours de récré… Ah, ils l'ont la figurine de Ribéry les garçons, ils l'ont ! Hier soir, quand on est passés leur dire bonsoir, ils lui avaient dessiné une grosse bite !

Une fois que le rêve est cassé, il est cassé.

Il y a deux mois, Victor, dégoûté, a voulu s'inscrire au golf ; le lendemain l'affaire Tiger Woods éclatait. On ne sait plus quoi faire… Ping-pong ? Je ne sais pas s'il y a des affaires de cul dans le ping-pong.

Le rugby, ça leur disait bien, belle image, virile… Mais bon, depuis qu'ils sont tombés sur un calendrier du Stade Français, ils sont moins partants.

Heureusement que les joueurs de Domenech n'ont pas posé à poil dans un calendrier… Pour la Brigade de répression du proxénétisme, ça devenait un jeu d'enfants. Tu fais tous les bars à putes avec le calendrier et tu demandes aux filles de les identifier.

L'équipe de France est vraiment en mauvais état : des blessés, un tricheur et un proxénète. Normal que les gosses n'aient plus envie de porter le maillot. Avant, ils s'interrogeaient : « Tu veux être quoi ? Attaquant, défenseur ou goal ? » Maintenant, si tu mets le maillot des Bleus, on te demande :

« Tu veux être quoi ? Blessé, tricheur ou proxénète ?

– Rien, je veux rien !

– Ah, bah si, si, si, il faut que tu sois quelque chose. Sinon, t'es entraîneur !

– Ah, non je veux pas être Domenech, tout sauf Domenech ! »

Je suis en train de penser à quelque chose… C'est peut-être Domenech qui a balancé les joueurs à la Brigade de répression du proxénétisme ? Ça lui fait une super excuse pour justifier son élimination dès le premier tour de la Coupe du monde.

[Domenech :] J'ai rien pu faire, tous mes grands joueurs sont en taule, Thierry Henry est blessé à la main, il ne peut pas marquer… et les astres sont très défavorables !

Oui, en plus de tout le reste, Domenech utilise l'astrologie pour sélectionner ses joueurs. L'autre jour, dans les colonnes du *Parisien*, Diane Boccador, astrologue réputée, nous expliquait que le sélectionneur français traversait une période astrale épouvantable : « Le long passage de Pluton sur la Lune de Domenech, disait-elle, est très mauvais signe ! »

Je ne sais pas si le passage de Pluton sur la Lune de Domenech est mauvais mais, dans deux mois, amoureux du foot, soyez sûrs d'une chose : nous l'aurons tous dans la lune !

Sarkozy, la saison de trop ?

27 avril 2010

Vous avez vu le dernier sondage du *JDD* ? Nicolas Sarkozy a encore chuté : 31 % de satisfaits. Il faudrait qu'il arrive à zéro « satisfait », là, il pourrait enfin se stabiliser… voire remonter !

31 % de satisfaits. Chez TF1, on appelle ça un « accident industriel ». C'est le risque : une série, ça ne marche pas toujours… Et le quinquennat du président Sarkozy ressemble tellement à une série ! À la différence près que, même si la troisième saison se plante, on ne peut pas l'arrêter en cours de route, on est forcés d'aller jusqu'au bout.

Martine Aubry qui plaide pour un retour au septennat… tout dépend de la qualité du programme ! Bizarrement, les dix années sous Chirac, même s'il ne s'est pas passé grand-chose, ont paru moins longues que trois saisons sous Sarkozy.

La série ne marche pas : problème de scénario ? de crédibilité ?

Même la vie privée du président ne captive plus le téléspectateur. Souvenez-vous dans la première saison : Cécilia partait, Cécilia revenait, Cécilia boudait… On était comme des dingues… On voulait tout savoir ! Faut dire, Cécilia c'était une vraie personnalité, une éminence grise, Sarkozy serait devenu président grâce à elle !

Là, la nouvelle, celle qu'ils ont prise pour remplacer Cécilia dans la saison 2, une ancienne mannequin devenue chanteuse, on n'y croit pas, mauvais casting ! Ils ont beau inventer des histoires, des rumeurs d'infidélités pour pimenter l'intrigue… on s'en fout ! Il n'y a pas d'empathie avec le personnage.

Il faudrait qu'ils fassent revenir Cécilia, ce serait chouette. Ils n'oseront jamais mais ce serait génial ! Du coup, Rachida Dati, sa grande copine, serait nommée à Matignon… Elle se vengerait, elle ferait pendre Pierre Charon et Brice Hortefeux à un croc de boucher… On péterait l'Audimat !

Non, parce qu'il faut absolument trouver quelque chose pour relancer la série, il y a encore deux saisons à tirer… s'ils n'y prennent pas garde, le téléspectateur risque de zapper définitivement.

Le problème, je vous l'ai dit, c'est le scénario : manque d'idées, d'imagination, l'intrigue s'épuise… Du coup, ils réutilisent les vieilles recettes… comme le couplet sur « la sécurité dans les banlieues », c'est du resucé de chez resucé. Ils l'avaient déjà utilisé dans les saisons 1 et 2…

En plus, ils ne se font pas chier, ils reprennent quasiment le même texte. Un coup ils font dire au président : « Aucune commune, aucun quartier, aucun hall d'immeuble n'échappera à l'autorité de l'État » et, six mois plus tard, ça devient : « Aucune rue, aucune cave, aucune cage d'escalier n'échappera à l'autorité de l'État » ! Même jeu, mêmes mouvements d'épaules… Résultat : le téléspectateur va pisser ou boire une bière.

L'audience dégringole, la panique s'installe et, dorénavant, tous les moyens sont bons pour récupérer des parts de marché : chaque incident est monté en épingle et devient une affaire d'État. Un jour c'est la photo d'un type s'essuyant les fesses avec le drapeau français, un autre une femme conduisant en burqa. Parfois, ils trouvent de bonnes idées, mais ils en font des tonnes et tirent sur la corde.

La femme en burqa, par exemple, ils lui filent une amende de 22 euros, très bien. Mais comme ils découvrent que son mari est polygame, ils annoncent qu'ils vont étudier la possibilité de lui retirer sa nationalité française.

À ce moment-là, le téléspectateur est de nouveau captivé, puis patatras ! : on apprend que c'est illégal, on ne peut pas retirer la nationalité d'une personne pour polygamie. Et avec cette série, c'est toujours pareil : une suite d'incohérences… Ils annoncent des trucs et après seulement vérifient si c'est légal ou non. Ils devraient en faire une série comique, ça marcherait du tonnerre !

D'autre part, au niveau des personnages, il existe un gros problème de crédibilité. Celui qui demande que soit étudiée la possibilité de retirer la nationalité française du mari, c'est Brice Hortefeux. Dans la saison 1, c'est celui-là même qui avait proféré la fameuse phrase à propos des Arabes : « Quand y en a un, ça va, c'est quand y en a beaucoup que ça pose problème ! »

C'est ça finalement, le gros point faible de cette série. Les personnages sont trop carbonisés pour être crédibles. Faut tous les changer. On garde le président et Cécilia revient… Là, ça pourrait commencer à redevenir intéressant.

Mais avant tout, la première chose à faire est de changer les scénaristes, les deux papys Claude Guéant et Henri Guaino. Ils sont à bout de souffle, totalement à la rue. On se demande même parfois s'ils ne cherchent pas à planter la série pour pouvoir mettre autre chose à la place…

Sinon, il y a une autre saga qui va bientôt démarrer. Ça s'appelle *Primaires au PS*. C'est meurtrier, un véritable jeu de massacre. Ça commence super bien, ils sont tous hyperfavoris pour la présidentielle et, à force de se tirer dans les pattes, ils vont tous se niquer. À la fin, il ne reste plus personne. Une vraie boucherie !

Tous en burqa !

28 avril 2010

Il y en a marre de cette histoire de voile intégral, cette jeune femme qui s'est fait verbaliser parce qu'elle portait le niqab au volant de sa voiture.

Ça coûte 22 euros, article 412-6 du code de la route : « circulation dans des conditions non aisées ». Si vous conduisez à poil, ce sont certes des conditions super aisées, mais c'est aussi réprimé : attentat à la pudeur, article 222-27. Conduisez en kilt, c'est un bon compromis, on a les couilles à l'air et ce n'est pas interdit.

22 euros pour conduite en burqa, ça reste très intéressant. Si vous vous faites flasher par un radar, vous pouvez prétendre que ce n'était pas vous qui étiez au volant. Vous payez une amende, mais vous gardez tous vos points. Cet été, ce serait drôle qu'on parte tous sur les routes en burqa.

Ça prend une ampleur cette histoire ! 2 000 femmes portent la burqa en France, c'est 2 000 de trop nous sommes d'accord, mais pourquoi ne pas s'intéresser aux 250 000 qui se font frapper par leur conjoint ? 168 décès par an, un tous les trois jours.

Attention, les 2 000 femmes en burqa peuvent faire partie des 250 000 frappées, ça n'empêche pas. Au contraire, si tu frappes ta femme, l'avantage de la burqa c'est que tout de suite après elle peut sortir faire des courses, t'acheter tes clopes, tes journaux, sans que personne ne s'inquiète.

Petite précision : si vous portez plainte, ayez bien vos papiers sur vous. Il y a quelques semaines, Najlae qui s'était présentée à la gendarmerie parce que son frère la tabassait s'est fait expulser vers le Maroc.

22 euros pour la conductrice en burqa, ça suffisait, fallait en rester là. Et non ! Là-dessus, notre cher Brice Hortefeux demande qu'on étudie la possibilité de retirer la nationalité française du mari sous prétexte qu'il est peut-être polygame.

Protestations du mari : il n'est pas marié avec toutes ces femmes, ce sont ses maîtresses… Depuis quand retire-t-on la nationalité d'un homme parce qu'il a des maîtresses ?

En quelques heures, grâce à Hortefeux, Lies Hebbadj (c'est son nom) change de statut : il passe de sale type, paradant avec sa femme et ses maîtresses en burqa, à celui de martyr victime de la stigmatisation de la religion musulmane.

Merci qui ? Merci Brice ! Il l'ouvre peu Brice, mais à chaque fois c'est une réussite !

Et puis, franchement, accuser quelqu'un de polygamie parce que sa femme a été arrêtée à un contrôle routier, vous voyez le bordel ? Demain vous grillez un feu, en plus de vos papiers, on vous réclame votre livret de famille ! [Voix de policier :] « Madame bonjour, vous avez grillé un feu, papiers du véhicule, carte d'identité, livret de famille… Vous êtes mariée ? Votre mari a une maîtresse ? Il baise ailleurs ? Polygamie, c'est moins quatre points, vous éteignez votre moteur, vous vous rangez sur le côté ! »

Grâce à Hortefeux, Lies Hebbadj est devenu une véritable star. Une de *Libération*, de *France-Soir*, du *Parisien*… Sacrée pub !

De 2 000 femmes portant la burqa en France, j'ai peur qu'on en soit à 20 000 dans six mois ! Fallait ne rien dire et envoyer Lies Hebbadj et Éric Zemmour se crêper le chignon sur une île déserte. Bon débarras !

Quelle idée d'avoir plusieurs femmes, si c'est pour les mettre en burqa ! Il ferait mieux d'en avoir une seule et de la laisser à l'air libre s'épanouir, respirer. Une fleur sous cloche se fane tout de suite.

Au parking Haussmann, il y a un type comme ça qui possède plusieurs voitures de collection. Il les laisse bâchées toute l'année… Il n'en sort jamais aucune de peur de les abîmer : un peine à jouir, un frustré de la vie, une petite bite.

La comparaison s'arrête là. Une femme n'est pas une voiture. Même si la mienne dispose d'une très belle carrosserie, douze cylindres, châssis exceptionnel, allumage par tous les temps, la recouvrir d'un voile ne la protégera jamais des attaques du temps.

Si le port de la burqa empêchait les femmes de vieillir, ce serait un énorme succès. À 1 000 euros le pot de crème La Prairie, elles se battraient toutes pour en porter une.

Ce serait même un péché de ne pas le faire. Vous imaginez la déception du mari de Liz Taylor l'apercevant au cinéma dans *Cléopâtre* : « Putain, pourquoi t'as jamais mis ta burqa, merde ! »

Tout bien réfléchi, le voile intégral peut être utile dans un seul cas : quand Mme Ribéry s'est retrouvée l'autre jour assise dans le stade du Bayern de Munich, scrutée par les caméras du monde entier, buvant sa honte de femme trompée. Je crois qu'au fond d'elle-même, elle aurait souhaité être entièrement voilée, disparaître !

Si, au départ, les femmes de Lies Hebbadj ont porté le voile contraintes et forcées… peut-être qu'aujourd'hui, ce sont elles qui demandent à rester cachées, à disparaître, comme Mme Ribéry. Quand on voit Lies Hebbadj parader dans les rues de Nantes, coq arrogant et fier de sa basse-cour, on les comprend.

Paris-Match fait le trottoir

3 mai 2010

Elle est classe la couverture de *Paris-Match* cette semaine, vous ne trouvez pas ? Zahia, la prostituée que s'est tapée Franck Ribéry, posant en nuisette, au bord d'une piscine, et cambrant légèrement son cul, regard lascif vers l'objectif.

Il ne manque plus que ses tarifs avec son numéro de téléphone au bas de la page… Quitte à lui faire de la pub, autant y aller à fond ! Ils sont petits bras *Match* en ce moment !

En tout cas, une chose est sûre, en mettant Zahia à sa une, *Match* renoue avec les plus grandes couvertures qui ont fait sa légende : Charles de Gaulle, les Kennedy, la conquête de l'espace, Martin Luther King et aujourd'hui Zahia. Zahia l'abeille… Butinée par tous les dards de l'équipe de France.

Quand j'ai vu cette couverture, j'ai tout de suite pensé à cette pile de vieux *Paris-Match* qu'on garde tous religieusement à la campagne dans un coin du grenier. Vous savez, au mois d'août, à l'heure de la sieste, on en choisit un, on souffle la pellicule de poussière accumulée sur la couverture, on respire l'odeur du papier jauni… Puis, avec nostalgie, on se replonge dans l'univers des années 50-60, les reportages de guerre ou d'aventure, les grandes signatures de l'époque, les publicités pour le premier Pathé-Marconi couleur qui faisait rêver la ménagère…

Eh bien, jeudi dernier, quand j'ai vu en une de *Match* Zahia bombant son cul, je me suis dit qu'il fallait absolument que ce numéro historique trouve une place dans mon grenier. Dans quarante ans, avec la même nostalgie, mon petit-fils soufflera à son tour la poussière de la couverture pour découvrir la croupe de Zahia… Pour 2 000 euros, lira-t-il, cette fille soulageait les meilleurs éléments de notre équipe nationale de foot… « Les meilleurs éléments », cela le fera certainement sourire : en Afrique du Sud, deux mois plus tard, notre équipe se fera sortir dès le premier tour.

Oui, il faut absolument conserver ce numéro, Zahia en nuisette avec en gros titre : « J'étais le cadeau d'anniversaire de Ribéry ». Difficile d'être plus classe.

Il paraît que *Match* a donné 50 000 euros à Zahia pour faire ces photos. De son côté, la belle avoue gagner 20 000 euros par mois en faisant des passes.

20 000 euros par mois, plus les 50 000 donnés par *Paris-Match*, les voyages, les beaux hôtels, les footballeurs parfois jolis garçons… j'ai peur qu'avec sa couverture sur Zahia *Paris-Match* suscite des vocations.

20 000 euros par mois pour coucher avec des stars du ballon… Après ça, allez pousser vos gamines à faire des études !

Si, demain, une de mes filles arrive en disant : « Papa, papa, j'ai lu *Match*, je veux faire pute ! », je ne sais pas si je trouverai les arguments pour l'en dissuader :

« Tu sais ma chérie, tu ne tomberas pas tous les jours sur Yoann Gourcuff… Tu peux tomber sur Franck Ribéry.

– C'est pas grave papa, dans ce cas-là, je fermerai les yeux et je penserai à l'enveloppe… 20 000 euros !

– Bien, ma chérie… ton bonheur, c'est mon bonheur. Ta mère et moi, on adore le foot, et si tu peux nous avoir des billets pour les matchs importants, on sera les plus heureux du monde ! »

Oui, gageons qu'avec cette couverture d'un chic fou, *Paris-Match* va susciter des milliers de vocations.

Il y a longtemps, le journal donnait envie aux ados d'être acteur, chanteur, aventurier…

Les époques changent, que voulez-vous !

Il fallait sauver Bern !

4 mai 2010

Je suis choqué par un article du *Canard enchaîné* qui dénonce le rapatriement de Grèce de l'animateur Stéphane Bern, avec l'argent du service public.

D'après le journal satirique, France Télévisions et Radio France ont loué un jet privé pour permettre à Bern de rentrer à Paris afin d'assurer la présentation de ses émissions.

Pour mémoire, le 19 avril dernier, alors que Bern présente en direct d'Athènes son émission « Le Fou du roi », l'éruption brutale de l'Eyjafjöll empêche l'animateur et son équipe de rentrer à Paris.

Suivent plusieurs jours d'angoisse magnifiquement immortalisés par les caméras de Yann Barthès. Des images bouleversantes et une séquence d'anthologie durant laquelle Bern, le visage déjà marqué par la captivité, apprend qu'il pourrait être question de rentrer en autocar.

À l'idée de voyager en groupe, en compagnie de simples manants sentant la transpiration et chantant « Plus vite chauffeur ! », l'ancien lecteur du comte de Paris ne put réprimer un haut-le-cœur.

C'est dans ce contexte exceptionnel et d'une violence extrême que les responsables de l'audiovisuel public décidèrent de rapatrier Stéphane Bern et son équipe à bord d'un jet. Mais ça, nos confrères du *Canard*, ils s'en foutent, ils sont bêtement à charge !

Bon, il est vrai que cette location de jet intervient très peu de temps après celle d'Alain Joyandet notre secrétaire d'État à la Francophonie : 116 500 euros pour un voyage en Martinique. (Depuis cet épisode, le transport des personnalités est un sujet ultrasensible.)

De vous à moi, je ne pense pas que France Inter, qui nous loge systématiquement au Pierre & Vacances pendant le Festival de Cannes, ait dépensé une telle somme dans un jet.

Non, la vraie question qui intéresse ce matin nos auditeurs, c'est : devait-on coûte que coûte rapatrier Stéphane Bern de Grèce ? La réponse est oui !

Je sais ce que vous allez me dire : Stéphane possède une très jolie maison sur l'île de Paros, il aurait pu s'y réfugier quelques jours et attendre que le trafic aérien reprenne.

C'est oublier que la Grèce est au bord de la faillite, du K-O, et dans ces conditions, on ne pouvait pas laisser Bern croupir là-bas. L'époque où l'animateur dépeignait au magazine *Gala* sa vie à Paros comme un enchantement est révolue : « Je me lève à 8 heures… je dépoussière ma maison baptisée Nirvana en grec, j'affectionne les grandes tablées mélange de people et d'amis (Nana Mouskouri, Melina Mercouri, Demis Roussos) ; l'après-midi j'hume le parfum des oliviers, des hibiscus et des citronniers, et le soir j'investis le port pour boire un verre d'ouzo. » Ce temps est fini ! N'en déplaise à nos collègues du *Canard*, il fallait rapatrier Bern.

J'espère que durant ces quelques jours de cauchemar et d'incertitudes, la direction de France 2 aura eu le bon goût d'afficher la photo de son animateur vedette au côté de celles des otages.

Par ailleurs, si Radio France, comme l'affirme *Le Canard*, a participé à la location du jet, elle a bien fait !

Radio France est une grande famille qui n'a jamais laissé tomber ses enfants lorsqu'ils étaient en danger. Chacun de nous autour de cette table, dans des conditions similaires, aurait été sauvé… À l'exception de Fabrice Drouelle, c'est vrai !

À la même période, Drouelle, coincé à Chypre, n'a pas été rapatrié. C'est toujours délicat d'aller chercher Fabrice, on ne sait pas sur qui on va tomber… Si on doit aussi embarquer la jeune Zahia dans l'avion, ça la fout mal, c'est quand même l'argent du service public !

Toujours dans ce même article très à charge du *Canard*, le journaliste ironise sur le fait qu'un technicien d'Inter s'est trouvé contraint de céder sa place à Nikos Aliagas, un animateur de TF1. Alors que le jet était loué par le service public !

Franchement, entre un technicien d'Inter vraisemblablement syndiqué et qui n'en branle pas une – oui, vous pouvez me faire des signes dans le bocal, je maintiens ! – et Nikos Aliagas animateur de la Star Academy et du « 6/9 » d'NRJ… il n'y a pas photo !

Ah… Nikos Aliagas et Stéphane Bern… L'un nous fait rêver avec sa gestuelle et les mots qu'il invente. L'autre nous enchante en prodiguant chaque après midi sur France 2 des conseils de vie pratique : « Comment réussir une pyjama partie », « une bouture de rosier », ou : « Comment rentrer en urgence quand on est bloqué à l'étranger avec des ploucs ? »

Si *Le Canard enchaîné* est aigri et rabat-joie, tant pis pour lui. À titre personnel et à l'instar, certainement, de milliers d'auditeurs, je suis fier de payer 118 euros de redevance télé par an pour contribuer à ce type de sauvetage : magnifique, généreux et ô combien indispensable.

Guillon : à la retraite !!!

5 mai 2010

Lundi, le site du *Monde* révélait l'intention du gouvernement de porter à soixante-trois ans l'âge légal de départ à la retraite. Tollé immédiat des syndicats. [Un temps.] Je ne comprends pas pourquoi…

Moi, je suis archi pour ! Il faut faire travailler les vieux. Regardez Jean-Marie Le Pen, quatre-vingt-un ans, il n'a jamais été aussi en forme. Il multiplie les dérapages, les propos racistes… non vraiment, il n'a rien à envier à sa grande période, lorsqu'il se faisait condamner pour antisémitisme et apologie de crime de guerre.

Alors c'est vrai, quand on le voit au défilé du 1er Mai, avec son brin de muguet à la boutonnière, on dirait un petit vieux qu'on promène : on l'a changé, toiletté, peigné… mais dès qu'il ouvre la bouche, il est encore très vif ! Et pertinent… Il y a quinze jours, il a rendu hommage au maréchal Pétain et à son indulgence en faveur du peuple juif pendant la Seconde Guerre mondiale…

Il faut faire travailler les octogénaires.

Charles Pasqua : mis en examen une dizaine de fois, condamné à deux reprises et qui reste sénateur à quatre-vingt-trois ans, je dis bravo !

Il a l'avenir devant lui : il peut encore magouiller, multiplier les faux, les détournements, les abus de confiance.

À son âge, il s'en fout ! Il faut quinze ans pour être jugé et, quoi qu'il fasse, on l'a constaté, il ne prend que du sursis !

Si, demain, le directeur d'un cercle du jeu ou d'une boîte sur les Champs-Élysées spécialisée dans l'accueil des footballeurs cherche quelqu'un pour tenir sa comptabilité, Charles Pasqua possède le profil idéal !

Lorsque les individus sont compétents et passionnants, ça vaut le coup de les faire travailler le plus tard possible. Éric Zemmour, par exemple, vous n'avez pas envie de le voir dans trente ans chez Ruquier : voûté, bossu, totalement chauve, s'amusant à sortir son dentier de sa bouche tout en démolissant le premier roman d'une jeune actrice ?

On nous parle de la barre symbolique des soixante ans, un droit auquel il ne faut pas toucher. Ça dépend... Pour certaines personnes, arrêter leur activité est un véritable crève-cœur.

J'ai un ami qui est directeur d'une maison de retraite, il me raconte des trucs qui font froid dans le dos. L'autre jour, il a organisé une sortie au musée avec des pensionnaires. Soudain, Monique, soixante-dix ans, ancienne contractuelle, a aperçu une voiture garée sur les livraisons... tout de suite, elle lui a demandé du papier, un Bic... elle voulait verbaliser.

Mon ami l'a réconfortée, lui a dit : « C'est fini, Monique, c'est fini, faut passer à autre chose, sois forte ! »

Ils ont tous eu un petit mot gentil. René l'a prise dans ses bras. Il travaillait à la fourrière.

Pour lui aussi, ça a été très dur : cinquante-cinq ans, retraite anticipée. La fourrière c'était toute sa vie. À un moment, il s'est acheté une caravane mais bon, ce n'était pas le même plaisir. Il le dit lui-même : « Je tracte toujours, mais je sais que c'est moi qui suis derrière ! »

Le seul pensionnaire qui s'en sort bien, c'est François, soixante-quinze ans… Il travaillait à la poste. La retraite… il n'a rien senti !

Quand on est passionné, il faut durer le plus longtemps possible. Moi, par exemple, vous n'auriez pas envie de m'entendre dans cinquante ans à ce même micro ?… [Un temps.] Oui ce serait déjà bien de m'entendre l'année prochaine !

Admettons qu'on me garde (un miracle), vous pourriez m'entendre le 5 mai 2060, à 7 h 55, vous raconter les funérailles de Jean-Luc Hees notre président, enterré la veille en Normandie.

« Dans le petit cimetière, toute l'équipe du "7 10", entièrement murgée – c'était la volonté de Jean-Luc : "Enterrez-moi comme j'ai vécu !" »

En tête de cortège, Nicolas Demorand, devenu patron de Radio France, est encore habillé d'un vieux jogging malgré l'importance de son poste. À ses côtés, Philippe Lefébure qui vit une retraite dorée grâce à des placements juteux (ceux dont il n'a jamais voulu faire profiter les auditeurs d'Inter).

Plus loin, Fabrice Drouelle en fauteuil roulant… à force de niquer, son dos a lâché.

Enfin, en queue de cortège, votre serviteur, la bave aux lèvres, prenant des notes pour son papier du lendemain.

« Tu ne respectes rien », me dirait Hélène Jouan, ancienne directrice de la rédaction d'Inter, « travailler à un enterrement !

– Oh, regarde Hélène, c'est marrant : Philippe Val est enterré juste à côté de Jean-Luc Hees… C'est fou comme ils s'aimaient ces deux-là !

– Stéphane, me dirait Hélène, je t'en supplie, prends ta retraite, il est plus que temps, ça nous fera des vacances ! »

Michèle Laroque est une « Enfoirée » !

10 mai 2010

Vous avez lu cette histoire incroyable ? Michèle Laroque, la femme du ministre du Budget François Baroin, est domiciliée à Las Vegas pour raisons fiscales. Oui, là-bas, il n'y a ni impôt sur le revenu ni taxe locale… Un vrai petit paradis !

En vérité, Michèle travaillait à Los Angeles… Las Vegas, c'était juste pour les impôts. Mlle Laroque y possédait un deux pièces-cuisine dans la banlieue sud… mais à mon avis, elle n'y a jamais été, elle l'a acheté sur catalogue.

Quand vous êtes une star de cinéma, quelle idée d'aller vous installer dans la banlieue sud de Las Vegas… ! Les seuls résidants sont des croupiers ou des femmes de chambre mexicaines… À moins d'aimer les enfants qui pleurent, l'odeur de maïs grillé et les tortillas au poulet… il n'y a aucune raison d'aller là-bas.

Michèle Laroque a certainement poussé la porte d'une agence immobilière à Beverly Hills et on lui a montré un deux pièces-cuisine…

« Hello mademoiselle Laroque, ici, *it's a little* deux pièces banlieue sud. Les voisins très gentils. C'est M. Enrique Esteban, il est croupier et y a aussi très joli balcon si vous voulez voir ?

– Je m'en fiche du balcon, c'est juste un placement, j'aimerais signer rapidement j'ai encore des courses à faire !

– *OK, OK, great* ! »

Bref, tout ça c'est du passé. Il y a dix jours, Michèle Laroque écrivait au *Canard enchaîné* pour leur dire qu'elle déposerait sa prochaine déclaration fiscale en France.

Comme *Le Canard* s'apprêtait à sortir son histoire de pied-à-terre au Nevada, Michèle a préféré prendre les devants : « Ne faites rien, je rentre ! » (« *Don't do anything, I am back !* »)

Elle aurait pu leur envoyer une boîte de chocolats, mais les chocolats, au *Canard enchaîné*, ils s'en foutent : quand ils ont un scoop, ils le sortent.

Cela dit, elle a eu raison de réagir vite, c'était chaud bouillant : la femme du ministre du Budget qui planque ses sous à Las Vegas, c'est un peu comme si la femme du ministre de l'Immigration dirigeait une filière d'immigrés clandestins.

Vous imaginez l'ambiance à la maison, lorsque François Baroin a appris sa nomination au Budget ?

« Allô ma pu-puce, c'est François, ça y est, je suis ministre !

– Oh, super mon Babou ! (Babou c'est le surnom de Baroin dans l'intimité) et qu'est-ce qu'ils t'ont donné comme portefeuille ? La Culture, la Justice, les Affaires étrangères ?

– Non, pu-puce, j'ai eu Bercy, le ministère du Budget…

– Oh, c'est bien quand même, c'est en bord de Seine… Et est-ce qu'on va voyager, je dois aller à Las Vegas ?

– Justement ma puce, Bercy c'est les Impôts et il va peut-être falloir songer à les payer ici…

– Jamais de la vie ! plutôt crever ! Tous mes copains du show-biz sont à Las Vegas !

– Écoute pu-puce ce n'est que pour deux ans, en 2012 Sarkozy va perdre… Avec les socialistes au pouvoir, tu seras bien contente de retrouver ton pied-à-terre à Las Vegas. Et puis je suis là, c'est ton Babou qu'est à Bercy. On va s'arranger, tu vas payer en plusieurs fois. Ne t'inquiète pas ma crotte, je t'aime. »

Évidemment, cette histoire fait grincer quelques dents : huit ans d'exil fiscal aux États-Unis… Et un beau matin, on décide de rentrer au bercail parce que le *Canard* s'apprête à sortir l'affaire.

Pour sa défense, Miss Laroque précise qu'elle passait plus de temps aux États-Unis qu'en France : sept mois contre cinq.

Oui, mais quand même… Michèle Laroque c'est la nièce de Pierre Laroque, le fondateur de la Sécurité sociale : 30 milliards de déficit… Avec un tel trou, on ne peut pas choisir d'aller payer ses impôts ailleurs !

En plus, Michèle est une citoyenne engagée, elle fait partie de la bande des Restos du Cœur.

C'est drôle ça : participer à des galas de charité publique, solliciter la générosité des gens, les inciter à faire des dons… et ne pas contribuer soi-même à l'effort collectif… payer ses impôts à Las Vegas.

Bon allez, bientôt le Festival de Cannes, place à la fête et aux paillettes ! Puis ce sera Roland-Garros…

Nos deux grands espoirs s'appellent Tsonga et Monfils… Après avoir bénéficié pendant des années des infrastructures du tennis français, sport-études, bourses, centres de formation, etc., ils sont aujourd'hui résidents suisses ! Peut-être les verrons-nous bientôt aux Restos du Cœur se dandiner en nous réclamant de l'argent !

Des « Enfoirés », des vrais !

Noir c'est noir !

11 mai 2010

La semaine dernière, François Fillon nous annonçait la nécessité de réduire le train de vie de l'État. Eh bien, ça y est, à partir de demain, des centaines de kilomètres d'autoroutes et de voies rapides seront privées d'éclairage afin de réduire notre facture énergétique.

Faire des économies, très bien. De là à rouler dans le noir… Éteignez aussi vos phares pour économiser les lampes. Conduisez à vue, et dès que vous touchez le rail, un petit coup de volant pour vous remettre dans l'axe.

Conduire dans le noir… Gilbert Montagné va pouvoir passer son permis !

Alors attention aux fausses interprétations : le restaurant que l'on plonge dans l'obscurité avec tous les serveurs qui chantent « Joyeux anniversaire » et le feu de Bengale qui crépite sur le gâteau, ce n'est pas une mesure d'économie… C'est que vous vivez avec une idiote ou que vous avez un copain très con qui veut vous mettre les boules devant tout le monde.

Soyez cependant rassurés, sur les autoroutes concernées, la barre de péage restera éclairée, vous pourrez payer ! Ce serait beau, d'ailleurs, de l'éclairer à la bougie. Une barre de péage avec de grands candélabres, des gardes-barrières, ce serait romantique.

Et puis, pour économiser l'essence, on monterait à cheval.

Voilà une véritable idée pour faire des économies : le retour du cheval, avec un couloir sur l'autoroute rien que pour eux, des couloirs à chevaux.

C'est bizarre que Delanoë n'y ait pas pensé. À Paris, pour toutes les idées qui font chier, c'est le meilleur !

En tout cas, surtout pas de chevaux en libre-service ! Quand on voit l'état des Vélib', je ne suis pas pour.

Inutile de vous préciser que cette perspective de plonger notre réseau routier dans le noir ne fait pas que des heureux : les dépanneurs sont furieux. Dans l'obscurité, l'espérance de vie est de dix minutes. Il faut apprendre à travailler vite… Quant à ceux qui se feront faucher, ça permettra une sacrée économie. Au niveau des retraites, on fait d'une pierre deux coups !

Deuxième mesure pour économiser notre facture énergétique : certains bourgs, villages et communes seront privés d'éclairage public.

Faites gaffe : lorsqu'on quitte une autoroute plongée dans l'obscurité, on peut ne pas s'en rendre compte… Si à 130 km/h, vous apercevez soudain un dos-d'âne, une poussette d'enfants, un fauteuil roulant… C'est que vous êtes peut-être dans un bourg.

Les éclairages publics seront éteints de minuit à 5 heures du mat'. Noir total ! Ne dites pas ça à Éric Zemmour, lui qui pense que la plupart des délinquants sont noirs ou basanés, en pleine obscurité, ils vont pouvoir opérer en toute tranquillité.

Plus aucune lumière, c'est le fameux couvre-feu promis par le gouvernement pour les mineurs de moins de treize ans. Finalement, ce sera pour tout le monde : couvre-feu général. Avec, de temps à autre, un type qui déboulera à 130 km/h, un con qui n'a pas vu qu'il quittait l'autoroute !

Il faut faire des économies, je crois que tout le monde l'a compris, sinon on va finir comme les Grecs : l'horreur ! Maintenant, à chaque manifestation ou revendication : brandir l'épouvantail grec !

La retraite à soixante-dix ans, avec ce qui vient de se passer en Grèce, il faut la tenter, c'est le moment !

Il faut que chacun fasse un effort, surtout les petits revenus, ce sont les plus nombreux. Arrêtez de nous emmerder avec vos Ticket-Restau, vos chèques-vacances… s'il faut taxer on taxera !

Et puis les chèques-vacances, franchement… Partir sur la Costa del Sol quand les autoroutes sont plongées dans le noir, c'est imprudent !

Le pauvre est emmerdant, il lui faut des autoroutes éclairées, il part avec sa caravane et ses vélos. Au relais autoroutier, il essaie d'écouler ses derniers Ticket-Restau…

Alors que, regardez Alain Joyandet, notre secrétaire d'État à la Francophonie : pour aller en Martinique, il prend un jet privé à 116 500 euros : ça consomme très peu d'électricité, il voyage de nuit et dans le noir. Il se débrouille, quoi ! Enfin, une vraie économie !

Le pauvre est emmerdant. Comme Joyandet, il pourrait essayer de faire des efforts !

Le clan des pyjamas rayés

24 mai 2010[1]

Pas de chronique ce matin, pas vraiment… Ça ne sert à rien d'en faire trop un jour férié, tout le monde dort. Seuls peut-être deux, trois insomniaques nous écoutent… et mon beau-père ! Jean-Claude, fidèle auditeur d'Inter depuis quarante ans. Quoi qu'il arrive, 365 jours par an, Jean-Claude nous écoute.

Même l'été, même le 15 août à 7 heures du matin, Jean-Claude est là, dans son magnifique pyjama rayé, trempant sa tartine beurrée dans son café. Comme il a des moustaches c'est rigolo !

Il est là, faisant des commentaires, acquiesçant, protestant, opinant… Quarante ans de France Inter, ce n'est pas à lui qu'on va apprendre à faire la grimace.

Dans quelques minutes, il portera son thé à Maryse, ma belle-mère… (Vingt-cinq ans qu'elle se fait servir au lit, merci Gisèle Halimi !)

Il lui portera son thé et lui refera entièrement l'émission…

« Tu sais ce qu'il a dit Éric Besson… ? Il a dit que… et puis après, il a ajouté que… Ils sont quand même sacrément gonflés ces types, ils n'ont aucune morale… Mais Demorand ne s'est pas laissé faire… Il lui a

1. Émission diffusée le jour de la Pentecôte.

objecté que… Et du coup l'autre, il a esquivé, il n'a pas répondu… Ces types n'ont aucune espèce d'amour-propre… »

Oui, ce matin, Jean-Claude nous écoute… Ils sont une petite poignée comme lui, en pyjama rayé, fidèles parmi les fidèles, à s'être levés… Près du grille-pain, le transistor, lui aussi couvert de miettes, est bloqué à vie sur France Inter…

Une fois par an, quand nous sommes en grève, à contrecœur, Jean-Claude tourne le bouton sur Europe 1 pour avoir *quand même* les nouvelles…

Deux minutes plus tard, Jean-Claude, qui préfère ne pas avoir les nouvelles plutôt que de supporter « ce bruit » cinq minutes de plus, porte son thé à Maryse.

« C'est inécoutable ma chérie, il y a de la pub tout le temps et l'autre là, avec sa voix de fausset, Marc-Olivier quelque chose, il recevait, figure-toi, Nana Mouskouri… Elle lui dit que, par rapport à la crise grecque, elle renonce à toucher sa retraite de député européen. Et lui, ce crétin, il lui répond : "Est-ce que c'est pas trop dur de se serrer la ceinture ?" "Se serrer la ceinture", à Nana Mouskouri qui est milliardaire… ! Faut-y être con ! Du coup, j'ai préféré couper la radio ! »

Donc, ce matin, Jean-Claude et le clan des pyjamas rayés nous écoutent… Pour la plupart d'anciens professeurs, scientifiques, chercheurs, amoureux de la station et abonnés à *Télérama* depuis 1947, date de sa création.

Tous ont choisi, une fois pour toutes, de petit-déjeuner seuls dans leur cuisine, ce qui leur permet d'écouter France Inter tout en trempant leur tartine beurrée dans leur café sans s'attirer la moindre réflexion.

Attention, pour eux aujourd'hui, « La Matinale » est une matinale normale, classique… Ils ne vont même pas s'apercevoir que nos invités, « les écrivains haïtiens Lyonel Trouillot et Dany Laferrière en direct de Saint-Malo », sont des invités de jour férié.

Ça se devine pourtant, on sent bien qu'on leur a dit : « Écoutez, on peut vous recevoir le lundi de Pentecôte, mais pas un autre jour ! »

Non, fidèles parmi les fidèles, inconditionnels à tous crins, les membres du clan des pyjamas rayés seront réellement passionnés par ces invités. Dans quelques minutes, Jean-Claude apportera son thé à Maryse avec un kiwi amoureusement épluché et lui dira :

« Tiens, ma chérie, j'ai mis deux sucres, comme d'habitude… je te laisse, Demorand reçoit le poète haïtien Lyonel Trouillot, tu sais c'est celui qui a publié *L'Amour avant que j'oublie* chez Actes Sud, on l'avait croisé au Salon du livre en 2007. En plus, c'est en direct de Saint-Malo… je trouve l'idée très originale… Haïti, Saint-Malo… je ne m'explique pas le rapport, mais ils vont certainement le dire… Je te laisse et je reviens te raconter ce qui s'est dit !

– Et le papier de Stéphane, c'était bien ?

– Oui, pas mal… C'était sur ces gens qui écoutent France Inter, il a parlé de nous… un peu caricatural, mais bien. Demain, il m'a dit qu'il faisait Christian Estrosi… Je crois qu'il se réserve pour demain. »

La soupente d'Estrosi

25 mai 2010

J'étais en vacances la semaine dernière, je n'ai pas pu réagir sur le coup, mais j'ai été très choqué par le mauvais procès intenté à Christian Estrosi.

De quoi l'accuse-t-on, franchement ? D'occuper pour son usage personnel deux appartements aux frais de la République, alors que des milliers de Français ne disposent d'aucun logement, c'est ça ? Ça m'énerve ce genre de comparaison, ça me rappelle quand j'étais petit, ma mère qui me disait : « Mange ta viande, y a des enfants qui meurent de faim ! »

En plus, les journalistes ont présenté la chose de façon totalement malhonnête et détournée. Selon eux, M. Estrosi loge sa fille dans un appartement rue de Lille tandis qu'il occupe un duplex à Bercy avec vue sur la Seine.

En vérité, M. Estrosi partage l'appartement de la rue de Lille avec sa fille. On a parlé d'hôtel particulier au cœur du 7e, mais c'est un endroit minuscule. Il le qualifie lui-même de soupente. Je vous donne la définition de « soupente » du *Petit Robert* : « Réduit aménagé sous un escalier ».

Donc, Christian Estrosi vit avec sa fille, qui est étudiante, sous un escalier. (C'est vrai qu'il y a une optimisation de l'espace incroyable, vous avez tous vu la vidéo : parvenir à caser deux chambres et une cuisine sous un escalier c'est un tour de force, c'est tout le talent des architectes.)

De temps en temps, lorsqu'il est fatigué, crevé (ça lui arrive, ministre est un métier exténuant), M. Estrosi dort dans un « bureau appartement » à Bercy.

C'est un bureau avec autour une cuisine, une chambre, un salon, le tout en duplex. Quand tu as travaillé toute la journée, pouvoir changer d'étage, ne pas être obligé de te réchauffer un plat cuisiné le nez collé à tes dossiers, c'est un luxe minimum !

N'oubliez pas non plus que la fille de M. Estrosi est étudiante, elle a certainement une vie sentimentale… Pour son intimité, son équilibre, c'est bien de ne pas avoir papa qui débarque chaque soir à la maison.

Vous savez, quand on vit dans un espace minuscule les gestes les plus simples de la vie quotidienne deviennent compliqués.

Faire l'amour dans une soupente avec son père juste à côté, c'est impossible. Essayez, mettez-vous à trois sous une cage d'escalier, vous m'en direz des nouvelles !

J'ai trouvé cette polémique détestable. J'étais en vacances, je ne pouvais rien faire, mais je bouillais intérieurement.

Heureusement, la réponse de Christian Estrosi a été magistrale. Convier toute la presse hexagonale à visiter ses deux appartements témoins, jouer la transparence à ce point-là… Il a lui-même fait la visite des lieux, nous ouvrant chaque porte, le moindre placard, à la fin, on avait envie d'acheter !

Dans le rôle de l'agent immobilier niçois, du quinquagénaire aux cheveux teints ayant fait fortune dans l'immobilier, c'est le meilleur ! Il ne lui manquait que le caniche et les clubs de golf.

Non, vraiment, il possède un sens de la mise en scène indéniable. D'ailleurs, quand un journaliste (peut-être un gars du *Figaro* ?) lui dit : « Y a même pas d'ascenseur ? » et qu'il répond : « Non, y a même pas d'ascenseur ! », là, j'ai chialé. Un tel dépouillement, une telle simplicité : les moines de l'abbaye de Solesmes peuvent aller se rhabiller !

Malheureusement, à un moment, Estrosi en fait peut-être un poil trop quand, ouvrant la porte d'une chambre, il dit aux journalistes : « Ne regardez pas trop le désordre, c'est la chambre d'une jeune fille qui fait ses études. » Et là, en guise de désordre : deux paires de tennis, un sac et un livre posé sur un lit impeccablement fait.

Je peux montrer à M. Estrosi la chambre d'une jeune fille faisant des études. J'en ai une à la maison, c'est un bordel inimaginable : lit défait, linge sale en boule par terre mélangé avec le propre, disques et DVD sans leur jaquette, tennis éventrées…

Du coup, certains ont dénoncé une mascarade, un bidonnage, le ministre n'habiterait pas avec sa fille… Ce simulacre de désordre n'aurait été organisé que pour la presse.

C'est dommage de ne pas avoir fait les choses à fond : si le ministre avait demandé à son conseiller en com' de déposer quelques petites culottes de Mlle Estrosi à même le sol, c'était gagné : la France était convaincue !

Il y a deux, trois détails comme ça qui font qu'on n'y croit pas complètement… Comme ce moment *irrésistible* durant lequel Estrosi affirme qu'il n'a « jamais coûté un centime à l'État ».

Il oublie au passage ce fameux jour de janvier 2008 : devant se rendre à une session de l'Unesco à Washington, Estrosi apprend, quelques heures avant son départ, que Nicolas Sarkozy organise le soir même à 18 h 30 un pot à l'Élysée. Ne pouvant annuler la conférence de l'Unesco et voulant absolument assister à la sauterie de son patron, histoire de fayoter, M. Estrosi louera un Falcon 900. Coût pour le contribuable : 138 000 euros. Ça fait cher les cacahuètes !

Qu'importe, depuis, pour se racheter, notre ministre vit très modestement avec sa fille dans une soupente : belle rédemption !

Sport l'après-midi !

26 mai 2010

J'aime bien la nouvelle idée de Luc Chatel, notre ministre de l'Éducation nationale : expérimenter un nouveau rythme scolaire pour nos enfants, cours le matin et sport l'après-midi.

C'est un créatif Luc Chatel, déjà en août dernier, il avait lancé une gamme de produits scolaires à bas prix : « Les essentiels de la rentrée ».

Il possède un vrai talent pour les idées qui percutent, les slogans qui claquent. On sent qu'il a travaillé des années chez L'Oréal.

[Voix pub.] « Cours le matin, sport l'après-midi : la scolarité deux en un ! Parce que tu le vaux bien ! »

Pratiquer le sport l'après-midi, c'est vachement bien.

Moi, c'est une idée que j'ai expérimentée très tôt, au début des années 80, lorsque j'étais en seconde. Je faisais cours le matin et baby-foot l'après-midi au café d'en face. Puis très vite, je n'ai plus fait que baby-foot. De moi-même j'ai senti que j'avais de vraies dispositions en roulettes, gamelles et penaltys.

Je suis devenu très assidu et n'avais plus aucun retard, à 7 h 30 je quittais la maison. Sans connaître ma nouvelle passion, mes parents semblaient rassurés, ils se sont détendus, ils se disaient : « Tiens, il a l'air de s'intéresser aux cours, cette année. »

Alors attention, cette expérimentation ne concernera qu'une centaine de collèges et lycées, *tous volontaires !* On n'oblige personne. À l'Éducation nationale, ils ont tellement peur d'une grève ou d'une manif... que tout ce qu'ils proposent, dorénavant, c'est à la carte. C'est pour cette raison qu'ils ont pris un ancien de chez L'Oréal : belle présentation, sourire Ultra Brite, très courtois en clientèle. Si le shampooing au nectar de pêche ne plaît pas, tout de suite, on propose celui aux UV protecteurs, on s'arrange.

[Voix chuchotée, type magasin de luxe.] « Monsieur Chatel, monsieur Chatel... il y a Mme Delpierre qui n'est pas contente du nouveau spray protecteur Solar Sublime, elle trouve que l'effet satiné n'est pas à la hauteur (...) Je lui donne le Longueurs et pointes, très bien monsieur Chatel ! »

Au sein de chaque établissement volontaire, seules trois classes testeront la nouvelle formule « sport l'après-midi ». Ça va foutre un bordel ! J'ai pris connaissance des activités proposées : escrime, boxe, VTT, tir à l'arc. Vous êtes enfermé à faire des maths, une équation du troisième degré et, par la fenêtre, vous voyez vos copains s'éclater au tir à l'arc.

Tir à l'arc... Avec tous les problèmes de violence scolaire, je ne sais pas si c'est une bonne idée... D'ici à ce qu'ils prennent le prof pour cible !

Il y a aussi du badminton... Je vois bien les élèves des lycées difficiles en zone d'éducation prioritaire faire du badminton : « Vas-y, je tape pas avec cette raquette dans un volant, c'est un sport de bouffon, je suis pas une tapette ! »

Parmi les sports proposés, il y a bien sûr du foot. Dans ce cas-là, ce serait bien de les emmener aux putes au moins une fois par mois sur les Champs-Élysées, qu'ils aient une formation complète. Apprendre à dribbler c'est bien, mais ils doivent aussi savoir payer une coupe de champagne à une effeuilleuse.

Tout m'a l'air très bien organisé. L'Éducation nationale a même publié un emploi du temps avec le déroulement heure par heure d'une journée type.

8 h 30-11 heures : cours. (Là, c'est classique.)

11 heures : déjeuner, comme à l'hôpital ou en maison de retraite. La bouffe étant aussi dégueulasse, autant qu'ils aient les mêmes horaires.

Au lycée de Meaux où ils viennent d'expérimenter cette formule, les élèves déjeunaient à 10 h 30. Poisson pané et petits pois-carottes à 10 h 30, c'est à vous dégoûter de faire du sport.

11 h 30-13 heures : reprise des cours, pas de récré, tu digères ton poisson pané en classe.

14 heures : collation. Jus de fruit et gâteaux… ça va leur plaire en zone prioritaire.

[Voix légèrement efféminée.] « Jus de fruits, gâteaux et badminton : très Chatel ! »

14 heures-16 h 30 : sport, je vous ai donné la liste.

17 heures : goûter. Ils font que bouffer dans ce programme… C'est con, t'as beau faire du sport, tu grossis !

17 heures-18 h 30 : soutien scolaire. Ça c'est dur ! T'as passé ta journée à étudier, bouffer et faire du sport et tu te remets à bosser.

Moi, à 17 heures, j'aurais mis : sieste !

Plus sérieusement, le sport l'après-midi c'est super ! Mais avant de tout chambouler, on pourrait faire des choses très simples, comme ne pas sucrer les activités sportives du mercredi. Il y a quinze jours, afin de faire le pont du jeudi de l'Ascension et donc libérer le vendredi, la plupart des établissements scolaires ont fait cours le mercredi. Résultat : les activités sportives du mercredi sont tombées à l'eau et les enfants se sont copieusement emmerdés le vendredi à la maison. [Un temps.] Les enfants des pauvres se sont emmerdés, les enfants des riches, les miens, ceux de Luc Chatel sont partis en week-end. Allez, vive le sport !

La très belle victoire de Sarkozy !

31 mai 2010

On a gagné ! On a gagné !… La France va organiser l'Euro 2016, ça c'est une super nouvelle ! On en avait bien besoin, ç'a été tellement dur ces derniers temps : la crise, le chômage, les déficits… Et tout à coup l'éclaircie : « Soudain, il fait beau sur la France ! », s'exclame le journal *France-Soir*.

Dès lors, on est prêts à tous les sacrifices, que François Fillon soit rassuré : on va se serrer la ceinture, travailler jusqu'à soixante-dix ans… Ah, oui, oui ! Avec une telle nouvelle, le gouvernement peut tenter la retraite à soixante-dix ans !

On est prêts à bosser jusqu'à la mort, même en soins palliatifs, on continuera !

Et puis cette victoire, reconnaissons-le, c'est avant tout celle de Nicolas Sarkozy… Vous avez lu la presse ? Il a été à la fois très présent sans trop en faire, il a su « s'éclipser au moment du résultat avec beaucoup d'élégance pour ne pas tirer la couverture à lui ». Je vous lis des bribes d'articles glanées ici et là : « Un Nicolas Sarkozy spontané, direct, chaleureux, la passion du football chevillée au corps. »

C'est vrai qu'il a été déterminant, Michel Platini l'a dit : « Le président a fait pencher la barre. » Et cette façon de ne rien revendiquer, de jouer la modestie, de ne pas politiser cette victoire, c'est éminemment sympathique.

Il fallait lire, dans le *JDD* d'hier, un article intitulé : « Les carnets de campagne de Rama Yade ».

La secrétaire d'État aux Sports nous raconte à quel point, jour après jour, l'action présidentielle pour obtenir la victoire a été intelligente, précieuse et bien menée. On dirait une pub… Mais non, c'est une interview.

Alors bien sûr, il y a de mauvais coucheurs, Martine Aubry parle de récupération politique, « c'est minable », dit-elle.

Elle est ingrate Martine. En 2016, si elle est présidente de la République, c'est elle qui tirera tous les bénefs de cet événement !

De toute façon, il y a toujours des râleurs et des aigris. Depuis hier, la Turquie crie à la triche. Soi-disant Platini aurait avantagé la France. Mais il est d'origine italienne Platini, son père s'appelle Aldo Platini et, malgré cela, l'Italie a été éliminée comme une merde, ça ne veut rien dire !

« Tricheurs » ! Le Français ne triche pas. Souvenez-vous la manière, la maestria avec laquelle on s'est qualifiés pour la Coupe du monde en Afrique du Sud… Haut la main. Que les Turcs aillent chialer avec les Irlandais !

C'est vrai, la Turquie n'a jamais organisé cette compétition (la France deux fois), son dossier était très solide, c'est vrai aussi… Mais bon, franchement, de vous à moi, la Turquie… vous auriez envie, vous, d'aller faire du tourisme là-bas ? Vous avez vu *Midnight Express* ?

Le moindre supporter qui se fait gauler avec une barrette de shit, c'est prison à vie et le directeur de l'établissement qui s'occupe de lui personnellement tous les quinze jours.

On a gagné parce qu'on avait la meilleure présentation et la meilleure équipe, c'est tout. Roselyne Bachelot, spécialiste de la grippe, Zinédine Zidane, spécialiste des coups de boule (ça impressionne toujours le jury), et le jeune Nathan : un écolier de dix ans qui posait des questions très pertinentes. Propre sur lui, les oreilles dégagées, un petit gars bien de chez nous. On aurait pu prendre un petit Mohamed ou un petit Mamadou… Mais bon, à ce niveau-là, la présentation est très importante, le moindre détail compte, on ne peut pas prendre de risque.

Une très belle délégation… Il manquait peut-être Zahia, la prostituée mineure de Ribéry. Quand Nicolas Sarkozy a prononcé son discours sur l'hospitalité française, l'envie d'accueillir nos amis européens le mieux possible… on y pensait forcément.

[Imitation Sarko :] « Écoutez, on est très heureux de vous accueillir, on a envie de vous recevoir le mieux possible, comme vous le savez, Paris est la capitale des plaisirs. On a un très beau réseau de prostitution : entre le bois de Boulogne, Pigalle, les bars à putes des Champs-Élysées… On va certainement éditer un guide avec le concours des plus grands joueurs de l'équipe de France qui ont testé ces endroits : 100 euros la pipe, 200 l'amour. Je vais peut-être aussi demander deux, trois conseils à DSK. En tout cas, on va profiter de cet Euro pour que les bourses européennes dynamisent l'économie française. On est très fiers d'avoir été choisis : vive la France et vive le football ! »

L'humeur de Martine Aubry

1er juin 2010

Ouh là, là… Vous avez entendu le tonnerre de protestations à droite, suite aux propos de Martine Aubry ?

Samedi dernier, lors d'un meeting, la première secrétaire du PS a déclaré : « Nicolas Sarkozy qui nous donne des leçons de maîtrise budgétaire, c'est un peu Bernard Madoff qui nous administre des cours de comptabilité ! »

Ouh là, là… Comparer Nicolas Sarkozy à Bernard Madoff, il fallait oser ! Elle est en forme Martine, elle pourrait presque me remplacer l'année prochaine sur France Inter… Quoique… il paraît qu'ils ne veulent plus mélanger la politique et l'humour. Si les politiques se mettent à faire de l'humour, on est dans la merde !

À droite, la petite phrase de Mme Aubry les a rendus dingues : « On ne compare pas le chef de l'État à un escroc » ; « L'insulte pratiquée par les socialistes camoufle un désert de propositions ! » Même Frédéric Lefebvre a été choqué, c'est vous dire… lui qui est d'un naturel si réservé, si pondéré !

En tout cas, ça fait du bien cette capacité de la droite à s'insurger de propos outranciers.

Ça nous rappelle cette formidable vague d'indignation dont ils ont fait preuve lors du dérapage de Brice

Hortefeux sur le nombre d'Arabes en France. Vous vous souvenez, cette montée de boucliers ? Jean-Pierre Raffarin avait réclamé un blâme démocratique, Nadine Morano avait exigé des excuses ou une démission, Xavier Bertrand avait dit : « C'est honteux, inacceptable, du jamais vu ! »

[Un temps.] Ah non, pardon, pardon… Toutes ces déclarations concernent encore la phrase de Martine Aubry comparant Sarkozy à Madoff. Pardon, pardon… Pourtant, il me semble bien que la droite s'était indignée suite au dérapage d'Hortefeux…

Ah, ça y est, j'ai trouvé ! Xavier Bertrand avait dénoncé « Une polémique honteuse ! », Valérie Pécresse : « Brice Hortefeux est un vrai républicain ! », Éric Besson : « Brice est un humaniste pétri de catholicisme social ! » et Roselyne Bachelot fustigeait : « Un procès médiatique misérable ! »

Ah oui, c'était très violent, on oublie avec le temps, mais ça avait été terrible. Après, tout est une question d'appréciation, ce qui révolte les uns, laisse indifférents les autres.

Il paraît qu'aux États-Unis Bernard Madoff a été très flatté qu'on le compare à Nicolas Sarkozy. Il aurait dit : « Lui et moi, on est les mêmes, on promet des trucs qu'on ne tient pas. Moi aussi, j'ai dit à des centaines de clients : "Vous allez gagner plus !" Et au final, aujourd'hui, ils sont tous sur la paille. *I fuck all of them !* »

Personnellement, je trouve qu'il existe une grande différence entre Sarkozy et Madoff. Madoff nique les riches, alors que Nicolas Sarkozy et son bouclier fiscal les protègent.

Je vous l'ai dit, tout ça est très subjectif. La semaine dernière, par exemple, une petite phrase d'Éric Besson est passée totalement inaperçue.

Pourtant, elle était très drôle : Besson regrettait qu'il n'y ait aucun joueur maghrébin en équipe de France.

Martine Aubry aurait pu dire : « Besson qui expulse des milliers de sans-papiers et qui, tout d'un coup, s'inquiète du sort de trois joueurs maghrébins, c'est un peu comme si le P-DG de BP disait : "Ils exagèrent en Louisiane, ils pourraient faire du tri sélectif !" »

Elle est de plus en plus forte Martine, il faut encore qu'elle travaille ses effets, qu'elle améliore ses métaphores mais, à mon avis, à la rentrée, ils peuvent lui proposer une chronique sur France Inter : « L'humeur de Martine Aubry ». C'est peut-être ça la solution, tous les matins à 7 h 55, un politique ferait un billet d'humeur.

On aurait Frédéric Lefebvre le mardi et le mercredi, François Hollande le jeudi, et André Santini le vendredi. (L'humour beauf c'est pas trop l'image de France Inter mais bon…)

Et, à 8 h 20, pour qu'il y ait un minimum de fond, de tenue, on inviterait un humoriste.

On mélangerait l'humour à l'humour. [Un temps.] Ce qu'on fait déjà aujourd'hui, je suis con, ça revient au même. Sauf que le politique étant souvent plus drôle que nous, c'est mieux de rester comme on est, aller *crescendo* dans la déconnade.

C'est compliqué, comme disait Coluche : « J'arrêterai de faire de la politique quand les politiciens arrêteront de nous faire rire ! »

C'est à quoi ça leur a servi ?

2 juin 2010

La semaine dernière, Luc Chatel, notre sémillant ministre de l'Éducation nationale, nous avait présenté sa dernière idée : un rythme scolaire totalement révolutionnaire pour nos enfants, avec cours le matin et sport l'après-midi.

Eh bien cette semaine, rebelote, nouvelle idée de Luc Chatel (ça devait rester confidentiel, pas de bol c'est sorti dans la presse !) : proposer plusieurs idées aux recteurs d'académie afin de réduire le nombre de professeurs dans l'enseignement.

Luc Chatel voulait plus de sport, il va être servi !

Alors, première piste envisagée : augmenter le nombre d'élèves par classe. Là, c'est de l'arithmétique : avec six classes, on en fait cinq, ça fait un prof de moins.

Et le ministère de préciser : « L'augmentation de la taille des classes peut être envisagée sans dégradation du résultat des élèves. »

Ça, c'est vrai. Moi, je me souviens très bien, en seconde, on était quarante, les deux premiers rangs bossaient, mes copains et moi on occupait le dernier rang, eh bien je peux vous dire que le surnombre n'a en rien altéré nos résultats : on était nuls en septembre, on l'était toujours en juin.

De toute façon, très vite, on a eu conscience que pour faciliter le boulot des profs c'était mieux d'aller au café. Eux-mêmes nous ont mis à l'aise d'entrée : « Écoutez les gars ne venez pas… si ça vous intéresse pas, c'est pas la peine de déranger les autres ! »

Du coup, « les autres » ont vachement progressé, les profs étaient hyperconcentrés sur eux. Tout le monde y trouvait son compte. Le sureffectif c'est très bénéfique… à condition, bien sûr, de pouvoir aller au café ! Non, parce que avec la suppression des allocations familiales en cas d'absentéisme, il y a un truc qui cloche ! Faut être logique : si Chatel veut bourrer les classes d'élèves, il faut que Sarkozy accepte qu'une partie d'entre eux aille au café. C'est le principe des vases communicants.

Moi, je suis pour entasser les élèves. Avec toutes les suppressions de postes dans la fonction publique : enseignant, personnel hospitalier… autant les habituer très tôt à la promiscuité. Un jeune qui a manqué d'espace à l'école, une fois vieux, il ne souffrira pas d'être abandonné comme une merde dans un couloir d'hôpital.

Deuxième piste envisagée pour diminuer le nombre de profs : supprimer les intervenants extérieurs en langues vivantes (ce sont des gens totalement bilingues qui viennent épauler les instits). Ça, ce n'est plus nécessaire, le ministère est formel : on peut enseigner une langue sans la maîtriser complètement.

C'était le cas du professeur de français de Jane Birkin, il confondait toujours le masculin avec le féminin : « le voiture », « le chaise », « la couteau », « le moquette », « je vais m'allonger sur le moquette »… C'était horripilant, mais c'était un bon professeur.

On pourrait très bien envisager le même principe pour d'autres matières, ne pas forcément faire appel à des spécialistes.

Le professeur de français de Nicolas Sarkozy, M. Lambert, qui a aussi été celui de Jean-Claude Van Damme, n'avait pas sa licence, aucun diplôme. Il inventait des conjugaisons, des mots, il disait : « J'écoute, mais je tiens pas compte ! » Quand il s'énervait, il hurlait : « S'il y en a que ça les démange de chahuter et bah qu'ils chahutent ! » Il secouait ses épaules, les élèves étaient morts de rire, il était adoré M. Lambert.

Malheureusement, je n'ai pas le temps de toutes vous les énumérer, mais M. Chatel propose plein d'autres pistes afin d'économiser des postes. La plus maligne peut-être, la plus emblématique : diminuer la scolarisation des enfants de moins de trois ans. Ça ne sert à rien, c'est un âge tellement végétatif : ça bouffe, ça chie, ça dort. Xavier Darcos l'avait très bien dit : « À quoi ça sert de mettre des profs bardés de diplômes pour changer des couches ? »

J'aurais bien une autre idée pour économiser des postes, si M. Chatel m'écoute ? Je la lui donne, c'est cadeau : la vidéoconférence ! Le prof fait son cours, il est filmé et la vidéo est diffusée en simultané dans plusieurs salles de classe ! Ça serait un gros bordel, mais bon, pas plus qu'à la cantine quand ils font une bataille de purée.

Luc Chatel a raison : bourrons les classes et allégeons les programmes. En temps de crise, accumuler du savoir, collectionner des diplômes… ça ne sert à rien !

Le président de la République l'a très bien résumé. Un jour, alors qu'on l'interrogeait sur des gens ayant fait de longues études, il a déclaré : « On se demande c'est à quoi ça leur a servi… » « C'est à quoi ça leur a servi » ? C'est M. Lambert qui doit être fier de lui.

Hortefeux : le Domenech du gouvernement

7 juin 2010

C'est petit ce qu'a fait le Parti socialiste ce week-end : réclamer la démission de Brice Hortefeux après sa condamnation pour injure raciale… C'est mesquin ! C'est vrai, ce n'est jamais glorieux de tirer sur une ambulance.

Je préfère l'attitude du *Journal du Dimanche* qui n'a pas écrit une ligne sur ce sujet… Un ministre condamné pour « injure », c'est exceptionnel, ça n'était pas arrivé depuis 58… Et *Le Journal du Dimanche*, avec énormément de classe, a opté pour la discrétion absolue. (Je dis bravo !)

Ils manquent de classe parfois au PS… Et puis réclamer la tête de quelqu'un, c'est moche ! Hortefeux est carbonisé, il en est conscient et va partir de lui-même dans les jours à venir, laissons-le faire.

Il doit accuser le coup, digérer cette décision de justice, et il va bien comprendre qu'il ne peut pas rester à son poste. C'est cuit, c'est foutu… [Un temps.]

Ah, non, il ne peut pas rester, c'est impossible, c'est une simple question d'honneur, d'amour-propre.

M. Hortefeux a une trop haute opinion de la fonction de ministre de l'Intérieur pour souffrir qu'elle soit entachée à ce point-là.

À ce niveau, ils sont peut-être très ambitieux et carriéristes, mais ils ont un sens de l'honneur encore plus fort.

C'est ça qui est beau, et c'est pour ça qu'on les respecte.

Ensuite, il y a une question évidente de crédibilité. Vous ne pouvez pas dire à des gosses : ne sifflez pas *La Marseillaise*, respectez le drapeau français et, à côté de ça, avoir un ministre condamné pour injure raciale… il y aurait un truc qui cloche.

Le ministre de l'Intérieur, c'est le chef de la police. Vous imaginez demain un simple contrôle d'identité en banlieue ? Le policier qui va demander ses papiers à Farid ou à Mohamed, je lui souhaite bien du plaisir : [Accent banlieue.] « Vas-y, pourquoi tu nous contrôles nous ? T'es raciste, t'es comme ton patron… Tu l'as pas contrôlé le petit blond, y a deux minutes, y avait un petit blond ! T'es raciste, t'es comme ton patron, il a été condamné ton patron… Hortefeux c'est une caillera, Hortefeux ! »

C'est intenable comme position… d'autant que, si l'on en croit Éric Zemmour, « la plupart des trafiquants sont noirs et arabes… » !

Dans la phrase d'Hortefeux : « Quand y en a un ça va, c'est quand y en a beaucoup que ça pose problème », le style est plus policé que chez Zemmour, moins agressif, mais le fond est le même.

Pas d'inquiétude, il va démissionner, ce n'est qu'une question d'heures.

En tout cas, cette condamnation ne manquera pas de faire des heureux. Vous imaginez la joie des 24 000 sans-papiers expulsés par Brice Hortefeux en 2007 ? Vendredi, quand ils ont appris la nouvelle, ils ont dû faire la teuf toute la nuit. Si ça se trouve, désormais, le 4 juin va devenir jour de fête pour les sans-papiers du monde entier.

D'ailleurs ne pourraient-ils pas (c'est une idée, elle est peut-être mauvaise)… ne pourraient-ils pas faire annuler leurs expulsions pour vice de forme ?

Imaginons, je suis arabe (c'est une supposition, pour Zemmour c'est un cauchemar…)… je suis arabe et je me suis fait expulser par quelqu'un qui, deux ans après, est condamné pour propos injurieux sur les Arabes.

Avec un bon avocat, ça peut se plaider, non ? « Madame le juge, M. Hortefeux n'a pas expulsé mon client uniquement à cause de sa situation, mais aussi parce qu'il ne l'aimait pas ! »

Le sans-papiers demande alors à revenir en France afin que son dossier soit réexaminé par quelqu'un de bien, de droit, de totalement impartial comme… Éric Besson ! [Un temps.] Finalement non, le sans-papiers préfère ne pas revenir.

Si Hortefeux avait démissionné en septembre dernier, juste après sa plaisanterie douteuse, on n'en serait pas là !

Tout comme Domenech qui aurait dû partir il y a deux ans, après le four de l'Euro 2008… Pareil, on n'en serait pas là !

Hortefeux est peut-être le Domenech du gouvernement ?

À propos de ceux qui réclament aujourd'hui la démission du ministre de l'Intérieur, Mme Bachelot parle de « comique de répétition ». Elle a raison, nous rions beaucoup en ce moment, beaucoup ! Comme aurait dit Beaumarchais : « Nous nous empressons de rire de tout, de peur d'être obligés d'en pleurer ! »

Tous derrière les Bleus !

8 juin 2010

Il y a une semaine, Martine Aubry s'attirait les foudres de l'UMP pour avoir comparé Nicolas Sarkozy à Bernard Madoff… Depuis dimanche, changement de cible : c'est Rama Yade qui trinque pour avoir critiqué le choix de l'hôtel accueillant les Bleus en Afrique du Sud : le Pezula Resort Hotel.

Des propos immédiatement désavoués par Roselyne Bachelot, Xavier Bertrand et Luc Chatel… de véritables camarades qui, à chaque fois qu'une voix dissonante se fait entendre dans la majorité, n'hésitent pas à faire bloc pour soutenir l'impertinent. (Ne dit-on pas d'ailleurs « courageux comme Xavier Bertrand » ?)

À les entendre, la déclaration de Rama Yade serait un crime de lèse-majesté : à quatre jours de leur match face à l'Uruguay, rien ne doit entraver la préparation des Bleus.

D'un autre côté, vu leur dernier résultat : 0-1 face à la Chine, on se dit qu'au contraire tout devrait être entrepris pour bousculer cette préparation.

Bon, résumons : selon la secrétaire d'État aux Sports, en période de crise, le choix d'un hôtel aussi luxueux, aussi clinquant, manque de décence.

Rappelons tout de même à Rama Yade que la victoire de Nicolas Sarkozy à la présidentielle de 2007 a été arrosée à l'hôtel Fouquet's Barrière, et que depuis nous gardons un rapport très affectif avec les palaces de luxe.

Alors, première interrogation : le Petzouille Resort Hotel… [Un temps.] Pardon… Le Pezula Resort Hotel est-il aussi luxueux qu'il en a l'air ? Méfions-nous : les photos, les prospectus, c'est souvent trompeur. Si ça se trouve c'est une simple soupente avec un Spa… Il faudrait dépêcher notre expert immobilier Christian Estrosi afin qu'il nous fasse une visite guidée des lieux.

Deuxième interrogation : les chambres du « Pezula », certes réservées jusqu'à la fin de la compétition, devraient se libérer beaucoup plus vite que prévu… dans ce cas, ne pourrait-on pas en faire profiter la fille de Christian Estrosi ou les frères de Fadela Amara ? Quand on a été logé gratos toute l'année, on a aussi le droit de partir en vacances !

Si les chambres ont été payées jusqu'à la fin du Mondial, autant mettre sur le coup des personnalités et leur famille.

Ça s'est déjà fait : le 8 mai dernier, quand Nicolas Sarkozy a annulé au dernier moment un déplacement à Moscou, les quarante chambres réservées pour son entourage dans le plus beau palace de la ville, le Ritz-Carlton, ont été offertes aux membres de l'ambassade de France à Moscou… Qu'ils puissent goûter, le temps d'un week-end, aux 2 000 mètres carrés du Spa.

(C'est aussi pour cette raison qu'il est nécessaire de repousser l'âge légal du départ à la retraite, pour financer toutes ces petites choses. Vous voyez, c'est motivant !)

Rama Yade a-t-elle eu raison de s'offusquer ? 590 euros la chambre au Pezula Resort, 1 000 euros pour une suite… Les Français sont les mieux lotis. 150 euros pour les Anglais, 96 euros pour les Portugais. Les Grecs, avec la crise qu'ils traversent, sont sans doute logés dans un Formule 1 !

1 000 euros la suite… à mon avis, Ribéry a une suite.

Si Zahia lui rend visite, comme elle prend 2 000 euros la passe (info *Paris-Match*), ça fait cher la nuitée. Est-ce la Fédération française de foot qui paye ? Mais le temps n'est plus à la polémique, comme l'a dit Roselyne Bachelot, nous devons tous être derrière l'équipe de France, peu importe si Ribéry est derrière Zahia. Ce ne sont pas nos oignons.

Je ne sais pas si vous avez remarqué avec quel aplomb, quelle absence de sentiment Roselyne Bachelot a désavoué Rama Yade en direct chez Jean-Michel Aphatie.

Oui, Roselyne a très mal vécu sa réflexion sur le luxe de l'hôtel et les tarifs des chambres… Elle est comme ça, Roselyne ! Depuis qu'elle nous a fait perdre près de 2 milliards d'euros avec sa campagne de vaccination ratée, elle aime flamber, dépenser sans compter, royal au bar !

Peu importe qu'on soit éliminés dès le premier tour. Le Mondial est une fête. Allez, on oublie tout : putes dans toutes les chambres, baignoires remplies de Cristal Roederer et on nique face à l'océan Indien… Profitons du séjour, ça ne va pas durer.

Et puis sachez que l'Afrique du Sud nous adore. Pour ce pays fan de cricket, sport pratiqué avec la main, depuis notre qualification face à l'Irlande nous sommes devenus des dieux vivants.

Une Ferrari voilée !

9 juin 2010

Vous avez vu l'interview par Laurence Ferrari du président iranien Mahmoud Ahmadinejad, lundi soir, sur TF1 ?

Magnifique, magnifique ! Laurence était resplendissante, épanouie, enceinte, les traits détendus par la maternité !

Mais surtout, et c'était la surprise du chef que nous avait réservée TF1, la présentatrice du 20 heures est apparue la tête recouverte d'un voile.

Attention, c'était un voile griffé Hermès, pas un vulgaire niqab acheté chez Tati. Non, un très joli voile, blanc, vaporeux, avec des petites franges. Ils devraient faire les mêmes chez Zadig & Voltaire : pour se protéger du soleil cet été, ça ferait un carton !

C'était très seyant. En outre, son coiffeur avait laissé dépasser une petite mèche blonde… afin qu'on devine quand même sa féminité.

Rien à voir avec les bonnes femmes de chez Tati, le truc fichu n'importe comment sur la tête, avec les mômes dans les pattes, les sacs plastique… rien à voir !

Porté comme ça, on est pour ! Je suis sûr que Laurence Ferrari peut sortir dans la rue, faire ses courses, conduire sa voiture, sans prendre une seule contravention. On lui demandera même un autographe !

C'était une vraie réussite ce reportage. En plus, Laurence adore le côté grand reporter à l'ancienne. Quand elle se déplace, elle aime par-dessus tout s'habiller comme l'autochtone, revêtir le costume traditionnel du lieu.

On l'a vue au Groenland nous parler de réchauffement climatique, déguisée en Esquimaude ; à Kaboul, en treillis porter le gilet pare-balles comme personne. [Un temps.] Non, non, non : face au président Ahmadinejad, elle n'était que voilée, le gilet pare-balles n'est indispensable que si vous n'êtes pas d'accord avec lui.

Elle adore se déguiser Laurence, c'est le gros avantage par rapport à PPDA. PPDA voilé face à Ahmadinejad, cela aurait été ridicule !

Le kilt, paraît-il, lui va aussi à merveille. Si jamais il y avait une guerre en Écosse, ce serait l'occasion rêvée d'en mettre un. Jean-Paul Gaultier pourrait lui dessiner, ce serait super.

TF1 devrait éditer des poupées « Laurence Ferrari » sur le même principe que les coffrets Barbie : « Ferrari à Kaboul », « Ferrari au pôle Nord », « Ferrari enceinte »…

Bon, il paraît que beaucoup de téléspectateurs se sont émus du fait que Laurence Ferrari porte le voile, ils ont reçu énormément de mails. Normal : la ménagère de TF1, dont le cerveau, je vous le rappelle, doit être disponible pour acheter du Coca-Cola, ça fait des mois qu'on lui rabâche que le voile ce n'est pas bien, c'est caca… Et là qu'est-ce qu'elle voit ? Sa présentatrice préférée, sa Grace Kelly de Prisunic voilée ! Elle ne comprend pas !

Du coup, hier, Laurence s'est fendue d'une lettre d'explications aux téléspectateurs (« Barbie écrivaine ») dans laquelle elle rappelle qu'en Iran le port du voile est obligatoire, que c'est la loi, patati, patata… À la fin, pour clore toute polémique, Laurence précise : « Si cette interview s'était déroulée sur le sol français, je n'aurais pas porté le foulard puisque la République française est laïque. »

La ménagère de TF1 est vraiment très con, faut tout lui mâcher. Elle passe son temps à se demander si elle va acheter son Coca en pack de six ou en pack de douze, alors si tu ne lui redis pas qu'on est dans une République laïque, elle panique !

Bizarrement, les téléspectateurs se sont émus du foulard, mais pas que Laurence interviewe le tyran iranien dans son palais.

C'est vrai qu'il fêtait un anniversaire, puisque cela fait un an que les manifestations étudiantes ont été réprimées dans le sang.

L'endroit de l'interview était magnifique, bucolique : des arbres, un plan d'eau, deux chaises et Laurence en foulard Hermès… On n'allait pas gâcher ce beau tableau par une question trop pointue : demander, par exemple, à Ahmadinejad ce qu'il pensait de l'assassinat de Neda, jeune étudiante de vingt-sept ans tuée d'une balle dans la tête en pleine rue par un membre de sa police. Pour ceux qui ont le cœur bien accroché, vous pouvez aller voir sur Internet les images de cette fille agonisant dans les bras de son papa.

Cela dit, durant toute l'interview, Laurence Ferrari a gardé un petit sourire ironique dont elle a le secret et qui voulait nous dire : « Je ne suis pas dupe, je sais que c'est un gros salopard ! »

Les apparences étaient sauves.

Les étudiants iraniens réfugiés à Paris ont dû avoir

les mégas boules lorqu'ils ont aperçu Ahmadinejad détendu, souriant, déclarer : « Je tiens à saluer le bon peuple de France ! »

La ménagère de TF1, elle, a appelé René… « René, René, viens vite, regarde ce qu'elle a mis sur sa tête, Laurence Ferrari, un voile, elle est folle, elle va avoir une amende ! »

Oui, une amende, celle de la bêtise.

Avertissez-moi, s'il vous plaît !

14 juin 2010

Ces derniers jours, j'ai reçu beaucoup de mails me demandant pourquoi je ne réagissais pas à l'affaire Didier Porte.

La raison est toute simple : je boudais !

En effet, depuis deux ans et demi, je m'escrime à balancer des horreurs sur cette antenne, à jouer les sales gosses, à titiller les puissants… toujours des choses hypergraves (à chaque fois, on a frôlé le scandale d'État) et qui est récompensé ? Qui reçoit chez lui un avertissement en recommandé de la part de France Inter ? Didier Porte !

Tout ça, je vous le rappelle, pour un malheureux sketch dans lequel Didier faisait dire à Dominique de Villepin : « Je sodomise le président de la République ! » En vérité, Didier n'a pas employé le verbe « sodomiser », mais un autre beaucoup plus cru et c'est pour ça qu'il a été distingué.

Oui, j'ai bien dit « distingué ». Pour un humoriste « engagé » recevoir un avertissement c'est la consécration.

Et puis attention, un avertissement du France Inter d'aujourd'hui, ça équivaut à des félicitations du France Inter d'hier.

Il y a vingt ans, pour le même papier, Didier Porte aurait reçu une boîte de chocolats ou un beau stylo de la part de la direction.

À l'époque, ce type d'insolence, de débordement, ils n'en avaient « Rien à cirer » ! Aujourd'hui, le tribunal sanctionne tous les « Flagrants délires ».

Donc, depuis dix jours, chers auditeurs, je boudais. Ce sont des rivalités toutes bêtes entre humoristes, des histoires d'ego.

Et puis, mercredi dernier, à l'instar de tous mes camarades, je reçois un mail de Philippe Val, notre directeur, nous avertissant « qu'à plusieurs reprises, l'antenne de France Inter avait été instrumentalisée à des fins personnelles… » patati, patata… « que ceci était intolérable… et que désormais, tout contrevenant serait sanctionné comme il se doit » ! (Mail publié dans *Libération*.)

Chouette, me suis-je dit, voilà la solution pour être enfin averti : « Instrumentaliser l'antenne », ce que je fais présentement !

C'est curieux ce mail ! Philippe Val est un ancien humoriste, il sait qu'il suffit de nous interdire de faire quelque chose… pour qu'on le fasse. C'est curieux… à moins qu'il cherche à nous provoquer (pour nous virer) : t'es pas cap !

Ça devient compliqué le rire à France Inter. Interdiction d'instrumentaliser l'antenne, pas d'attaque au physique, ne plus dire : « Je sodomise le chef de l'État », etc.

Il ne reste plus grand-chose. L'année prochaine, à 7 h 55, on va vous raconter des histoires de Oui-Oui, de béni-oui-oui.

Puisque Philippe Val se met à nous écrire, qu'il en profite pour établir d'urgence une liste des plaisanteries désormais interdites à l'antenne.

Nous, on commence à être perdus. Par exemple, si on ne peut plus dire : « Je sodomise le chef de l'État », peut-on encore dire : « Je sodomise un ministre » ?

Je m'explique… En 87, dans tout Paris, on pouvait admirer une affiche de spectacle représentant Philippe Val sodomisant François Léotard, alors ministre de la Culture.

Si ça se trouve, Didier Porte a vu cette affiche, il s'est dit : « Mon patron a pu sodomiser un ministre, je vais lui faire plaisir, lui montrer qu'on peut faire *encore mieux*, sodomiser le premier personnage de l'État… »

Et là, boum, c'est la sanction : avertissement recommandé !

Didier a été victime de son admiration. Eh oui !

Pendant des années, tous les humoristes engagés, corrosifs, admiraient Philippe Val. C'était une idole, un modèle… Et Porte, naïvement, a voulu l'impressionner. C'est dur de faire son deuil.

Là, j'espère avoir mon avertissement : en parlant de la vie interne de la station, de nos problèmes personnels, j'ai instrumentalisé l'antenne : carton jaune !

Cela dit, la frontière est ténue. Comme Nicolas Sarkozy nomme directement le P-DG de Radio France… Quelque part, le grand chef, notre véritable patron, c'est lui. Donc, si je le critique, lui ou son gouvernement, j'instrumentalise l'antenne. Ce ne sont peut-être pas les humoristes qu'il faut changer à 7 h 55, mais le mode de nomination des P-DG de l'audiovisuel public.

Ce qui me ferait plaisir pour faire la nique à Didier Porte, ce serait d'avoir deux avertissements !

Si je dis : « Je sodomise le président », ça fait un avertissement. Mais si je dis : « Je sodomise le président qui a des yeux de merlan frit », attaque physique : deuxième avertissement !

Je les attends mercredi matin à la maison, j'offrirai une coupe de champagne au facteur. Nous fêterons l'événement ensemble, comme il se doit !

Visite d'une township

15 juin 2010

Vous avez vu les images de l'équipe de France visitant la township de Dam-se-Bos ?

C'était super émouvant. Tous ces mômes qui attendaient nos joueurs. Heureux, pieds nus sous la pluie, parqués avec leurs parents derrière un cordon de sécurité.

Ils étaient habillés de façon bizarre : des trucs trop grands, trop petits, dépareillés… On aurait dit les habits qu'on dépose dans les conteneurs à vêtements… Vous savez, une fois par an, quand on fait le tri pour soulager sa penderie. Eh bien, grâce à ce reportage, on a eu la preuve qu'ils étaient bien redistribués.

Dans la township, l'ambiance était magnifique. Rien à voir avec les émeutes de l'été dernier. Oui, malgré les beaux vêtements qu'on leur donne, 2 euros par jour, pour vivre, c'est trop juste. Du coup, certains s'étaient révoltés et la police avait dû tirer avec des balles en plastique.

Aujourd'hui, tout est oublié, on attend les Bleus. La Fédération française de foot, la FFF, va distribuer des pin's et des Bic…

Quand le bus des Bleus est apparu, une énorme clameur a résonné… accompagnée de ces horribles vuvuzelas qui nous gâchent le Mondial. Dès qu'on allume la télé, on a l'impression d'avoir un essaim d'abeilles dans la pièce.

Il paraît que les joueurs sur le terrain n'entendent même plus les conseils de leur coach. Si nos joueurs n'entendent plus Domenech, c'est notre chance : on va peut-être gagner !

Lorsque le bus des Bleus s'est enfin immobilisé sur la piste, les cris des gosses ont redoublé et là, il a bien fallu que les joueurs leur fassent un petit signe de la main, coupent leur iPod et consentent à descendre sous la pluie... À l'heure de la sieste, alors qu'ils auraient pu buller peinards au Pezula Hotel !

[Voix entraîneur.] « Allez les gars, on y va ! On reste vingt minutes, pas plus, on sourit : les caméras sont là, laissez vos iPhone sur les sièges, aucun objet de valeur à l'extérieur, y a de la fauche, on y va ! »

Les mômes étaient émerveillés, mais aussi légèrement intrigués : c'était bizarre tous ces hommes qui avaient la chance d'avoir un magnifique survêtement blanc avec un coq en or brodé sur la poitrine, un casque audio sur la tête... Et malgré tant de bonheur, ils avaient l'air de se faire chier...

À l'extérieur du car, le staff de l'équipe de France a distribué des parapluies. Pas question que les joueurs s'enrhument avant leur prochaine défaite.

Très vite, Thierry Henry s'est senti merdeux bien à l'abri sous son pépin siglé FFF. Tous ces mômes détrempés, pieds nus dans la boue... alors qu'il possède une des plus belles collections de baskets de la planète (plusieurs centaines de modèles collectors qu'il ne mettra jamais)... ça l'a mis mal à l'aise. Du coup, Titi a filé son parapluie aux gosses.

Un peu plus loin, pas très à l'aise non plus et visiblement ému, Patrice Evra s'est adressé à la caméra :

« Des rencontres comme ça, avec des personnes comme ça, ça c'est la vraie vie ! »

La fausse vie, la vie à la con… c'était sans doute quelques heures plus tôt, quand les joueurs de l'équipe de France ont décidé d'avancer leur visite à la township pour ne pas croiser Rama Yade. Cette dernière ayant osé critiquer le luxe clinquant de leur hôtel en décalage avec la crise et leurs maigres performances sur le terrain.

Du coup, comme la secrétaire d'État et les joueurs ne sont pas arrivés ensemble, la fête à la township était moins belle. L'enjeu était d'importance : 100 000 euros donnés par la Fédération française de foot pour la réfection du stade local.

100 000 euros, une goutte d'eau comparés aux 240 000 dégagés quelques jours plus tôt par la même fédération quand ils ont fait venir les femmes des joueurs au Pezula Hotel le temps d'un week-end.

Rendez-vous compte, si les joueurs de l'équipe de France avaient renoncé à tirer leur coup, on aurait pu construire un deuxième stade, avec des vestiaires, des douches et peut-être donner des crampons pour chaque gosse. Rien que d'y penser, on est tous mal dans nos baskets.

Heureusement, Rama Yade n'a pas pipé mot sur la sauterie des Bleus à 240 000 euros. Sinon elle était tricarde jusqu'en 2012 : le Bleu est très susceptible.

Miss Yade reste néanmoins *persona non grata* au Pezula Hotel. La seule femme qui y dormira prochainement c'est Roselyne Bachelot. Seul avantage, le sélectionneur peut dormir tranquille : aucun joueur n'arpentera les couloirs.

Portix et Guillonix

16 juin 2010

Quand il était petit, le président Sarkozy devait être très fort au Monopoly. Il devait tout racheter, des quartiers entiers, construire des maisons, des hôtels. Et quand il perdait, quand une rue ou une gare lui échappait, il devait piquer des crises de nerfs : taper sur ses frères, les menacer, les faire chanter.

Cinquante ans plus tard rien n'a changé. Pour le président, la vie est toujours un Monopoly : il joue, tient la banque, distribue les cartes et modifie les règles en cours de route, si ça l'arrange.

Il existe plusieurs types de Monopoly : politique, financier, industriel… Son préféré, en ce moment, c'est le Monopoly médiatique. Il veut posséder toutes les cartes : radio, télé et presse écrite.

Il pense que, s'il possède tout, il pourra gagner la partie, être réélu en 2012. C'est puéril, mais il y croit dur comme fer. (C'est un atavisme de la vieille droite, ça remonte au temps de l'ORTF.)

Il se débrouille très bien et possède déjà de très belles cartes : Bouygues, Bolloré, Lagardère… Mais il existe encore, ici et là, des petites poches de résistance, des médias qui le critiquent, le contredisent… et ça l'énerve !

Il a un côté Jules César dans *Astérix et Obélix*. Toute la Gaule est sous sa coupe, mais ça ne lui suffit pas, il veut détruire le petit village de Gaulois qui lui résiste et lui fait la nique.

En ce moment, il y en a deux qui l'énervent particulièrement, ce sont les humoristes Portix et Guillonix… Il paraît que leurs jours sont comptés.

Au Monopoly, Nicolas Sarkozy possède une technique de jeu imparable. Il donne des cartes super importantes à des gens qui, dès lors, lui seront redevables : « Tiens, je te file France Inter… mais je passe quand je veux et c'est moi qui décide. »

C'est l'école Berlusconi. Pour faire taire Portix et Guillonix, il a nommé l'ancien gauchiste Valix qui a viré sa cuti.

Alors attention : appeler les médias, les directeurs de chaîne, faire pression, si le président réussit aussi bien, c'est qu'il fait ça à plein temps, il n'y a pas de secret.

Depuis dix jours, il est sur un gros coup : le journal *Le Monde* doit changer de propriétaire et, comme toujours, Nicolas Sarkozy a un candidat préféré. Cette carte l'intéresse par-dessus tout. Influencer le rachat du *Monde*, c'est comme débaucher Bernard Kouchner, ça flatte son ego.

Et puis *Le Monde*, c'est le journal que Carlita feuillette le soir.

Si Sarko choisit le nouveau proprio, elle pourra enfin y lire des choses positives sur lui.

Au Monopoly, pour gagner, la méthode du président est toujours la même. Petit un : prendre contact. Par exemple, appeler personnellement le directeur du *Monde* Éric Fottorino.

Ça marche toujours, l'autre n'en croit pas ses oreilles : « Allô Éric, c'est Nicolas ! »

Ne pas abattre son jeu d'entrée, se faire plaindre, évoquer d'abord un article qu'on a trouvé à charge. Puis, l'air de rien, durcir le ton, dauber sur l'un des repreneurs potentiels, Xavier Niel… le traiter « d'homme du peep-show » en référence à ses activités passées dans le Minitel rose. (« Homme du peep-show », heureusement que le président n'est pas humoriste à France Inter, il aurait eu des ennuis.)

Si Fottorino ne comprend pas le message, passer au stade deux : la convocation au château, ça impressionne toujours le chaland.

Puis sortir la carte « Caisse de communauté », redoutable au Monopoly.

Celle que lui tend Nicolas Sarkozy est on ne peut plus explicite : « Si vous n'écoutez pas les conseils du président, vous ne toucherez pas l'aide de 25 millions d'euros promise par l'État pour rénover l'imprimerie du *Monde*. Repassez par la case départ et démerdez-vous ! »

Les cartes « Caisse de communauté » c'est très chiant. Quand tu les tires, t'es obligé de faire ce qu'il y a écrit dessus : « Pour devenir directeur d'Inter, virer Portix et Guillonix. »

Il paraît que Fottorino est rentré chez lui livide. La Société des lecteurs du *Monde* est scandalisée : « La tradition funeste d'un État omnipotent, jacobin et colonial n'appartient en rien à un État moderne. »

Sarkozy s'en fout, au Monopoly, ce qu'il aime c'est gagner, peu importe la méthode ! Pour *Le Monde*, il aimerait bien que ce soit son copain Stéphane Richard, l'actuel P-DG de France Télécom, qui remporte l'affaire. Beaucoup plus classe que le Minitel rose.

Et puis l'avantage d'un management type France Télécom, c'est qu'au bout de deux ans tous les journalistes travaillant au *Monde* se seront suicidés. On pourra les remplacer par des journalistes amis.

Le Monopoly médiatique, c'est simple comme un coup de fil.

Le gouvernement et les Bleus : même combat !

21 juin 2010

Une fois n'est pas coutume, ce matin, je vais vous parler théâtre… Il se joue en ce moment à Paris une pièce de boulevard extraordinaire… Ça s'appelle *Panique à l'Élysée*. L'action se déroule de nos jours, et l'auteur a imaginé un gouvernement totalement corrompu, pourri jusqu'à la moelle.

Tout est exagéré évidemment, c'est le principe du vaudeville, on grossit le trait pour provoquer le rire.

Là où l'idée est géniale, truculente… c'est que ça se passe en période de crise, le pays est en récession, il y a des milliers de chômeurs. Le Premier ministre demande au peuple de faire des efforts, de se serrer la ceinture, et de leur côté, les ministres et secrétaires d'État se gavent comme des porcs… sans le moindre état d'âme. Une ambiance *Les Nouveaux Monstres*, le film de Dino Risi.

Par exemple, on trouve un secrétaire d'État, un certain M. Blanc, qui s'offre 12 000 euros de cigares… Tous les mois, il envoie son chauffeur les acheter et c'est le contribuable qui paye la note. Mais quand il sent qu'il va se faire gauler parce qu'un journal satirique va sortir l'affaire, il rembourse 3 000 euros… Une vraie crapule !

Vous en avez un autre, Joyandet, comme ça lui casse les pieds de prendre un avion de ligne comme un vulgaire plouc, il loue un jet privé : 116 500 euros l'aller-retour. [Rires.] Il s'en fout ce n'est pas son fric… Et le plus drôle (les personnages sont d'un cynisme absolu)… c'est qu'il y va pour animer une conférence sur la reconstruction d'Haïti !

Vous me direz, en matière de reconstruction, il en connaît un rayon… À un moment, dans la pièce, il truque un permis de construire pour agrandir sa villa dans une zone hyperprotégée.

Comme les gars ne sont jamais punis ni renvoyés lorsqu'ils se font gauler, deux mois plus tard, ils recommencent ! Ils sont persuadés d'être intouchables.

Leur chef ? Il laisse faire. Dans la pièce, c'est un petit nerveux qui a des problèmes de couple. Il vit avec une ancienne mannequin plus ou moins chanteuse, et ne pense qu'à sa réélection.

Ce qui est génial, c'est qu'il n'y en a pas un pour rattraper l'autre. Même ceux qui, au début, avaient l'air honnêtes, investis d'une mission, tu t'aperçois qu'ils sont pourris !

À un moment, tu as une Mlle Boutin qui arrive… Elle, c'est la bonne fille, la rondeur comique, elle a un côté catho, petite sœur des pauvres… tu te dis : « C'est l'honnêteté sur terre, jamais elle ne détournera un centime… » Et paf ! Tu découvres qu'elle est payée 9 500 euros juste pour réfléchir…

Vers la fin, on entend un gars qui lui dit : « Madame Boutin, heureusement que vous ne fumez pas pour réfléchir, avec 9 500 euros par mois, vous ne pourriez jamais vous offrir 12 000 euros de cigares comme M. Blanc ! » Ah, on rigole, on rigole vachement !

C'est très bien vu cette pièce, parce que dans leur vie privée les ministres, les secrétaires d'État font exactement le contraire de ce pour quoi ils ont été nommés…

Par exemple, le ministre de l'Intérieur, un certain Brice, il fait des vannes racistes hyperlourdingues, alors qu'il devrait rassembler les communautés.

La secrétaire d'État à la Ville, Fadela quelque chose… elle est censée résoudre les problèmes de logement en banlieue, et elle file un appartement de fonction à toute sa famille…

Et tout est comme ça… ! À un moment arrive un grand mec sinistre avec une tête de curé, Woerth il s'appelle. Quand il était ministre du Budget, il avait fait entrer sa femme au service d'une riche héritière pour gérer sa fiscalité. Une Mme B. qui possède une île aux Seychelles non déclarée aux impôts et plusieurs comptes planqués en Suisse.

Là, j'ai décroché… c'était trop énorme. Même un vaudeville, il faut que ça reste plausible.

Vous ne pouvez pas d'un côté avoir un ministre du Budget qui dit : « Il faut rapatrier l'argent des Français planqué en Suisse, j'ai une liste de 3 000 noms, ceux qui ne se dénoncent pas, ça va chier ! », et de l'autre, ce même ministre laissant sa propre femme gérer l'argent suisse d'une riche contribuable française. Ce n'est pas une pièce sur la mafia, on n'est pas chez Berlusconi !

En revanche, la grande force de cette pièce, son point fort, c'est d'avoir placé l'intrigue durant le Mondial de foot de juin 2010. On s'aperçoit que notre équipe nationale est une allégorie du gouvernement : nulle, prétentieuse, hautaine et je-m'en-foutiste.

C'est une équipe de privilégiés, ils ont une vie de rêve, des tas d'avantages, mais au lieu de montrer l'exemple, d'être proches des gens, humains… ils se conduisent avec un cynisme et un dédain incroyables.

C'est une pièce très noire qui fait froid dans le dos.

Finalement ce n'est pas un vaudeville, c'est une tragédie.

Avant-dernier papier !

22 juin 2010

Mes chers auditeurs, mes enfants… Oui, mes enfants ! Au fil du temps, je me suis attaché à vous et je dois vous avouer qu'à l'idée de vous quitter demain mon cœur de chroniqueur sans cœur se serre.

Des liens se sont inévitablement tissés entre nous. Pourtant ce n'était pas gagné. Je me souviens lorsque j'ai démarré sur cette antenne de votre fragilité, votre susceptibilité maladive…

La moindre plaisanterie sur les vieux, les handicapés, les minorités visibles… tout de suite, c'était une avalanche de mails ulcérés, de cris d'orfraie : « Comment peut-on ? Sur le service public ! C'est une honte ! » Vous étiez de vraies chochottes, des petites bites apeurées et soupe au lait !

Heureusement, je n'ai pas cédé ! J'ai continué à vous titiller, à jouer les sales gosses… Et trois ans plus tard, succès total : vous êtes devenus bien plus « méchants » que moi !

Aujourd'hui, l'auditeur a dépassé le chroniqueur.

Un papier un brin consensuel, un chouïa modéré et c'est vous qui êtes frustrés, en manque ! Vous protestez dans l'autre sens : « Qu'est-ce que ça veut dire, il a retourné sa veste, vendu son âme au système, il veut conserver sa place ? »

De vrais drogués, shootés à l'humour noir, dépravés, dénaturés… Je suis fier de vous, mes enfants !

Et malheureusement, c'est justement à ce moment de grâce que nous allons devoir nous séparer. La vie est mal faite.

Oui, chers auditeurs, il me reste deux chroniques pour vous dire au revoir, tirer ma révérence et, faites-moi confiance, je vais en profiter à fond !

Mes chances d'être sur cette antenne à la rentrée à 7 h 55 sont équivalentes aux chances des Bleus de se qualifier pour le deuxième tour du Mondial… c'est-à-dire NULLES !

Personne ne m'a rien dit, non, non, non… J'ai appris la nouvelle dans *Télé-Loisirs*, une interview de mon directeur Philippe Val. Je le cite : « Dans une tranche matinale vouée à l'information, il n'est pas utile de sortir son nez de clown. C'est déplacé ! »

Apprendre qu'on va avoir des loisirs, beaucoup de loisirs, en lisant *Télé-Loisirs*, c'est assez cocasse. Et classe, très classe.

« T'es sur France Inter la saison prochaine ?

– Non, non, je ne crois pas.

– Ah bon, tu l'as appris comment ?

– Dans *Télé-Loisirs*. »

Cela dit, Philippe Val n'a pas tort : mélanger humour et info, c'est déplacé. D'ailleurs, qui mieux que lui pour le savoir ? La saison dernière, tous les vendredis à 7 h 55, Val récitait une chronique humoristique !

C'était pour lui une véritable souffrance. Souvenez-vous, Philippe démarrait chacune de ses chroniques en disant : « Pardon, je vais être drôle dans une tranche d'infos, c'est déplacé, par avance, je m'excuse ! »

Chaque rire obtenu le meurtrissait. À la fin de son billet, honteux, piteux d'avoir diverti l'auditeur, il quittait le studio la tête basse en marmonnant : « Si un jour je suis directeur d'Inter, je supprimerais l'humour à 7 h 55 ! »

Philippe a raison, c'est nul de déconcentrer l'auditeur alors qu'il est plongé dans une tranche d'infos.

7 h 30, l'auditeur se réveille en écoutant les nouvelles : inondations dans le Var, nouvelle défaite des Bleus, retraite à soixante-deux ans… 7 h 40, il boit son café sur l'édito de Thomas Legrand, le thème : « Éric Woerth nous enfume, on va tous bosser jusqu'à soixante-cinq ans ! » 7 h 45, Philippe Lefébure enchaîne avec sa chronique éco : « La bourse dévisse, l'euro est au plus bas, vendez tout, c'est la cata ! »

À cet instant, notre auditeur pétri d'infos a un cafard monstre. Bientôt, l'heure du « Point route » va l'achever : accidents, bouchons, fermeture de l'A86. C'est sûr, il va mettre une heure et demie pour gagner son bureau.

Déprimé, au bord du suicide, il attend avec angoisse les catastrophes du journal de 8 heures… Et là, à 7 h 55, un humoriste, un bouffon, un vulgaire clown attifé d'un nez rouge vient lui niquer sa déprime, le distraire… Et peut-être le faire rire… Val a raison, c'est totalement déplacé.

J'ai entendu des énormités du style : « L'humour est la politesse du désespoir » (Boris Vian), « L'homme souffre si profondément qu'il a dû inventer le rire ! » (Nietzsche).

C'est de la branlette tout ça. Plus de nez rouge dans une tranche d'infos ! C'est déplacé !

À demain chers auditeurs pour *sans doute* un dernier papier d'humour dans une tranche d'infos… Qui sait ? Je ne sais pas…

Je vais lire *Télé-Loisirs* pour connaître mon avenir.

Je mettrai un nez rouge, une perruque… des chaussures trop grandes… beaucoup de maquillage. Je m'empresserai de rire de tout de peur d'être obligé d'en pleurer… Ce sera déplacé, horriblement déplacé… Faites-moi confiance !

France Inter en burqa

23 juin 2010

Allez, allez, mesdames et messieurs, dernière chronique du trublion Stéphane Guillon, on en profite à fond c'est la dernière ! Changement de grille à France Inter, tout doit disparaître avant le grand lifting de la rentrée. Émissions emblématiques à la trappe, journalistes sur la touche, rédacteurs en chef remplacés… Mais surtout, mesdames et messieurs, liquidation totale des humoristes, j'ai bien dit totale. Allez, allez, on y va, on licencie, on brime, on mute sans le moindre état d'âme… France Inter : écoutez l'indifférence !

Voilà, c'est ma dernière chronique… enfin, je crois… J'essaie de deviner les choses par moi-même. C'est la nouvelle mode ici : personne ne sait rien. On apprend son sort en lisant la presse ou en croisant un camarade dans le couloir. « Denis, t'es au courant ? Tu ne présentes plus le journal, t'es muté au standard. Ils ont dit que comme les gens connaissent ta voix, c'est plus pratique ! »

France Inter, une radio de gauche qui licencie comme la pire entreprise de droite. Pourtant, lors de son arrivée ici, Jean-Luc Hees, notre président, avait juré de ne jamais se comporter comme « la Maison » l'avait fait avec lui. Les promesses n'engagent que ceux qui les croient. N'en voulons pas à Jean-Luc, c'est un classique : les enfants battus battent à leur tour leurs enfants.

Personne ne sait rien. Détail amusant, en ce moment, pour cause de travaux, une grande bâche recouvre le toit de Radio France avec cette inscription : « C'est bien la première fois que nous avons quelque chose à vous cacher. »

Vu le nombre de choses que la direction nous cache, on devrait bâcher tout le bâtiment. France Inter en burqa. On circulerait dans le noir avec des lampes torches, ce serait raccord avec l'ambiance.

Oui, personne ne sait rien. Situation kafkaïenne. Comment vous dire au revoir, chers auditeurs, en ne connaissant pas vraiment mon sort ?

En même temps si je dois partir, que je l'apprends dans la torpeur de l'été, un 15 août par exemple, si je suis viré avec la même franchise et le même courage qui ont présidé au départ de mes camarades… alors par précaution, je préfère vous dire « au revoir » et merci aujourd'hui.

C'est dur de conclure une histoire. Je me souviens de mon tout premier papier sur cette antenne, le 21 janvier 2008, j'avais commencé par cette phrase : « Hier, dans le sondage du *JDD*, Nicolas Sarkozy a perdu cinq points. J'aurais préféré qu'il les perde la semaine prochaine, qu'on puisse mesurer tout de suite l'impact de mon arrivée sur France Inter. »

Vous voyez ! Avant mon arrivée à France Inter, le président chutait dans les sondages, et vous verrez qu'après mon départ il continuera de chuter. Je n'y suis pour rien !

Non, parce que j'entends ici et là que mon départ serait une décision politique… Si c'est politique, c'est stupide… Que je sois ou non présent sur cette antenne, le président dévisse. Je n'ai aucune incidence.

Ça ne peut pas être politique… même si c'est vrai qu'après mon papier sur DSK et Martine Aubry le président Sarkozy avait déclaré dans un avion détester mon travail… Il revenait de Rome, il venait de quitter un autre humoriste.

Quelques mois plus tard, il nomme à France Inter un ami de Carlita, Philippe Val, auteur de cette phrase désormais culte : « France Inter est une radio qui coûte cher à l'actionnaire qui n'est pourtant pas très bien traité par la station ! »

Si ce n'est pas politique, c'est quoi ? J'essaie de comprendre…

Pourquoi renvoyer un humoriste qui rassemble 2 millions d'auditeurs, 4 millions d'oreilles ?

« Radio de service public », il y a marqué. Si le public est content, tout va bien ! Tous ces gens qu'on réveille le matin, on ne peut pas les laisser ! Si ? on peut les laisser ? On va les laisser…

C'est politique alors. C'est politique…

L'hiver dernier, notre P-DG, Jean-Luc Hees, a rapporté un morceau du mur de Berlin pour l'exposer ici. Il a bien fait. Il paraît qu'à Berlin ce bloc de béton avait la nostalgie du passé : censures, brimades, promotions des uns, humiliations des autres… Depuis qu'il est chez nous, à Radio France, le bout de mur retrouve ses couleurs d'antan.

Ah, j'ai oublié de vous dire, la fin des travaux à Radio France est prévue pour 2012… Tout un symbole… À ce moment-là, la bâche tombera. France Inter ne sera plus en burqa. Hees, Val et le morceau de béton partiront ailleurs, loin… Et nous, ensemble, nous écouterons à nouveau la différence. Merci à tous du fond du cœur, vous allez me manquer.

Remerciements

Un immense et tendre merci à Muriel Cousin, qui sait m'écouter, me lire et me réécrire (en français)… et aussi me supporter chaque jour.

Table